LINO NOVÁS CALVO

Nació en Granas de Sor, Galicia, en 1903, y murió en Florida, Estados Unidos, en 1983. A los siete años emigró con su familia a Cuba; allí desempeñó los más diversos oficios –desde trabajar la tierra hasta boxear– para poder vivir. Traductor de Huxley, D.H. Lawrence, Hemingway y Faulkner, colaboró con *Revista de Occidente* y fue jefe de redacción de *Bohemia*, la revista de mayor difusión en Cuba. Residió unos años en España, donde luchó en el bando republicano, y posteriormente en Francia. Tras el triunfo de la Revolución de Fidel Castro, se exilió a Estados Unidos, por lo que su nombre fue silenciado en Cuba. Autor de *El negrero* (Andanzas 390) –esa «extraordinaria historia de aventuras verídicas», como la definió Alejo Carpentier–, escribió también numerosos cuentos, publicados con el título de *Otras maneras de contar* (Andanzas 564), seleccionados y prologados por el estudioso Carlos Espinosa.

Lino Novás Calvo

El negrero

Vida novelada de
Pedro Blanco Fernández de Trava

Prólogo de Abilio Estévez

1.ª edición en colección Andanzas: noviembre de 1999
2.ª edición en colección Andanzas: diciembre de 1999
1.ª edición en Fábula: octubre de 2011

© Herederos de Lino Novás Calvo, 1999

© del prólogo: Abilio Estévez, 1999

Diseño de la colección: adaptación de FERRATERCAMPINSMORALES
de un diseño original de Pierluigi Cerri

Ilustración de la cubierta: detalle de *Turbulent Angels* (1996) de Christian Clayton.
© Christian Clayton (www.claytonbrothers.com)

Reservados todos los derechos de esta edición para
Tusquets Editores, S.A. - Cesare Cantù, 8 - 08023 Barcelona
www.tusquetseditores.com

ISBN: 978-84-8383-366-7
Depósito legal: B. 32.524-2011
Impresión y encuadernación: Liberdúplex, S.L.
Impreso en España

Queda rigurosamente prohibida cualquier forma de reproducción, distribución, comunicación pública o transformación total o parcial de esta obra sin el permiso escrito de los titulares de los derechos de explotación.

Índice

Prólogo *de Abilio Estévez* 9
Libro primero 15
Libro segundo 29
Libro tercero 201

Apéndices
Fechas importantes en la historia
de la trata de negros 281
Bibliografía 291

Prólogo

Por los años de mi adolescencia, en que tanto importaban las hazañas, las peripecias externas narradas por los libros, cayó en mis manos un viejo ejemplar de aquella «vida novelada de Pedro Blanco Fernández de Trava», con letras pequeñas y apretadas, páginas un tanto amarillentas, sobadas, maltratadas por el uso. Un día y una noche me bastaron para leerla. Quedé atrapado por los fascinantes episodios, sorprendido por su violencia y por su maldad, maravillado porque a esa edad —y a cualquier otra— resulta tan fascinante el mítico mundo de los piratas.

De cualquier modo, no creo haber sido tan joven o tan ingenuo como para no percatarme de que en aquella historia había algo más que entonces no alcanzaba a comprender.

Transcurrieron años. Mientras estudiaba en la desafortunada Escuela de Letras de la Universidad de La Habana, volví a leer la novela. No menciono por gusto la Escuela de Letras. Esta circunstancia significa muchas cosas. Significa, por ejemplo, que había abandonado la blanda torre de marfil de mis primeros años, y significa que me enfrentaba a un mundo politizado y hostil. Quiero decir, transitaba por otro periodo de ingenuidad en que realizaba mis primeros y definitivos descubrimientos sobre la naturaleza también desalmada que tenemos los seres humanos, bastante propicia para entender el mundo de iniquidad en que se desenvuelve El negrero.

Si leí la novela de Novás Calvo, no fue porque estuviera incluida en los planes de estudio. A Novás ni se le mencionaba. Se había exiliado en Miami al triunfo de la Revolución, y, como a cuantos hubieran abandonado el país después de 1959, se le consideraba «*traidor a la patria*». *Al igual que Gastón Baquero o que Guillermo Cabrera Infante, ni siquiera aparecía en el* Diccionario de Literatura Cubana *que por esos años publicó el Instituto de Literatura y Lingüística de Cuba. La releí porque, por fortuna, tenía yo un amigo inolvidable que andaba empeñado en dirigirme las lecturas, y a* El negrero, *así como a los cuentos de Novás Calvo, en Cuba había (y hay) que volver siempre.*

Gracias a mi inolvidable y generoso amigo, tuve algunas noticias sobre el libro y sobre su autor. Supe que El negrero *había alcanzado considerable éxito en el momento de su publicación madrileña de 1933, que había recibido los elogios de Unamuno en la tertulia de El Ateneo, así como que Novás Calvo había sido uno de los máximos responsables del renacer narrativo (fundamentalmente del cuento) que conoció Cuba hacia la década de los cuarenta. Junto con Alfonso Hernández Catá, Enrique Labrador Ruiz, Carlos Montenegro, Alejo Carpentier, formó parte de un precioso grupo de escritores que reanimó la prosa cubana hasta un punto que (al menos en tal sentido de conjunto) no creo que haya alcanzado otra vez.*

Nacido en Granas de Sor, Galicia, en 1905, Lino Novás Calvo emigró a Cuba con siete años. La humildad de su origen lo obligó a realizar los más insólitos y diversos trabajos: labró la tierra, confeccionó sombreros, limpió fondas y hoteles, vendió ostras, hizo carbón y boxeó. Viajó a Nueva York muy joven, de donde regresó amigo de Sherwood Anderson (admiraba Winesburg, Ohio), *y donde pudo apropiarse de otro idioma que le permitiría traducir espléndidamente a Faulkner, Hemingway, Lawrence, Huxley... Fue taxista. Leyó con voracidad. Escribió relatos breves. Trabajó como periodista del* Diario de la Marina. *Este periódico lo envió, hacia 1931, de corresponsal a Madrid. Colaboró con la* Revista de Occidente. *Escribió y publicó* El negrero. *Editó, en Barcelona (donde vivió), una novela corta* Un experimento en el barrio chino. *Vivió igualmente en París, es decir, se adueñó de otro idioma con el que años después se ganaría la vida en La Habana. Tradujo a Balzac. Conoció la pasión por la narrativa de Joyce. Visitó la Alemania hitleriana. Al servicio de la República española, participó en la guerra civil. Debió huir a Francia, entre milicianos vencidos. Regresó a La Habana cargado de escepticismo: «Lo que vi en España», confesó a su amigo Salvador Bueno, «podría hacerme vomitar toda la vida». Trabajó con el sabio etnólogo Fernando Ortiz. Publicó dos libros de relatos verdaderamente sorprendentes, muy superiores a cuanto escribiera antes o después:* La luna nona *(1942) y* Cayo Canas *(1944), donde aparecieron cuentos que se hallan entre lo mejor publicado de este lado del Atlántico (como «La noche de Ramón Yendía» o «La visión de Ta María»). Al triunfo de la revolución de Fidel Castro, viajó a Estados Unidos. Allí murió en 1983.*

La segunda lectura de mis años universitarios, tan divertida como la primera, sacó no obstante a la luz nuevos aspectos que, en aquella otra y adolescentaria ocasión, me habían pasado inadvertidos.

En primer lugar, me encontré en mejores condiciones de admirar el estilo ansioso, tirante, cortado de frases y apariencia desmañada. A las capacidades propias de cualquier gran escritor, al extraordinario talento narrativo, al poder de observación, la capacidad de ordenamiento de la sustancia narrada, Novás unía una virtud especial para trabajar con el lenguaje hablado por el «hombre de la calle», por los más humildes, por los marginados, por los más incultos (incultura libresca, quiero decir). Así como llegó a aprender inglés y francés hasta convertirlas en lenguas propias, aquel gallego-cubano supo captar muy pronto (y tuvo la capacidad para convertirla en materia literaria) el habla cubana, la jerga del hombre del campo, y del hombre de la noche habanera, como quizá sólo Cabrera Infante haya podido lograr años después. Presumo que a nadie se le ocurrirá dudar, a estas alturas, de que aquel narrador nacido en Granas de Sor es uno de los escritores cubanos más grandes del siglo.

Me percaté, en segundo lugar, de que no me hallaba ante cualquier libro de aventuras. Estoy hablando del más cruel de los libros de aventuras que yo haya leído jamás.

Quiero suponer que el sustantivo «cruel» posee aquí una significación especial. Sospecho que, entre otras cosas, la crueldad contribuye a rescatar esta novela del limbo o de la trivialidad en que duermen algunas novelas de aventuras. Como el lector comprenderá, no se trata de la crueldad evidente del robo o la piratería, el asesinato o la impiedad consustancial al mundo marinero del siglo XVIII o XIX. Deduzco que se trata de algo más profundo.

Mucho, se sabe, investigó Novás Calvo antes de sentarse a escribir la historia de aquel malagueño atroz, Pedro Blanco Fernández de Trava (el mongo de Gallinas), así como la de los no menos bestiales Francisco Félix de Souza (más conocido por Cha-Cha) o los Zuluetas, personajes de la llamada realidad y que «la historia universal de la infamia» hubiera debido recoger en sus páginas. Pero El negrero *no es una biografía al uso. Esta historia tensa, estricta y excesiva, escueta y barroca, en la que nada parece que sobre o falte, logra humanizar el mundo del comercio humano. Cuando digo «humanizar» intento decir: exhibir ese mundo en todo su espanto, mostrarlo en su crudeza, sin atenuantes; tornarlo, además, comprensible; hacer evidente su lado frágil, o, lo que es lo mismo, su psicología; desmitificándolo y mitificándolo del modo en que sólo la literatura es capaz.*

Asesinatos, robos, traiciones, magia, naufragios, abordajes, agresiones, calma chicha y huracanes, cualquier oprobio encontrará el lector en las páginas que lo aguardan. También encontrará una monstruosa historia de amor, una ternura brutal, una pasión herética entre Pedro Blanco, lleno de misterio y de silencio, atractivo, peligroso y brillante como una hoja de acero, y su hermana Rosa, abnegada y llena de ímpetu.

Esta historia, enigmático lector, no te dará tregua hasta el conmovedor final, el siniestro y hermosísimo final (que casi estoy tentado a llamar cinematográfico, si no fuera porque es el buen cine quien debiera llamarse literario).

En El negrero *sucede todo eso y más, porque resulta un agudo análisis sobre una época (finales del siglo XVIII y principios del XIX) que arroja, como debiera hacer toda novela histórica, luminosidad portentosa sobre el presente contradictorio y aterrador en que vivimos. Porque tiene que ver con una de las aventuras más despreciables realizadas por el hombre (la trata de esclavos, el comercio de unos hombres por otros), en un momento bastante pavoroso de nuestro siglo (1933) en que el racismo, con la ascensión de las hordas fascistas al poder, volvía a protagonizar otra aventura vergonzosa. Como por desgracia el racismo continúa protagonizando aventuras vergonzosas (hemos tenido la oportunidad de comprobarlo en la historia más reciente), Novás Calvo muestra el horror, la ferocidad, de un mundo que continúa siendo el nuestro.*

En esas tardes de ocio en que la realidad o su sinónimo, el hastío, tanto abruman, entre los libros que me agradaría tener a mano (allí, entre La cartuja de Parma, El Gatopardo, Las ilusiones perdidas, Guerra y Paz *o* Tristram Shandy*), me gustaría encontrar un cómodo y hermoso ejemplar de* El negrero. *En esas tardes, digo, en que uno deambula como un fantasma por calles que no existen, ansioso de experiencias intensas que lo colmen de perplejidad, cólera o ternura, o, lo que significa lo mismo, que lo devuelvan a la vida. Tardes en las que, sin paternalismos ni falsas piedades, se quisiera indagar (aunque sea una inquisición inútil) sobre la condición del hombre y su paso por el mundo. Porque* El negrero, *como todo gran libro, no sólo divierte sino que permite incluso aproximarse a lo que con tanta nostalgia llamamos «la sabiduría».*

Envidio al cauto e inescrutable lector que por primera vez se dispone a disfrutar las páginas que siguen.

Abilio Estévez,
La Habana, 1999

Libro primero

Pedro nació con la Paz de Basilea. Su padre era patrón de un falucho de cabotaje y había sido llevado por el viento, meses antes, en las costas de Mallorca. Su abuelo materno recibió una gran alegría con la noticia. Su madre quedaba pobre. Pedro tenía una hermana, llamada Rosa, un año mayor que él. Su madre, Clara, quedó sola con los dos niños en una casuca de ladrillo pelado, sangrante, con un patio a la espalda, en el barrio del Perchel (Málaga). Clara pensó entonces en ganarse la vida y se fue por las casas a buscar costura. Mientras iba dejaba a la niña en una pollera y al niño en una cuna, trincado con cintas, encerrados en la casa. Nadie iba a tocar a aquella puerta. La familia de Clara, los Fernández de Trava, la habían repudiado. Clara se había fugado con aquel marinero, hombre de baja estofa, y los de Trava, si no muy ricos, eran burócratas ilustres. El abuelo de Pedro era jefe de Hacienda, y un tío suyo, don Antonio Fernández Illescas, había sido alcalde de la ciudad. Del otro lado del Guadalmedina vivían varios de Trava y varios Illescas; pero ninguno se ocupaba de Clara. Aunque por fuera, digo, eran burócratas –es decir, que sabían amoldarse–, por dentro eran de aquel barro y levadura que luego salvó a España del liberalismo. Había gente de la familia en el ejército, y uno o dos murieron en la batalla de Trouillas contra la Revolución francesa.

Pero eso nada tiene que ver con Pedro, al no ser que nació repudiado y pobre, y que se pasó muchas horas del primer año de su vida trincado a la cuna. Además, nació como en un islote. La casuca tenía un solar detrás y un pasaje a cada lado, donde los vecinos arrojaban basuras, tripas y escamas de pescado. Docenas de gatos venían allí a comer y a pelearse. De noche se citaban en el tejado y caían abrazados, desgañitándose, de los aleros. Lo primero que hizo Pedro cuando pudo fue tirarles piedras. Yo creo que fue su única diversión, porque luego toda su vida fue un encierro andante. Pero amó siempre mucho a los gatos. En sí mismo tenía y tuvo siempre tres o cuatro gatos enemigos que se mordían y arañaban y se lo hacían a él. Gatos de siete vidas, rabiosos, mansos y atigrados.

El patio tiene una higuera al fondo, y por los lados hay cacharros con flores, que la niña Rosa riega, al crecer. El sol viene a él casi todos los días del año. Clara solía sentarse allí en una banqueta, a coser, mientras los niños gateaban por el suelo, y se acostaban juntos sobre la tierra húmeda apilonada en torno a la higuera, mordiendo las hojas con sus dientes nuevos. Están casi siempre sucios, y no les importa mucho salir a la calle. El patio está lastrado de mosaico y la tapia está coronada de una capa de vidrios rotos, fijos a cemento, contra los ladrones. Desde dentro parecía un parapeto, y Pedro miraba al cielo por encima de ella, y hacía como que iba a saltarla. Cuando daba la vuelta por fuera no encontraba sino el solar raído, donde jugaban y se abofeteaban los niños de los pescadores; pero desde dentro veía siempre cosas sabrosas a la imaginación. En casa hacía lo mismo. Todos los días revolvía la despensa, y la hucha donde Clara guardaba los trapos. Cuando pudo armarse de un pedazo de cuchillo forzó el cofre de las prendas y desarmó un reloj a ver qué demonio tenía dentro, que latía como un corazón. Las cosas prohibidas y ocultas eran las que encendían una materia inflamable que había en él y le hacían perder la cabeza. Otra vez robó una faca a un vendedor de pescado y la escondió junto a la higuera. Mientras se tumbaba al sol, junto a su hermana, apoyaba en ella la cabeza, y le oía latir también el corazón. Un día cogió la faca y dijo a

Rosa que le dejara abrir allí a ver qué era lo que latía. Rosa echó a correr, gritando, y Pedro tras ella, hasta que Clara le arrancó la faca de la mano.

La loza de la casa, las paredes, los muebles, todo está allí lleno de dibujos marinos, que hacía el padre de Pedro antes de morir. Pedro los mira y los copia con carbones, embadurnando cuanto hay. Luego crea nuevas figuras él mismo, les pone nombres y habla con ellas. Clara creía que aquel niño era medio loco, pues huía de la gente, no contestaba nunca a lo que le preguntaban y hablaba solo. Su hermana no puede desprenderse de él, y él la hace llorar de miedo con sus figuras. Los dos son todavía muy pequeños.

El único familiar que no ha repudiado a Clara es su hermano Fernando, por mediación del cual había conocido a Javier, su esposo muerto. Fernando era sobrecargo en un barco de cabotaje por el Mediterráneo y tampoco era muy querido por los suyos. Pero Fernando era un hombre de carácter bravo y lo dejaban. Todos esperaban que fuera un gran comerciante, ya que no había querido ingresar en la armada. Terminados los estudios de náutica se enroló en barcos mercantes, y llevaba una vida libre y alegre. Él mismo era alegre y amable, y cuando tocaba en Málaga iba a ver a su hermana, y en su casa convidaba a marineros amigos. Fernando se enamoró de Pedro desde que lo vio correr tras los gatos, hurgar en todo y crear dibujos fantásticos, y dijo que haría de él un gran marino. Lo que más le preocupaba era que Pedro era tímido y cazurro; pero tenía una imaginación maravillosa y un cruel amor a indagar en las cosas. Nada de esto, salvo la imaginación, era andaluz, y algunas cualidades coincidían con las de Fernando. Así que cuando Pedro hubo cumplido siete años, Fernando le pagó un dómine para que fuera todos los días a estudiar –a leer les enseñaba Clara–. El dómine sabía muchas cosas. Daba clases de latín, francés, gramática, historia y geografía. Era un sabio de verdad, y no se parecía a otros de su clase. Con él estudiaban niños de la alta sociedad de Málaga, y cuando Pedro entró, se retiró de la clase un niño de su edad llamado Mario Illescas, primo suyo: la familia de Mario no permitiría que estudiase en el mismo lugar que el hijo de Clara, que había manchado la familia. Esta familia no sabía que era Fernando el que costeaba sus estudios, y decían entre sí que Clara se vendía a los capitanes marinos para educar a su hijo, y que aquel hijo, pensaba Clara, sería su vengador. Los de Trava y los de Illescas decían que el hijo de aquel pobre piloto no podría ser nunca más que el padre.

Cuando Fernando tocaba en Málaga tomaba la lección a Pedro y le daba clase de náutica, prometiéndole matricularlo en la Escuela de Náutica cuando tuviese diez años, y mandarlo luego a completar estudios a San Fernando. Era milagrosa la audacia con que el niño discurría sobre aquellas lecciones, preguntando lo que todavía no le tocaba aprender. El dómine decía que Pedro necesitaba freno. Pero los condiscípulos se burlaban de él: era viejo de nacimiento, si no idiota. Al volver del colegio seguía enfrascado en los libros o se iba a orillas del mar a contemplar las velas y hablar con los pescadores y marineros. Cuando se encontraba algún francés practicaba con él el idioma. Pero no jugaba jamás a estilo de los demás en el solar. Lo más que hacía era mirarlos de lejos, y cuando veía dos luchando o dándose de puñetazos, braceaba y gritaba para animarlos. Pero cuando los peleadores se volvían contra él, escapaba y lo tenían por cobarde.

Los domingos iba Clara a la iglesia y daba limosna por el alma de su marido. Lleva consigo a los niños, les obliga a permanecer una hora de rodillas, a repetir las palabras del rito y mojar los dedos en la pila del agua bendita que hay a la salida. Pedro quería probarla, a ver a qué sabía, y una vez llenó el hueco de la mano y bebió en él. Durante la misa miraba a los santos, y su imaginación se apoyaba en ellos y saltaba más allá. Una iglesia sin santos –lástima que no hubiera más y fueran más bonitos– no tendría sentido. El cura había visto a aquella mujer asistir fielmente a la misa muchas veces con los niños, uno a cada lado, y les cobró afecto. A veces, Clara se paraba en el pórtico, después de la misa, hablando con otras mujeres, y el cura se ponía a jugar con Pedro, que le decía palabras en latín. Aquel niño pobre era un milagro para el cura. Pedro le preguntaba entonces qué hacían aquellos santos en el cielo, y el cura le iba explicando toda la política celeste del limbo, el purgatorio y el infierno. Le pintaba el infierno con las tintas más horribles, pero el cura no tenía tintas con qué pintar el cielo que compensaran las del infierno. El cielo era inefable, el infierno no. Pedro veía claramente el infierno en su imaginación, pero nunca pudo ver el cielo. Aquello despertó en él un laberinto de sombras y claros que lo hacían estremecerse. Todas las noches, al acostarse, veía bajar, al cerrar los ojos, una catarata de tierras, casas, árboles y gentes; veía ojos sueltos, bocas abiertas, pies con alas, un apocalipsis. El cura no le había dado la Biblia, pero él había encontrado una oculta en un cofre de su padre y la había leído secretamente. Luego la mostró al cura y éste echó un largo sermón a Clara por haber permitido que el niño leyera el libro sagrado sin previa glosa. El cura le quitó la Biblia y le impuso la penitencia de ir todos los domingos con su hermana a aprender el catecismo. El cura enseñaba catecismo a muchos niños en la sacristía, y al que asistía doce domingos seguidos le daba una perra gorda. Pedro ganó varios premios.

En su cabeza se encontraban ahora la geografía del dómine —en la que había mucho de Marco Polo—, las leyendas de santos y de condenados del cura, las aventuras marinas de su tío Fernando, los heroísmos de la historia y su imaginación. Esta última barajaba todo lo demás y de allí salían las mentiras más extraordinarias. Además de memoria, Pedro tenía imaginación, caso raro. Estudiaba con voracidad en el colegio y en la casa; pero a veces le daban mareos y perdía la memoria por algunos minutos. Para evitarlo, Fernando le marcó las horas de estudio para las distintas asignaturas, fijándole otras para que saliera a jugar al solar. El niño prefería quedarse en el patio contándole mentiras y leyendas a su hermana o irse al muelle. Rosa caía absorbida por las fábulas y deliraba de gozo y miedo. Las horas en que Pedro no estudiaba, Rosa se las pasaba escuchando sus cuentos y llorando, pero no podía separarse de él. Los duendes, demonios y santos que vagaban por la fantasía del niño los rodeaban y empujaban uno contra el otro. Los veían trepar por encima de la tapia, mostrar sus dientes grandes, sus ojos de fuego, sus pezuñas de cabra, sus rabos y sus alas. Rosa se abrazaba a Pedro gritando; pero si éste callaba, le pedía que contara otro. Todavía usaba carbones para pintar en la pared, el suelo, las puertas y cuanto había, y estas figuras representaban ahora figuras históricas, fantásticas, y países remotos. Sobre todo había siempre un buque de piratas. Fernando creía que un buen marino tenía que llevar en sí, aunque fuese oculto, al pirata. Aquellas figuras se movían, hablaban, peleaban, entraban por las chimeneas, apagaban los candiles, se comían a los niños, desnudaban a los viejos, se bebían el agua toda de un río, derrumbaban casas, caminaban a pie sobre el mar, barrían las estrellas, el sol y la luna con una escoba, llevaban vacas y caballos por el aire, partían las alas al viento, abrían el mundo de un mandoble y hacían otras muchas cosas extrañas. La misma Clara se dejaba envolver por las mitologías de Pedro y se estremecía al entrar en el patio. Rosa se enfermó varias veces de miedo y ella misma dio en delirar así en la fiebre; pero cuando Clara trataba de separarla de su hermano o castigaba a éste por infundirle miedo –e infundírselo a sí–, los dos se negaban a comer y lloraban tirados en el suelo, abrazados, hasta enfermarse. Aquella fantasía descabellada era lo que hacía de Pedro un niño tímido. Las cosas y los actos los veía siempre agrandados y nadando sobre la tierra. Una pelea con otro niño se le figuraba a muerte, y él no quería morir.

Fernando cumplió su promesa, y a los diez años Pedro ingresó en la Escuela Náutica de la ciudad, pero sin dejar de asistir también a las clases del dómine. También esto llegó a los de Trava, que rumorearon para sí muchas conjeturas. Don Antonio, el padre de Clara, mandó a su hija una carta diciéndole que bastaba con lo que había hecho; que las gentes hablaban de ella, y que era mejor que se reformase o se fuese de la ciudad. Creían que lo que ganaba cosiendo no le daría para educar al niño de aquel modo. El dómine había desparramado la fama de aquel niño, que necesitaba freno para que no aprendiese demasiado, y su profesor de la Escuela Náutica vino a confirmarlo. El único defecto que tenía Pedro era su vicio de fantasear, mentir y preguntar lo que no le importaba —pasarse de listo, decían—. Pero luego se encerraba en un mutismo árabe. Tenía la piel fina, los ojos azules y el pelo negro.

Clara trabajaba noche y día y enseñaba a Rosa a leer, escribir y bordar. Sus horas se las repartían el sueño, la casa, la costura y los recorridos que hacía por las casas buscando trabajo. Volvía trajes de hombres y hacía vestidos para mujeres ni pobres ni ricas. Estaba cansada de estar sola, pero no quería meter en casa un hombre que, a lo mejor, le maltratara a los niños. Pero esta carta de su padre la conmovió más que los requiebros de un pescador, llamado Job, viudo y propietario de un falucho. Este hombre recogió los frutos de aquella carta que no había escrito. Era viudo, tenía un hijo ya grande y llevaba quince años a Clara. Todos los días —vivía al lado— se paraba ante su puerta y hablaba con ella cuando no salía al mar. Clara había decidido cerrar la puerta y meterse en su casa y llorar —los niños la veían y no sabían por qué lloraba, pero toda la familia era muy sensible—. Aquél era el único hombre que la había requerido de verdad, y se sentía sola. Cuando recibió la carta de su padre rió y lloró a la vez, y al otro día mandó a Job que pasara adentro y se la dio. «No he podido resistir más», le dijo. Enseguida se casaron, y el pescador vino a vivir a la misma casa, que sólo tenía una alcoba, un comedor, la cocina, una saleta y el patio. Pedro y Rosa dormían en una cama pequeña junto a los padres.

Job era un hombre bueno, pero bruto. Era un pescador curtido, y todo en la vida lo trataba como patrón. El mismo amor a Clara, que había recibido de joven una educación refinada, lo había hecho así. Clara temía por sus hijos; pero como Fernando venía con frecuencia a casa y había asumido el tutelaje de Pedro, al principio Job no se metió con él. Lo veía entrar y salir y pensaba que siempre sería un chupador de gentes, que no trabajaría. Cuando iba Fernando, Pedro contaba cuanto había aprendido, que era mucho, y Job ladeaba la oreja para oír. Aquello le parecía muy extraño. El niño parecía humillarlo con las trampas de los libros, hechos para *epatar* a los que trabajaban. Esto le hizo tomar odio al niño y lo miraba como a un pez resbaloso. Daba vueltas en torno a él como un tigre para echarle la zarpa, con el labio fruncido, enseñando el colmillo. La sombra de Fernando protegía a Pedro, y Job se iba a la mar con su hijo. Clara le había dicho: «Nos casamos a condición de que no te meterás con mis hijos». Pero Job adquirió pronto dominio sobre su mujer. Clara había ahogado en sí tanto lloro, que parecía habérsele coagulado dentro, impidiendo que su alma se moviera con libertad, como nadando en cera. Así Job la manejó pronto a su voluntad. La mandaba con el pescado a la plaza y a veces le daba empellones, decía, por no echarle el nudo al cuello –aunque esto se le pasaba pronto–. El hijo de Job dormía en casa de una tía y trabajaba con él. Clara parecía agostada, como si pasara el fuego sobre ella.

Job se alegró de una cosa que le pasó a Pedro. Éste no era para los condiscípulos más que un empollón que almacenaba cuanto había en la memoria y luego lo papagueaba a los profesores. Las mismas mentiras y creaciones que les contaba a la salida, decían, se las había enseñado alguien. Pero estos cuentos de duendes y piratas dieron en atraer a los condiscípulos, que lo llevaban a la fuerza al solar y le hacían contarlos. Más de doce niños se le reunían en derredor y escuchaban con la boca abierta. Luego le tiraban del pelo y le daban puntapiés para vengarse de que sabía más que ellos. Pedro aguantaba, retrocediendo hasta el muro posterior de su casa, y allí permanecía a raya, indeciso de si debía o no sacar una sevillana que llevaba entre la piel y la camisa. Pero los golpes eran flojos y el orgullo del muchacho no sufría –puesto que pensaba: «De un soplo los haría desaparecer a todos si no temiera matar a alguno»–. Su imaginación fabulosa manejaba seres fantásticos al principio, pero luego tomaba personajes conocidos y les hacía hacer cosas raras. Un día se le ocurrió imaginarse al dómine dormido sobre una mesa –a veces lo hacía así– y una bandada de gatos trepando por él en busca de los pescados que los discípulos le habían metido en los bolsillos. Esto dio la idea y entre unos cuantos decidieron hacer real lo imaginado. Un día escondieron cuatro gatos bajo un cesto en el pasillo, y cuando el dómine dejó caer la cabeza le metieron pescados en los bolsillos y sobre la mesa y soltaron los gatos sobre él. El dómine permanecía con los pies fuera de las zapatillas y sobre la mesa tenía una caja de bolitas de hierro aristadas sobre las cuales obligaba a algunos a arrodillarse. Al sentir los gatos sobre sí, el dómine saltó con la caña a palos con ellos y luego se fue descalzo sobre los discípulos. Pedro se apoderó de la caja de bolitas y las desparramó ante el maestro, que cayó al suelo con los pies heridos, gritando. Entretanto, todos huyeron, y Pedro también. Como resultado, éste quedó expulsado del colegio. Pedro supo con el tiempo que aquel método de hierepiés lo usaban los marinos contra las sublevaciones. En casa, Job aprovechó la ocasión para darle la primera paliza al sabichoso, y así se aseguró, al parecer, su sometimiento. Lo obligaba a trabajar en las horas que le sobraban de la Escuela Náutica, le hacía despalmar el falucho al regreso y siempre que lo veía inclinado sobre un libro encontraba algo que mandarle. Pero Fernando seguía visitando la casa a cada vuelta y Job respetaba los estudios de Pedro en la Escuela Náutica.

Pero de golpe Fernando recibió el mando de un barco mercante que navegaba entre Cádiz y las Antillas. Fernando dejó el encargo de que no se interrumpieran los estudios; pero cuando hubo desaparecido, Job cortó de tajo la carrera de Pedro. Dijo que no era mejor que los demás para recibir una carrera y que o se largaba de la casa o iba con él al mar, como lo hacía su hijo. El hijo de Job se llamaba Bartolo y tenía entonces veinte años. Era bruto y fuerte como su padre. Pedro no pudo oponerse y Clara tampoco. Rosa, que deliraba de amor por su hermano, lloró días seguidos cuando Job se llevó a Pedro a pescar. Sólo se le permitió, como mucho, llevar un libro, que leía a tirones, robando al sueño. A veces se pasaba una semana y más fuera y regresaban rendidos. Clara había perdido toda su voluntad y energía y no pudo oponerse a su marido. No hizo más que llorar y despedirle a besos. Pedro, por otra parte, nada podía hacer. Era demasiado impresionable para resistir y sus propias fantasías le habían dado un temple que temblaba ante todo. Además, su imaginación le tiraba al mar. Aquello le dio ocasión de verificar y practicar sus estudios teóricos. Y otra cosa: Pedro tenía trece años; su padrastro sólo había visto en él a un aprendiz de señorito que no servía para nada sino para despreciarlo, y el mar dio oportunidades al joven. En poco tiempo conocía los nombres de cada parte del barco y maniobraba como Bartolo. Job quedó como arriado en sí mismo, desconcertado de ver la rapidez y precisión con que el joven maniobraba, adivinando las órdenes antes de recibirlas. Y no sólo era hábil. Cuando se le endurecieron las manos se vio que también era fuerte y resistente. Nadie podía sospechar que su cuerpo, delgado y cimbreante, contuviese tan grande cantidad de energía. Pero esto lo hacía también, en gran parte, la imaginación. El padrastro, por segunda vez humillado, ésta era su especialidad, no sabía si abofetearlo, morderlo o tirarlo por la borda, y lo mismo le pasaba a Bartolo. A Job le había irritado que un chico de su clase quisiese pasarse de ella y hacerse superior. ¿Qué derecho tenía a dejar atrás a los suyos? Y ahora, con su cuerpo de junco y sus años tiernos, ¡queriendo emparejarse con los que llevaban muchos años capeando borrascas y halando redes en la mar! Tampoco a esto tenía derecho. Todos los que trabajaban con Job en el falucho pensaban lo mismo. Pedro era allí el esclavo de todos, y todos los trabajos pasaban alguna vez por su mano. Tenía que limpiar, abrir pescado, ayudar en la maniobra, halar del aparejo. En el primer levante que los envolvió Job lo amarró al gobernalle, y cuando lo sacó, Pedro cayó sin sentido y echó sangre por la boca y la nariz. La gente creyó que moría. El barco había danzado seis horas seguidas sobre las olas, de noche, y las rachas silbaban en los palos. Vio pasar las velas sobre su cabeza como las aves fabulosas de sus fábulas, y los pescadores derribaron los palos, que cayeron al mar y mataron un hombre. Luego siguieron a remo, a oscuras, sin más brújula que la que el hombre de mar lleva en sí. Sólo al fin de la estación de pesca podía el joven volver a sus estudios de náutica, historia y geografía, que mezclara con las leyendas.

Rosa ayudaba a su madre, y al regresar Pedro del mar volvía a engancharse a él. Como en la casa no había más camas —Job tenía también el defecto, no andaluz, de ser avaricioso y ahorrativo—, todavía dormían juntos, iban juntos a la misa y hablaban mal del padrastro. Rosa esperaba que Pedro tendría algún día un barco suyo y la llevaría al mar.

Clara, dominada por Job, no podía darles bastante calor, y los dos hermanos se apretaban más uno contra el otro por dentro. A veces se encuentran en la calle a algún pariente del otro lado y no les habla. Definitivamente, están solos. Pero Pedro tiene su imaginación y su alma de pirata y la vida dura no hace sino exaltarlo más. Es flexible, se allana a la autoridad del padrastro, pero encuentra siempre medio de violar leyes. En su última confesión, el confesor —era un cura nuevo en la parroquia— le explicó todos los grados del sexto. Le dijo que la fornicación era admitida por Dios en el matrimonio; que fuera de él, entre sangres distintas, era perdonable por la confesión y el arrepentimiento; pero que entre sangres iguales no tenía perdón y el pecador sería condenado. El confesor le preguntó también si tenía hermanas, y le dijo que no se debía jugar con ellas, porque el diablo no hacía otra cosa que tender lazos. Aquel diablo que tanto execraban las gentes debía de ser un gran personaje, y la imaginación de Pedro comenzó a bailar. Así nació el pecado.

Entretanto, Pedro se iba empapando de la vida del mar y del puerto. Aquí hablaba con los marineros extranjeros, se enteraba de la invasión de los franceses y oía por primera vez el nombre de aquel gran pirata de tierra que los marineros italianos llamaban Napoleone. Con éstos aprendía algo de la navegación en el Mediterráneo, y enriquecía su conocimiento de idiomas. A esto agregaba el hábito de la lucha. Al principio su madre le cortaba el pelo, dejándole trasquilones, pero luego se lo dejó crecer y le formaba ondas sobre las orejas, por donde navegaban las palabras de los hombres —las únicas que navegaban— y el choque de las facas en las tascas, y de allí nació el honor.

A pocas puertas vivía un antiguo marinero —ahora vendedor de boquerones—. Tenía la piel morena, la barba blanca y la memoria frutada de misterios del mar. Pedro se colaba en su guarida a escucharle. Vivía solo en una perrera de tablas, al fondo de una casa vieja. Los dos se sentaban en una yacija de jarcia pasada y redes rotas, con una mariposa de aceite al lado. Un gato se enroscaba a sus pies. Pedro se echaba junto al gato, y el viejo iba dejando caer en sus oídos milagros verdaderos, accidentes y luchas de fuerzas ocultas en la vida del mar. Diez años había sido pescador y diez piloto de derrota por las costas de Portugal y el Cantábrico. Todos los sucesos de su carrera habían estado movidos por fuerzas ocultas que anidaban debajo de las alas del viento, en el vientre de las olas o en el cerebro de las nubes. Estos seres se manifestaban de distintas formas. El viejo había visto una noche, en una calma, una multitud de gatos maullando en torno al buque, con fuegos de San Telmo en los ojos, mientras los marineros se morían de sed y se iban tirando al agua, y los gatos los iban comiendo. En otra ocasión había caído una lluvia de mariposas de cera que encartonaba las velas. Al volver a su casa, Pedro no se atrevía a mirar a los lados. La voz de los serenos, o el tintineo de las llaves, o el aleteo de la brisa le hacían saltar. Entonces se metía en la cama y buscaba la realidad de Rosa.

En la época de la vendeja las embarcaciones no cabían en el puerto. Venían barcos de muchos puertos de Europa en busca de pasa y almendra, y Pedro se mezclaba con los marineros. En estos barcos venían también mujeres que pasaban a América en los de Cádiz. Málaga era entonces un lugar adecuado para desertar y meter contrabando de armas. Las gentes no cabían en las posadas y algunas dormían a descampado por las faldas de las colinas. De noche había riñas, risas y cantos. Algunos barcos servían de nido a las zorras. Todo esto se barajaba en torno de Pedro, que se iba nutriendo del fatalismo de aquellas gentes errantes, sin fe, agarradas a la superstición y al honor, que irrumpía a veces violentamente como un tifón en una calma.

A fines de esta estación ocurrió la cosa innatural. Salvo matar, Pedro había cometido todos los pecados. El hecho no era nuevo —y había tenido origen por la proximidad de las dos camas—; pero hasta entonces no se descubrió. Rosa tenía quince años y no había tenido ningún novio. Era bella, y su cuerpo vibraba; pero no se la veía en la calle sino con su hermano. Pedro llegaba con el padrastro del mar, y Rosa estaba en la cama, y Clara llorando. Al ver a Pedro, Clara se acercó a él y le dijo:

—Huye, porque si no te van a matar.

Rosa estaba encinta. Pero ya era tarde. Al descubrirlo, Clara la apaleó y luego quedó aplastada, llorando. Los vecinos habían oído los gritos y arrimado las orejas a la puerta. Clara gritaba loca y todo se descubrió. Un rebaño de gente, grandes y chicos, rodearon la casa, con los bolsillos y los mandiles llenos de piedras, en espera de que saliese Pedro. Y cuando salió las piedras y los cencerros y los gritos llovieron sobre él. Pedro dio en correr y la turba a seguirlo, hasta que se echó al agua y nadó sumergido hasta la Caleta, donde había un velero de Mallorca. La turba lo perdió de vista y la noche vino a taparlo todo.

Libro segundo

La *Nostra Dona del Carmen* no vino a descubrir al polizón hasta el mediodía siguiente, cuando había ya largado velas. Los centinelas lo habían visto arrastrarse sobre cubierta, mojado, desnudo de la cintura para arriba, descalzo, y lo habían dejado. El capitán, llamado Matías Barceló, quería echarlo al agua, viendo que era delgado y joven y apenas le serviría para nada. Pero el contramaestre se opuso y acudieron algunos pasajeros. El barco era de carga, pero en esta estación todos los barcos llevaban algún pasajero. Allí iba una mujer llamada la Petra, que todos los años venía de Barcelona a Málaga durante la vendeja, y reconoció a Pedro por una costura que tenía en el hombro derecho –pues Pedro era zurdo–. Se la había visto hacer. Pedro había tenido un desafío con un portugués en una fonda donde paraba Petra, que iba allí a alquilarse, y los dos habían salido a un callejón con las facas en la mano. Petra los siguió y dijo que la reyerta había sido por su culpa, y luego curó su herida. En cuanto vio a Pedro en el barco con el busto al aire, los brazos caídos y los ojos muy abiertos clavados en el capitán, se fue hacia él y comenzó a besarlo. Aquella mujer andaba siempre en busca de jóvenes que la ayudaran a recordar el pasado y la acompañaran en aquella soledad en que vivía, contra el mundo, como si fueran hijos suyos. Ahora iba sola y de mal humor, porque no había hecho muy buen negocio, y decía que todo el mundo deseaba verla muerta o podrida. Era una mujer muy resentida y celosa, y Pedro se vio envuelto y arrastrado por ella hacia una torre o chalet que tenía en el barrio de San Gervasio de Casolas. Allí vivía Petra, sola, junto a otra torre, donde vivía un hombre, solo también, llamado Vilanova. Se decía en el barrio que Vilanova estaba loco. Se pasaba el año paseando por la casa, leyendo libros y hablando solo. Durante muchos años había sido cosechero de café en Puerto Rico, y las gentes decían que una esclava suya le había dado un bebedizo. La Petra iba a trabajar de noche al centro de la ciudad y Pedro resolvió visitar a Vilanova. Éste vivía entre tapices chillones, libros de filosofía y tenía una vitrina llena de toda clase de armas. En otra tenía trofeos aztecas y toltecas, cabezas de indios reducidas, mantas, jarrones, espuelas de plata y otras cosas. Usaba bigote mogol, jipijapa y guayabera. Vilanova se paseaba solo por su casa y los chicos vecinos iban a espiarle por las ventanas y le tiraban piedras. Pedro no lo encontró tan loco. El hombre lo recibió y le habló de América, de la trata negrera y de filosofía.

—No vayas nunca a América, ni confíes nunca de las gentes de color, muchacho —le dijo Vilanova.

Petra vistió a Pedro y le dio algún dinero, cosa casi desconocida entonces en España. La mujer gruñía constantemente, diciéndole que ya no la quería, que le habían dicho miraba a otras en su ausencia, y que si algún día la engañaba lo mataría. Venía de sobremañana y empollaba sobre él y le clavaba los dientes y las uñas. Pedro se cansó de ella, y un día fue a enrolarse a un barco portugués que no pagaba tripulación. Era la goleta de un judío, que vivía en ella con toda su familia, y erraba sin ruta fija cargada de las mercancías más extrañas. En ocasiones hacía también contrabando. En los puertos donde tocaba encontraba siempre marineros que querían cambiar de sitio y trabajaban gratis durante un tramo de costa. Generalmente cargaba objetos robados y de empeño, que vendía a los empeñistas judíos del Mediterráneo. Llevaba reliquias de iglesias, ropas, armas, prendas, libros y un sinfín de cosas más. El capitán, llamado Cunha Souza, llevaba también a bordo su familia. Este año dominaba el poniente en el estrecho, y Cunha iba falto de tripulación. Pero antes tendrían que tocar en Málaga. Pedro habló con el capitán, contándole una mentira. Dijo que había huido de su casa porque le habían pegado y que no quería bajar a tierra, pues la descarga solían hacerla los grumetes, y el capitán le prometió dejarlo a bordo. La mujer del capitán cocinaba para la tripulación y la del judío llevaba las cuentas y el diario de a bordo. Un hijo hacía de pañolero y otro de sobrecargo. El capitán no tenía hijos. El recorrido era, generalmente, de Palermo a Bilbao. Ahora ponían proa al poniente.

Cuando Petra llegó a su torre, ya Pedro estaba mar afuera. El viento era frescachón. Siguieron barajando la costa hasta Tarragona, luego Cartagena, al amanecer montaron la punta de los Cantales y recalaron en Málaga con sol. Allí demoraron dos semanas y Pedro mandó a un marinero portugués, con el cual había hecho amistad, averiguar lo que pasaba en su casa. La noticia corría por el puerto: Rosa había malparido, y Pedro, decían, se había ahogado. Rosa seguía con su madre y su padrastro, pero nadie de fuera le veía el rostro. Las gentes habían hecho coplas y apedreado su casa y Job había tenido que defenderla a tiros.

En Málaga advirtieron al capitán que no se lanzara al estrecho hasta que mejorara el tiempo. La bahía de Algeciras y surgideros cercanos estaban llenos de velas plegadas en espera del levante, y muchas se fueron a pique aquel año. Esto había cundido por el Mediterráneo; los marineros sin ruta, errantes, sin sueldo, habían quedado prendidos en los garfios de la costa. La goleta tendría que pasar el estrecho con media tripulación. Pero en el capitán quedaba como un eco de los gritos portugueses del mar y no temblaba, y Pedro tampoco. Cunha Souza dio en cobrar afecto al grumete. En general, en este barco escaseaba siempre la tripulación, y el trabajo era duro y largo, pero no era costumbre pegar a los marineros sin sueldo. Lo más que se hacía era matarlos de hambre, y apalearlos y castigarlos en la cofa cuando robaban qué comer. Sólo una vez, decían, habían colgado uno de la verga del mayor, y eso porque había entrado en la cámara de la hija del judío, que la guardaba con tanto amor como el oro de sus arcas.

Salieron de Málaga para Tánger, tras una calma en que se habían manifestado señales sutiles. Las calles se habían humedecido, se habían desazogado los espejos, los sonidos cundían a grandes distancias por una atmósfera demasiado transparente y la playa exhalaba un intenso olor a mariscos. Poco después de largar velas sopló fresquito del nordeste y cayeron chubascos. El levante arreció. El capitán comenzó a otear la cerrazón y ventear las rachas. Algunos marineros engrasaban las bombas. El levante era cada vez más duro, pero era favorable, y el barco —goleta de velacho— seguía barajando fuera de la corriente general. Pero el peligro estaba a la vista de quien, como Pedro, había estudiado meteorología, y advirtió la conveniencia de comprar repuesto de aparejos en Gibraltar. La goleta no llevaba más trapos que los puestos ni más palos que los erguidos. El dueño y su mujer dieron en gritar y sembrar palabras al viento y caminar de un lado para otro y recontar los cuartos. Cunha no podía sustraerse al miedo que Pedro le había metido en el cuerpo. Mandó poner proa a Gibraltar, con vientos favorables aún. Al aproximarse amainó el levante y costó trabajo vencer la corriente. Gibraltar, puerto franco, era un almacén de todo, y sobre todo de aparejos. Los barcos que iban a desembocar en el estrecho se equipaban allí para hacerlo y los que lo habían embocado descargaban o arribaban para reparaciones. La población tenía aún las señales del sitio de tres años, y Cunha habló a Pedro de los ingleses. Dijo que aquel promontorio era la llave del mundo, y que los ingleses, gentes falsas y aprovechadas, tenían la llave de todo. Andan siempre juntos, como las hormigas, y viven del robo, dijo. El judío había bajado a tierra a comprar jarcia y madera de respeto. El levante había enmohecido todos los hierros y ahora parecía cansado, y sin levante no podrían cruzar el estrecho. Pero el este soplaba a rachas, entre cerrazón y chubasco. Pedro había hecho sus cálculos —deseaba comprobar sus conocimientos— y los presentó al capitán. La goleta se daría a la vela a media vaciante, llegaría a la punta del Acebuche al principiar la creciente, fondearía al redorso de Tarifa, y con la creciente largaría trapo rumbo a Tánger.

—Esto es mucho saber para un grumete —dijo el capitán.

Ahora le entró a Pedro un deseo extraño para mucha gente. Gracias a sus presagios, leídos en la calma de Málaga, habían fondeado en Gibraltar, y le entraba un deseo loco de que el presagio se cumpliera, de que las mangas se tragaran el velamen. El chico tímido desapareció ante el peligro grande. En los bandazos había encetado la espalda y los brazos contra la jarcia y el agua del mar blanqueado las heridas, como labios de negras. Cunha le preguntó si no le escocían.

—Nada me escuece nunca —dijo Pedro.

El capitán dirigió el voltejeo para montar la isla de Tarifa, pero el levante se había enfrentado ya con el vendaval. Éste pugnaba por desalojar al primero del estrecho, por volver a meterlo en su saco del Mediterráneo y allí comerlo vivo. En ocasiones, el poniente lograba meter al enemigo de enfrente en huida y lo perseguía hasta Córcega y Cerdeña. Los dos vientos se encuentran eternamente en el estrecho y a veces, en invierno, cuando tienen frío, forman una zona neutral de calmas. Es su frontera peligrosa para los marinos. Esta vez el levante mandó a la goleta de un soplo a esa zona. Allí la abandonó. La goleta se fue aquietando y las velas flamearon. En la calma, zona neutral de los vientos, era donde nacían las mangas. Cunha mandó aferrar todo el aparejo y asegurar las vergas. Las mujeres dieron en gritar.

Cerraron las escotillas y aguardaron la noche a palo seco. Durante aquella calma, los sonidos, sin eco, llegaban muy lejos. En la lejanía se sintió a las mangueras avanzando hacia Oriente, con un son acompasado, como rezo de ánimas. La gente se metió bajo cubierta a toda prisa. Ocho mangueras avanzaron rezando, cogieron la goleta en el medio, la hicieron virar en redondo y se fueron con el mesana, las velas y los masteleros. El grito de mando fue: ¡A las bombas!

Con el amanecer se levantó otra vez el levante, se fue al asalto del poniente y lo metió de un empujón en el Atlántico. Con esto, atravesaron el estrecho, barloventeando sobre África, dejando caer el ancla a cada paso, por las mareas contrarias, proa a Tánger. El capitán puso a Pedro al timón, y el sol le lamió las llagas. El judío lo miraba sospechosamente. Creía que Pedro había producido las mangueras, para hacerle gastar dinero, por alguna arte mala; pero Cunha Souza hubiera querido darle un barco en premio; mas sólo lo dijo a su mujer. Ésta estaba siempre en guerra con la del judío. Ambas eran mallorquinas, sólo que la del capitán no era chueta.

El dueño de la goleta tenía consignatarios en Tánger y éstos intervenían con el jerife Abdesalan-ben-Abdsadok para el contrabando. En casi todos los puertos tenía algo así. Los judíos del zoco chico tenían en sus casas almacenes de todo y la goleta era un resumen de todos ellos. Muchos de los objetos comprados en Tánger eran robados por los rifeños, las gentes de la ribera, a los europeos y empeñados en casa de los judíos. Cuando en España encontraba oro o piedras preciosas los llevaba a un amigo banquero, Shalom Abensur, o a las familias Cohen y Nahon. El jerife estaba en connivencia con éstos y con los mercaderes ingleses de Gibraltar, que compraban granos y ganados y vendían whisky. Durante el mando de este jerife había muchos barcos en el puerto y el zoco estaba lleno de marineros borrachos, revolcados entre las familias de mercaderes, los encantadores de serpientes y los mendigos. Todos los ladrones y truhanes vagaban por el zoco viejo. A veces pasaban españoles con capa y judíos de banca. De Londres, París y Barcelona iban rameras que se alojaban en tugurios de judíos. A veces se las compraba por prendas, y se iban a dar a los barcos. Realmente, aquélla era una gran lección para un romántico como era Pedro.

Tánger era riesgoso en invierno, pero sólo entonces abundaba el agua, que caía del cielo. Las almadías las vendían en torno a los buques y los negros en las rampas de las calles. Aquí se encontró Pedro por primera vez con esta raza, y descubrió que el mismo Cunha había sido negrero. En el segundo viaje se le había sublevado la tripulación y lo habían abandonado en un bote cerca de Recife. Desde entonces había abandonado la trata. La primera vez, dijo, había comprado negros cerca de Tánger a una factoría flotante. Los ladrones los secuestraban por las noches en la ciudad, los metían en lanchas y los llevaban a aquel barco, propiedad de un portugués, que los traspasaba a los negros. Los negros permanecían a veces mucho tiempo en la cala, y cuando los sacaban estaban muertos, o enfermos, o eran espina pura. También los rifeños vendían negros o negroides, que acusaban de infieles, y los traían en caravanas. En otro tiempo, a fines del siglo, el mismo sultán había vendido una milicia, y los eunucos mal castrados o enfermos los entregaban a los traficantes judíos, que los vendían baratos y a veces los pasaban por enteros. De allí había venido la costumbre de los compradores de registrarlos bien. Todo lo que va pasando es una lección.

En esta goleta –como en todo, dijo Cunha– los rangos estaban bien espaciados. En el castillo de popa, a un nivel mediano sobre la cubierta superior –tenía dos–, estaba la cámara del capitán y la de sus oficiales –no había más oficiales que el contramaestre, pero se improvisaban entre los marineros expertos–; a proa del mayor, un poco más alta, la del dueño y su familia, y en el castillo de proa la marinería de arribada, sin sueldo. El capitán escogía sus *oficiales* –timonel, etcétera– entre esta gente.

Mientras el judío andaba en negocios por la ciudad, Cunha contaba a Pedro —realmente la familiaridad era excesiva entre un capitán y un grumete— hechos del mar, suyos y de otros. Muchos eran ciertos y se referían a los navegantes de *Os Lusiadas*. Por primera vez vio Pedro la ruta de la aventura. Desde la cubierta de la *Errante* vio pasar en imagen, en las palabras del capitán, las naos hacia el sur, portuguesas primero, inglesas después. Luego veía regresar a las inglesas cargadas de botín, mas no a las otras. El capitán Cunha hacía de esto ballestas para sus palabras disparadas desde la patria, pero Pedro sólo veía la aventura pura, sin bandera. Lo que en el capitán había de portugués borraba lo que había de judío. Pedro hacía en sí un equilibrio entre el dueño de la *Errante*, mercader de todo, y el capitán, fantaseador de todo.

Cargada la goleta en Tánger, el judío echaba todo el mundo a tierra por una noche y metía a bordo sus corresponsales. Nadie más asistía a aquellas reuniones, donde se hablaba de números y de religión.

En el puerto y por el zoco chico colgaban gentes de todos los países, vestiduras y religiones. El capitán y Pedro caminaron al azar hasta el zoco de fuera, donde vieron un caso raro. Era un negro, aguador acuclillado en una acera, que dio en correr, aullando, al ver a Cunha. El negro había sido vendido al capitán, y éste, al descubrir que era eunuco, a la salida, lo había tirado al agua. Lo había recogido un pescador.

Con la amanecida levaron el ancla con sureste benigno. En la travesía, Cunha contó a Pedro un caso extraño. Dijo que algunos judíos de Tánger enterraban en las tumbas de sus familiares sus tesoros; un rifeño que había descubierto el secreto había ido de noche a saquear una de aquellas tumbas, y al otro día había ido a empeñar los objetos a casa del propio dueño. Por primera vez vio el capitán estremecerse a Pedro. Aquellas palabras le sonaban como martillazos en la tumba de noche. Nadie sabe por qué.

Entraron en Cádiz con virazón fresquita. Pedro se adentró en la ciudad término de su viaje. «El hombre es un metal templado por el fuego de dentro y el temporal de fuera. Lo primero es la ley que hay en él, luego el fuego que derrite esa ley y al final los golpes que la modelan y la temperatura que le da filo.» Discurso del capitán Cunha Souza al despedir a Pedro en el puente de la *Errante*.

Era esto en 1814. Resonaban aún los ecos de los cañones de Soult, y de los balcones caían coplas contra los franceses. Pero eso no tenía sentido para el pirata que había en Pedro. Lo que él buscaba era la narración objetiva de los hechos de aquel gran hombre llamado Napoleone. Y esto no podía encontrarlo. Narrar, y objetivamente, no lo sabía hacer nadie entonces. Todos se sentían sujetos y líricos.

La ciudad era como una sierpe de cabeza blanca con un halo de velas. Había velas de todas partes, y entre ellas sangraba el pabellón rojo de la matrícula de Cádiz. Pedro se reunió en los puntales con otros marineros prófugos. Siempre había aquí, en la playa, buques espalmando o reparando en los astilleros particulares que necesitaban tripulación. Al aproximarse la fecha de partida en estos buques solían dar de comer a los marineros que iban a enrolarse. Aquel tiempo previo servía también para probar a los marineros. Al fin, si no servían, los echaban. Así que había siempre enjambres de vagos que iban a enrolarse y, después de someterlos a unas cuantas pruebas, los despedían. Entretanto, comían. Los echaban de un barco y se iban a otro como perros. Cádiz ya no era rica, pero aún abundaba el pícaro formado por los mentidos tesoros de América. Entre esta gente había siempre grandes negocios en proyecto con derroteros por medio. El marinero que llegaba se encontraba enseguida con conocidos antiguos, aunque no los hubiera visto nunca.

Pedro llevaba consigo un cofre con ropa y prendas robadas a Petra, y con él iban dos grumetes vascos que habían navegado en la *Errante* y comenzado a entrarles curiosidad por ver lo que había en aquel junco que no parecía valer nada y se codeaba con el capitán. Al bajarse en Cádiz lo siguieron y los tres fueron a la misma fonda. Eran dos hermanos cuadrados, algo mayores que Pedro, que siempre los echaban de los barcos por buscar camorra. El padre de estos marineros iba a pescar a Terranova y los había llevado dos años consigo, enseñándoles a pelear.

El viejo Salaverry lo veía todo como una lucha entre hombres, y los hijos heredaron su visión. Desertaron de él, se echaron a atacar a otros marineros y habían cogido mala fama. Un barco catalán los había dejado en Palma, donde los recogiera la *Errante*. Desde que vieron a Pedro no hicieron sino aguardar la ocasión de verlo solo. Al principio fueron con él a la fonda, pero luego, cuando a Pedro se le acabaron los cuartos, lo llevaron a un casco viejo, varado en la playa, donde vivían algunos vagos. Éstos habían horadado en la arena, vuelto el casco boca abajo, teniendo así una especie de topera que anegaba la pleamar. Como Pedro, los vascos tenían intención de irse a América, pero rara vez había plaza. Abundaban más en el cabotaje y en los negreros. José Salaverry, el mayor, estaba dispuesto a ir a África, y los tres comenzaron a recorrer tascas, muelles y fondeaderos en busca de trabajo. Los vascos se peleaban también entre sí. Pedro vivió con ellos un mes, comiendo en los barcos, y todos los días los vio darse puñetazos. Andaban siempre con los ojos y la nariz hinchados. A Pedro comenzaron a mirarlo como a un ratón, como si quisieran jugar con él y luego comérselo. ¿Cómo era posible un marinero así, con ojos de santo y sin ningún músculo? ¿Y dónde había aprendido él todo lo que sabía, por qué el capitán le había cobrado afecto y de dónde sacaba el valor? Al principio querían pegarle, pero nunca lo querían a la vez, y cuando uno quería le defendía el otro y se peleaban entre sí. Cuando a José le entraba la rabia vasca de abofetear a Pedro lo defendía Ricardo, y al revés. En aquel mes supo Pedro que su tío había partido de capitán de un barco para Cuba y trabó amistad con un piloto, también de Málaga, que navegaba por el Mediterráneo. Pedro le pidió trabajo, enseñándole un certificado de su tío Fernando y otro del capitán Cunha. El piloto malagueño le presentó al capitán. Éste admitió a Pedro, pero no a los vascos, y éstos mostraron los dientes. Los tres se hallaban entonces en casa de una portuguesa que daba posada. Tenía varios apartamentos para los marineros que pagaban y un largo zaguán con yacijas de sacos y obra muerta para las marinerías sin dinero. Además, tenía un restaurante de primera y otro de segunda. De lo que sobraba al día de estos restaurantes la portuguesa daba a los del zaguán. Así, cuando éstos hacían algún viaje y ganaban algo, al volver se lo iban a gastar allí. De este modo se había enriquecido la mujer. En otro departamento tenía vulpejas, que se acostaban en camas viejas, vestidas, sobre ropas que no se habían lavado nunca, y allí no había nunca agua. Doña Noira das Navas se jactaba de tener en su casa princesas negras, huríes robadas de los harenes y ricas hembras de España arruinadas. De todas las demás naciones tenía un muestrario, importado de Tánger, y niñas inocentes. El mismo dueño de la *Errante* le había llevado algunas, y en un tiempo, dijo a Pedro, el capitán Cunha había sido su marido. El piloto estaba allí aquella noche.

A la amanecida los vascos siguieron a Pedro y al piloto hasta el fondeadero de Puntales, donde fondeaba el barco, con las cabezas echadas para adelante, como lobos. El piloto se había acostado con una londinense y en él no había sino un cerebro que jugaba con formas. Pedro vio venir a los vascos, saltó como un gato a la faja del piloto, le arrancó la faca y aguardó. Los vascos se le tiraron a la vez. Pedro clavó la hoja en el costado del menor y siguió saltando hacia atrás hasta que acudieron otros marineros. El piloto, borracho, había caído al suelo. El vasco se había arrancado la faca y seguía con ella en la mano para arriba de Pedro. Cuando los separaron siguió desafiándole de lejos hasta perderle de vista.

La *Carla*, barca de tres palos, pertenecía a una compañía de la cual doña Noira formaba parte. Generalmente, transportaba productos antillanos, de contrabando, a Génova, Nápoles y Palermo y regresaba en una larga travesía directa a Cádiz. Cuando no tenía mercancías para estos lugares barateaba por las Baleares y el continente como la *Errante*. El capitán era un gallego rubio, de ojos desconfiados, que recelaba de toda la tripulación. Se llamaba Marcos Perpiñán. El contramaestre, Guglielmo Andrea, era italiano. La marinería era escasa. Para un grumete no podía haber descanso en la *Carla*. Las voces de mando, que a los marineros decían «¡Arriba!», a los grumetes decían «¡Abajo!». Pedro tenía que trabajar dieciséis horas en dos turnos, limpiar, lavar los cacharros y engrasar las bombas cuando se sospechaba tiempo sucio. A veces tenía que rehacer el mismo trabajo, embetunar las botas del capitán, limpiar los camarotes y lavar la ropa. Con él trabajaba otro grumete italiano, llamado Pietro Anselmi.

Antes de entrar en el golfo de Génova azotó a la *Carla* el nordeste y tuvieron que navegar de bolina. Hicieron falta todos los brazos. Los hombres se lanzaron a los codastes y por primera vez el capitán dijo a Pedro: «¡Arriba!», y todos vieron aquella figura cimbreante trepar a las vergas y maniobrar con la destreza de un viejo marinero, siempre con un brazo para sí.

El contramaestre, Andrea, y el piloto, Arolas, parecían estar siempre peleados; pero calladamente se dedicaban a robar mercancías del barco y venderlas de contrabando a cómplices que tenían en los puertos, que se acercaban de noche al bote a recibir los bultos que les echaban. Andrea y Arolas hablaron un día italiano ante Pedro, y luego descubrieron que éste había entendido y descubierto sus secretos. Por de pronto, no sabían qué hacer y trataron de tenerlo contento para que no cantara.

La *Carla* fondeó en la rada, llena de barcos mercantes de todo el Mediterráneo, con las bordas frutadas de marineros de todos los colores, desde el rubio invisible del norte al etíope, pasando por el verde de Egipto. Esta mezcolanza sólo podía verse entonces en Tánger. Era la hibridez pura. Las palabras sueltas formaban una sinfonía del mundo. Pedro tuvo tiempo de reconocer bien el puerto y la ciudad, pues el contramaestre le dio tiempo. Éste era de allí y comisionó a Anselmi para que entretuviera al malagueño, llevándolo por aquellas calles empinadas, loma arriba, a las quintas que, decían, soñaban con mar y velas latinas. Génova debió de impresionar a Pedro, quedarse con algo de él, pues, pasados muchos años, volvió con intención de morir en ella. En épocas de paz los marineros vagaban por la ciudad vieja, al este del puerto, cerca del Molo Vecchio, donde siempre había ingleses borrachos en las aceras y se apretaban contra los mostradores de las tabernas, con locales reservados para el amor en yacijas de paños raídos y tarimas de tablas. En invierno el licor era el vino. En puertos así las mujeres que aguardaban a los hombres de mar eran fugitivas de la religión, viudas por casar de soldados muertos en la campaña de Napoleón, o que habían cometido crímenes pasionales. Casi todas tenían el cuerpo apuñalado y lo primero que mostraban al marinero eran las cicatrices. Pero ahora era peligroso para el tripulante extranjero ambular por allí. La ciudad no dormía, hablaba por sus mil bocas de piedra con luces amarillas dentro. Los genoveses tenían ahora por luces las cabezas rubias de Lord William Bentinck, que les había prometido libertad. Los españoles que se confundían con franceses corrían peligro. Lo primero que vio Pedro al entrar en la ciudad fue un francés clavado a un muro con un cuchillo en la espalda. En una casa vio también una mujer con una honda cicatriz en el seno, donde un marinero vertía vino. La mujer y el marinero reían a rachas. En derredor había hombres descarnados, escépticos y agonizantes. Pero el fin de un marinero estaba siempre en lugares así. El contrapunto del jardín sereno arriba y bosque movible de mástiles abajo, con todo su tumulto de puerto fenicio, era una ironía. Cuando el puerto quisiera subir a la loma no habría más quintas. Éstas tendrían que huir arriba, más arriba, hasta el filo de los Alpes.

Esto lo soñaba Pedro proa a Nápoles. A las pocas horas el viento voló al sureste, obligándoles a abatir. Se utilizaron todos los brazos y Pedro tenía que ir arriba con los marineros, medio atontado. Iba medio enfermo, pero un marinero no puede enfermarse en un temporal. Las rachas azotaban las velas empapadas de agua, y la *Carla* brincaba como un cabrito sobre las olas. El capitán alcanzó a Pedro con la punta de la bota, lanzándolo sobre un montón de jarcia. Éste trepó, agarrado a sus propios nervios y a los del barco. Al bajar cayó rendido y Perpiñán tiró del rebenque. Andrea y Arolas vieron con gusto los rebencazos, pues aquello impediría que Pedro cantara al capitán lo que sabía. Pero luego vieron a Perpiñán arrimado a la borda, hablando con Pedro. Este Perpiñán era un sentimental. Después que pasaba la borrasca se arrepentía de haber pegado a los grumetes y trataba de disculparse sin decirlo, de culparse por rodeos. Hablaba dando bordadas. Para alabar a otro se culpaba a sí, y viceversa. Él no se arrepentía de lo hecho; pero él, Perpiñán, era un hombre maldito, le daban ataques, y a veces hubiera querido verse a sí mismo colgado de una verga.

En Palermo fue donde lo que Pedro sabía de Andrea y Arolas estuvo a punto de perderle. Anselmi era su mejor amigo a bordo. Anselmi era siciliano y tenía familiares en Palermo. Pero estos familiares eran inventados por Andrea. Al gobernar hacia el fondeadero, unas rachas del oeste pusieron en sobresalto a los marineros; rachas traidoras de esta *conca d'oro*, dijo un marinero vasco que miraba con espanto a los sicilianos. Para este rubio, los italianos, y sobre todo los sicilianos, eran gentes infernales, y advirtió a Pedro que no fuera a tierra. Anselmi tenía algo en los ojos que atemorizaba al vasco, hombre bárbaro de sí o no. Pero esto animó más a Pedro a ir con Anselmi a su casa. Era una vinatería y posada con un local para francachelas. Se juntaban allí soldados y marineros como siempre. Anselmi tenía dos hermanos mayores, uno con la cara sajada y otro con un ojo negro y otro azul. En una sala donde recibieron a Pedro había media docena de gatos y un cabritillo que se subía a la mesa. En la pared había un gran reloj de péndulos parado, con la esfera, le dijeron, forrada con la piel de la espalda de una mujer. El hombre del ojo azul refirió su historia en un italiano que Pedro entendía mal, pero que en aquellas palabras a medio entender sonaba más dramático. Era una historia de venganza contra la nieta de un hombre que dos generaciones antes había *perdido* a la abuela de Pietro. Las manecillas señalaban la hora y el minuto en que se había cometido el atropello. Estaban fijas en las doce menos un minuto, y todos los grandes hechos de la familia, dijeron, debían ejecutarse a aquella hora. Pedro, andaluz –gentes que olvidan sus peleas a las pocas horas–, no podía comprender aquello. Pero los otros tampoco le entendían a él.

Lo que más le impresionara a Pedro había sido el toque de ánimas en las mil campanas de Palermo. Ésta era una ciudad de templos, un valle de jesuitas. De aquella ciudad vieja brotaba una voz de metal que se multiplicaba por las montañas. Ahora dormía, pero el sueño de Palermo tenía una limadura de acero en la brisa. Cuando Pietro y su hermano del ojo azul salieron con Pedro a la calle, el reloj marcaba las doce menos un minuto. La patrona les abrió la puerta y los gatos salieron tras ellos. Se metieron ciudad adentro –había tiempo, pues el barco no saldría hasta la amanecida–. Pedro quería ver de noche aquellos campanarios de donde salían tantas voces. Pietro dijo que algunas campanas tenían luces dentro por la noche y que se veían pasar las ánimas como bandadas de palomas de uno a otro. El del ojo azul iba delante, Pedro en medio y Pietro detrás. Los gatos los seguían maullando. Al poco estaban perdidos –para Pedro–. No se oían sino los pasos en los empedrados de lava y el maullido espaciado de los gatos detrás, cada vez más lejos. Llevaban dadas varias vueltas en torno a una tapia alta —el cementerio—, y Pedro se dio al fin cuenta de que aquello significaba algo siniestro. Por una mirilla de la tapia vio el resplandor amarillo de un mármol blanco y creyó ver el ojo azul del Anselmi como la vela de una calavera. Entonces se dio cuenta de que su faca había desaparecido. Le quedaba una navaja de Albacete, y le echó mano. Pietro desapareció y el del ojo azul dio un salto contra Pedro y fue el de su muerte. Pedro se ladeó a lo torero y le mandó la navaja, y siguió corriendo, orientándose hacia el puerto. Al ir a montar en un bote, Pietro pasó rozando la orilla como una sombra y se desvaneció. Allí estaba la *Carla*, y el vasco echándole un cabo; y Arolas y Andrea, blancos.

—¿Todo el mundo a bordo? —preguntó el capitán.

—Sí, todos —dijo Andrea.

Pietro quedaba en tierra.

Era al amanecer y la brisa sopló bastante de tierra. Los palos se frutaron de hombres y la barca desplegó sus alas blancas para recibir el sol en ellas. La proa apuntó recto al occidente, con sureste suave. Cuando la luz entró en la nave se encontró con que Pietro faltaba; pero, dijo Perpiñán, todo marinero vivía para desertar.

En este viaje de regreso hubo ocio en los cuerpos —no en las almas, porque cuerpo y alma se turnan—. Arolas y Andrea penaron por el barco, en busca de su expresión para Pedro. Sabían que algo había pasado y querían saber qué. Pero Pedro no sabía —quién sabe si no llegó a saber nunca— que Andrea y Arolas tenían que ver con aquel caso extraño. La *Carla* navegaba a longo de la costa de África, reconociendo a veces la tierra, rectificando la derrota, viento favorable y provisiones —agua, galleta y alubias— en abundancia. «¿Qué haría Pedro cuando tocase en Cádiz?», se preguntaba Arolas. «¿Que haré?», se preguntaba Pedro. El vasco, Huici, pensaba abandonar allí la barca. Pedro y Huici —a quien únicamente refirió Pedro lo ocurrido— atribuyeron el accidente a la mala sangre de los sicilianos. Pedro no quiso pensar más en ello. El contraste entre sus impresiones de Génova y el suceso de Palermo lo partían por la mitad. Las campanas de Palermo sonaron por mucho tiempo en sus oídos.

En el estrecho los apresó otra calma y vieron venir las mangas; pero pasó pronto. El levante podía ahora más que el poniente. Al entrar en acción, Pedro se arboló por dentro —también él tenía en sí calmas de muerte—. Andrea y Arolas no podían descifrar el enigma, pero se hacían los inocentes. A la llegada hablaron con doña Noira, y ésta prometió dar a Pedro pasaje para el Atlántico. Pedro y el vasco habían cobrado y andaban por el puerto en busca de enrole para América. En el muelle se encontraron con Arolas y Andrea, que iban a llevar la barca a carenar. Pedro les dijo que pensaban embarcar para América, y Arolas dijo que lo sentía y que Pedro sería un gran marino.

—*Figlio d'un cane!* —dijo Andrea.

En esta estación, Cádiz tenía delante muchos negreros que venían a reparar para reanudar el viaje —Cádiz-África; África-Antillas; Antillas-Cádiz—. Los sueldos eran buenos en ellos, pero los viajes, peligrosos por las epidemias y las sublevaciones. Así que sólo se enrolaban en ellos los marinos muy ambiciosos, los fugitivos de la ley y los resentidos. Huici había hecho un viaje al Brasil en un negrero portugués, y dijo que a poco deja en él los huesos. Estos negreros traían de vuelta oro, marfil, azúcar, café y tabaco. Luego partían cargados de baratijas, pólvora, aguardiente y armas. Muchos de los marineros de cabotaje y altura que colgaban por el puerto habían sido negreros. El tráfico negrero de Cádiz servía como modelo; allí afluían también algunos buques que pirateaban por la costa de África. Pedro había oído varias historias en el zaguán de doña Noira: rebelión a bordo —miraba impasible—; calma y falta de agua —fruncía el entrecejo—; temporal en alta mar —se le hinchaban los carrillos—; señales agoreras —se estremecía—. Pero su vista estaba puesta en América, y, además, Cádiz no era sino un espejo de la trata, no un hervidero de ella que arrebatara el entusiasmo. Éste estaba en las guerras. Desde que comenzara a trabajar en el mar venía oyendo hablar —¡qué magnífica fonética!— del «azote del mundo». Lo oyera en Málaga, en Barcelona, en Génova, en Nápoles, en Palermo. Todos los detalles de sus campañas, tal como llegaban, mitificadas, mistificadas por lenguas de los marineros, vivían en su memoria. Pero ese hombre corso no era corsario de mar, sino de tierra, y la tierra tenía caminos desconocidos para un marinero. Ahora, en Cádiz, oyó hablar de otro corsario, también de tierra. Pedro ve en estos hombres al héroe puro, sin bandera. El nombre de Bolívar cunde por todos los veleros fondeados en el puerto. Hay quien dice que las revoluciones de América se fomentan en Cádiz.

La *Atlántida* cargó para Lisboa y Bilbao. La mandaba un vasco, Goechea, y llevaba por piloto a un portugués, Coutinho. El nostramo era gallego, Pouso, y la marinería casi toda portuguesa. El tiempo se presentaba fresco y con cerrazón. El barco era viejo. Los vientos rolaban con rapidez y constantemente había que estar maniobrando. Las rachas echaban bocanadas de agua adentro y la marinería, escasa, sólo descansaba cinco horas. Los grumetes, ni ésas. Con el temporal el capitán se encendía y hablaba en vasco y andaba a rebenque limpio. El mismo Huici lo probó y regañó los dientes. La espalda de Pedro se había curado y se volvió a enfermar. El capitán llevaba consigo un veterinario que echaba orines, pólvora y sal en un balde y untaba con aquello las heridas. Horas antes de avistar la sierra de Cintra aclaró el tiempo y la marinería se echó a descansar. Pedro se quedó arrimado a la borda, de espalda al mar, que se la salpicaba. Huici miró aquella piel fina, rota a espacios, sanguinolenta, y no se explicó. Dentro de aquel cuerpo joven había algo que luchaba hacia fuera y neutralizaba el dolor.

Remontada la barra de Lisboa surgió aquella selva de mástiles, las torres de la historia de Portugal. Goechea preparaba la descarga sin dejar saltar a tierra a la marinería —contrata hasta Bilbao y vuelta, medio sueldo adelantado—. Lo peor del viaje era el noroeste. Huici decía que España soplaba siempre por la nariz de los gallegos. Después de visitar su capital, el nostramo hablaba a todos en portugués; a Pouso le pasaba lo mismo al pasar frente a Galicia, y al capitán, al tocar en Bilbao. Todos los marinos se entienden, sin embargo, trincados unos a otros por el tiempo. Goechea volvió ahora a coger el rebenque para los vientos y la marejada, del noroeste. Cogía el rebenque para la marinería, porque el temporal hacía lo mismo. El tiempo daba trallazos a la nave con el gato de siete colas del aire, y el capitán se exaltaba. Como no podía dar al tiempo daba a los marineros. Pedro parecía un chino o un indio. Sus mismos párpados parecían oblicuarse, y aguantaba. No parecía tener sentido. Frente a Finisterre fue Pouso quien dirigió la maniobra, pues, decía, él conocía mejor que nadie el viento de su tierra y sabía cómo quebrarle las alas por los muñones y hasta desplumarlo. El viaje fue duro, con frecuentes cambios de viento y marejada. La goleta siguió barajando a distancia, y el piloto consultaba la carta a cada paso. Entre la marinería iba un inglés ya viejo, que no había sido marinero hasta los cuarenta años, cuando se le había acabado el dinero para viajar pagando. Desertaba en todos los puertos y no tomaba. De él se contaban cosas extrañas. Pedro le oyó decir: *«hard life, mate, eh?»*, e intimó con él. Bilbao estaba a la vista. En Bilbao se permitió a los marineros bajar a tierra.

En la ría había barcos ingleses, y Bardsley –el nuevo amigo de Pedro– los miraba con indiferencia. Al ver su cabeza sajona los marineros le gritaban en inglés y él contestaba en español, o portugués, o árabe. Hablaba varios idiomas, y decía, pertenecía a todos y a ninguno. Esto agradó a Pedro. Tenía una barba rubia y una larga melena, y el rostro flaco. Parecía un fraile. En los pies llevaba una especie de sandalias y en los ojos la miseria de muchos puertos. Al entrar en una ciudad buscaba los lupanares, tabernas y centros de camorra tan sólo por ver. Decía que las gentes eran todas estúpidas y malvadas, y le gustaba verlas del revés, como una venganza.

En Bilbao, Pedro y el inglés se perdieron de vista. Huici buscó a Pedro en vano.

—Siempre creí que era medio loco —dijo—; todavía va a matar a alguien, no suelta la navaja ni pa qué.

—¿Por qué no nos enrolamos en un barco inglés? —dijo Pedro.

—Ésas son gentes tontas y malas, *my child* —dijo Bardsley.

En la posada les habían dado unos sacos y dormían en un rincón como perros. Hacía frío, Bardsley buscaba el calor del joven. En el piso de arriba se sentían borrachos y una orquesta de tambor y flauta. Bardsley tendía la mano, se topaba con la cintura de Pedro y se llevaba la mano a las barbas. Pedro se iba echando para atrás y no dormía. Cuando Bardsley comenzó a encariñarse con Pedro, éste se separó. El cariño de Bardsley no tenía nada que ver. Era un cariño de padre, frustrado. En sus viajes decía que huía de las gentes, pero siempre buscaba a alguien para decirlo.

Cuando vio que Pedro se había ido, Bardsley lo buscó por el puerto. Trompicaba por las calles, de noche, espiando los portales y mirando fijamente a los ojos de las gentes. En vano. Pedro cogió su cuerpo joven y se echó a buscar plaza en algún barco. En Bilbao no conocía a nadie. En el puerto había muchos barcos de pesca y de cabotaje; pero él prefería los de altura. El inglés que sabía le bastaría para navegar en barcos ingleses. En el fondeadero había uno de Liverpool, con gallardete de contraseña pidiendo tripulación. Pedro fue a pedir plaza.

—Tiene usted que traer un certificado de otro capitán —le dijo el capitán Cabell.

—Yo he sido piloto en la *Errante;* capitán, Cunha —dijo Pedro.

Bueno, le dieron una plaza de marinero. Aquella misma noche durmió a bordo y al amanecer vio a Bardsley de pie en el muelle, con los ojos tendidos sobre el agua. Aquel hombre viejo, pateado por todo el mundo, era un sentimental. A Pedro le dio lástima.

El bergantín *Sir John* navegaba principalmente entre Liverpool, Nantes y Bilbao, puertos prósperos. Pertenecía a un comerciante particular y había sido comprado a un negrero. Todavía tenía restos de su vida anterior. Además de dos entrepuentes tendidos de contrarroda a contracodaste tenía dos cámaras cortas a modo de puentes truncados a popa, bajo la cámara del capitán, y antes de ser reformado el barco se comunicaban con ésta por una escalera. Un marinero irlandés llamado Collum dijo a Pedro que aquéllos eran los departamentos de las mujeres y los niños en la trata –las mujeres, en el superior, con entrada a la cámara del capitán–. En los costados, por dentro, había aún algunas argollas clavadas –a las que, le dijo Collum, se ataba a los negros– y restos de escarpias en los baos. Los entrepuentes eran como tubos horizontales cuadrados. En la bodega quedaba aún un resto de barrica arrumbada que había servido para el agua, y en la cocina un enorme caldero del rancho. El barco estaba impregnado de la peste de los negros.

La tripulación del *Sir John* era inglesa, irlandesa y vasca. El capitán, Cabell, era un escocés rojo y grande y no llevaba sobrecargo, ni apenas nostramo ni piloto. Su segundo era su mujer, una irlandesa. Era una mujer temible. Llevaba un crío en el vientre y tenía una voz gruesa y tonante, en brogue. Pedro entendía con trabajo; los vascos gruñían, enseñando los dientes como lobos, y a veces se quedaban a raya con los ojos demasiado abiertos. Cabell decía que los vascos eran gentes tercas y perras. El viento batía duro. Collum dijo a Pedro que en el viaje anterior Cabell y la capitana habían ahogado una sublevación a tiros y agua hirviente.

Collum era un joven viejo, de cuerpo feble, pálido, y pelo negro. Creía en santos, muertos y brujas, y llevaba una herradura en el bolsillo. Sus ojos le estaban anclados en la cara y en derredor parecían tener siempre agua. No servía para marinero y era como el ordenanza del capitán. Estaba allí por la capitana, que había sido amiga de su madre. Cuando recordaba a ésta, Collum se santiguaba. Las cosas tenían para él, no su sentido propio, sino el de un eco de ellas. Todo lo veía en signos y en espejos. Ahora intimó con Pedro y le decía que aquel barco seguía siendo negrero, pues su ser anterior persistía, y todo hombre que se enrolara en él cobraba enseguida el alma de un negrero. Las cosas tiñen unas a otras, hermano, decía; el capitán se parece a su pipa, la capitana se parece al capitán y todos nos parecemos al barco. Collum oía, además, los gritos de las almas de los negros que habían muerto en aquel barco. Pedro había comenzado entonces a luchar contra el espíritu.

Pero Collum lo seguía, y en él había como un aire envolvente que dominaba. El capitán levantaba al irlandés en la punta de la bota. Pedro lo vio hacer un día y pateó de gusto. Sólo la lucha podía librarlo de los fantasmas del espíritu.

El *Sir John* navegaba rumbo a Nantes con fresco del este, rachas y chubascos. El trabajo era rudo, constante, y los gritos de la capitana, aguijonazos. Pedro se allanaba por no quebrarse. Los ingleses se habían apropiado la palabra pícaro y se la aplicaban, y los vascos no le eran más favorables. Sólo Collum lo quería, y la capitana decía que parecían gemelos. Antes de embocar el Loire, Pedro iba agotado y hubiera querido desertar en Nantes, pero sólo cobraría en Liverpool, y comenzaba a cobrarle un poco de afecto al dinero. Creía que las visiones de Collum se debían a su falta de dinero.

Fondearon en la ribera derecha al anochecer. El río estaba poblado de buques negreros, que entraban y salían. Nantes no veía la trata, pero los barcos volvían impregnados de aquel hedor especial. En el río no se respiraba otro aire. Éste era el primer puerto negrero de Francia. Durante la noche el capitán saltó a tierra con su mujer y algunos marineros. Pedro quedó arrimado a la borda, sin lograr desasirse de Collum, que comenzó a mitologar sobre la trata, engolfándolo, enervándolo en imágenes y misterios. Las marinerías negreras formaban barahúnda, corrían por las cubiertas. Se oía batir de calderos en el interior de los cascos y se veían luces opacas y extraviadas. Collum veía en todo aquello un cementerio, donde los muertos salían de sus tumbas. Pedro se estremecía. Hubiera querido ponerse a la descarga y salir pronto de allí.

La descarga comenzó entre el alba y la salida del sol, y en la noche siguiente se les permitió saltar a tierra. Collum guió a Pedro. La ciudad era más repulsiva aún que el puerto. El hedor negrero se unía al hedor burgués de Nantes. Hombres rechonchos con calzones ceñidos transitaban en coche con mujeres de faldas acampanadas. En las tabernas y casas de juerga se hablaba de negocios en lenguaje afinado, mesurado, pueril. En los mismos lupanares, salvo por los marineros ingleses, se observaba una corrección burguesa y grasosa. Pedro siguió a Collum, el santo, por estos lugares. Collum decía que todos los santos habían pasado por algún lupanar y vuelto a él después de santos. Se metieron en una taberna y Collum sacó un puñado de monedas.

—¡Chist! —hizo—; son de la capitana. ¿Comprendes ahora por qué no me importa la bota de Cabell? La nostrama guarda el dinero en un cofre; cuando descubran la falta me tirarán por la borda, pero mientras tanto... ¡Bebe! —dijo el irlandés.

Luego se fueron por unas calles que Collum sabía, y oían siseos y voces que los llamaban: «*Tu viens, mon chéri*». Entraron en varias casas y se encontraron con marineros de la trata. Collum dijo que se enrolaría en un negrero cuando éste traficase en franceses. Allí no se hablaba sino de la trata y de la campaña de los Graville Sharp, Clarkson, etcétera, ilustres hipócritas. En Nantes predominaban las dinastías de armadores, desde los Walish a los Pompon, pasando por Exandy et Leprat, y toda la ciudad no era sino una enorme metrópoli negrera.*

Al cruzar el canal de la Mancha sobrecogieron al *Sir John* vientos duros y racheados, obligándole a abatir. Esto dio a

* Para la trata de Nantes, véase Gaston Martin, *L'Ère des Négriers*.

Pedro ocasión de distinguirse, y los marineros vascos le cobraron afecto. Por otro lado, el viento barrió las telarañas espirituales con que lo había envuelto Collum.

Al entrar en las costas de Inglaterra el viento roló al sudoeste, y el *Sir John* aproó felizmente al mar de Irlanda. Pasada la tormenta el capitán y la capitana se emborracharon y comenzaron a bailar en el puente, cantando con botellas en la mano:

> *The wind blew as 'twad*
> *blown its last*
> *and rattling showers rose*
> *on the blast.*

El río estaba poblado de corsarios armados hasta las vergas, que iban o venían de América. Collum se entristeció a la vista de la rica ciudad, verdadero nido de traficantes. Collum ahogaba un odio maligno a los ingleses. Al fondear, y tras la descarga, buscó nuevamente a Pedro para hablarle.

–Son negreros –dijo Collum–; salen con destinación a las Barbadas o la Guayana y tornan a África; los ingleses suprimieron la trata, pero Liverpool sigue siendo negrera.

Esta era una ciudad burguesa como Nantes, pero más marinera y heroica. El Mersey apestaba también a la trata. Los barcos aparecían cubiertos de torres rubicundas del norte. Había aquí vikingos viejos y barcos nuevos, y de las cubiertas salían cantos nostálgicos y marineros, que ligeras rachas desplazaban contra las rampas de la ciudad. Era el fin de un invierno gris, lluvioso, triste. Collum decía que los ingleses no tenían sino niebla y barcos, y que siempre andaban a tientas en busca de algo.

El contrato en el *Sir John* terminaba allí. A los que quisiesen aguardar un mes les daban la comida para regresar. Pero Pedro tenía prisa por ir a alguna parte. Por entonces se aprestaban a salir los pesqueros de Terranova, y allí pagaban bien. Pedro fue a uno a buscar plaza. Él y Collum se encontraron de noche, en una fonda, con un capitán negrero de un barco que decía transportar goma y cacao.

—No vayan ustedes a Terranova —les dijo el capitán Clarkson—; están débiles para esas tareas y se van a helar allá.

Pero Pedro no pensaba en la muerte y quería ganar algo.

En Liverpool permaneció tres semanas, espiando la vida del puerto, husmeando en los barcos. Los pesqueros se preparaban para la pesca de primavera. Pedro no tenía ya rumbo ni propósito fijo, pero su experiencia de pescador le valdría de algo. En la fonda se hizo amigo de otro irlandés llamado O'Neill. Pedro fue con él al barco y, tras un examen, el capitán lo admitió. El barco tenía que llegar antes de abril a Terranova. El contrato era hasta fines de verano, con la obligación de volver a Inglaterra —si había vida para ello—. Un mes por adelantado y el resto al regreso.

—¿Conformes? —dijo Rice, el capitán.

El *Ulisses* estaba listo con marineros ingleses e irlandeses. No pertenecía a ninguna compañía; era propiedad del capitán, Paul Rice. Iba a Terranova en verano con pescadores y marineros a sueldo y regresaba a principios de septiembre con el producto. El capitán había sido primero pescador, luego negrero y después otra vez pescador. En invierno se emborrachaba y gastaba todo cuanto ganaba en verano. Tenía el propósito de hundirse con su barco, porque cuando tuviera que vararlo por inútil no podría comprar otro, y todo el mundo le escupiría. Decía que prefería ser capitán en una gabarra que tener un título de Lord.

Montaba el *Ulisses* el cabo Clear cuando Pedro vio a Collum ante sí.

—¡Qué más da! —dijo Collum—; si siguiera en el *Sir John* un día u otro me tirarían por la borda.

Este barco también fue negrero. El segundo conocía a Collum y lo había admitido horas antes de largar las amarras.

Dijo que si moría lo enterraran en un bloque de hielo y que aquello era preferible al mar. O'Neill decía que la imaginación era la maldición de los irlandeses.

Ya en alta mar, en el *Ulisses* no quedaban más que dos grados: el capitán y todos los demás. El nostramo no era sino su látigo. Por los palos comenzaba a bajar un ácido frío y un viento de acero silbaba en la jarcia. Pedro iba mal vestido, y comenzó a temblar. El capitán no se ocupaba de la ropa de su gente. A nadie podía ocurrírsele ir desnudo al país de las nieves. Al aproximarse a la isla el cielo se algodonó y los rostros de los marineros criaron corteza. Desde el puente, el capitán daba órdenes que eran ucases. Collum instruía a Pedro. Al capitán, decía Collum, había que saber entenderlo. Con el frío, Collum se apretaba contra Pedro y le hablaba en una voz agorera. A veces despertaba gritando. Decía que las almas negras salían de noche de la cala y les echaban cubos de agua helada. «Son las almas de los negros que mató Rice», dijo Collum. El viento rezongaba en los palos y el mar hervía debajo. Pedro y Collum se apretaban más y temblaban de frío. Pedro mismo creía oír voces extrañas, y pensó que el irlandés lo volvería loco; pero cuando quería separarse de él tropezaba con el nostramo y los otros marineros, gentes rudas de mar, sin alma. Collum era poco más que alma.

El *Ulisses* fondeó en un pequeño puerto al sur de Saint John's, en Terranova. El capitán improvisaba allí todos los años un campamento de tablas. A veces encontraba erguido el establecimiento del año anterior; otras lo habían barrido los temporales; otras quemado por los tozudos colonos irlandeses escandinavos empeñados en establecerse en la costa. El Gobierno inglés prohibía establecerse en la costa, guardada para los pesqueros. Toda la costa en derredor estaba ensartada de establecimientos pesqueros de todas las nacionalidades, que se mantenían hombro a hombro durante el verano, salando y secando el abadejo. En otoño partían borda a borda, proa a diferentes países. Los ingleses monopolizaban el Gran Banco y las principales bahías. Luego venían los yanquis, los franceses, los portugueses y los escandinavos. De España iban los vascos. Al sur de la península de Aralón había una península llamada de Vizcaya. A la hora en que a fines de abril el *caplin* invade los bancos y las bahías, sirviendo de cebo al bacalao, los pesqueros, arbolando distintas banderas, brotan de la periferia de la isla como rayos de sol a medio apagar, y se lanzan a red y anzuelo en persecución de los peces que hierven en las aguas tibias del golfo. Seis semanas después el *caplin* desaparece y lo sustituye el calamar, nuevo cebo que mantiene al abadejo en el blanco. Al final viene el arenque, último cebo, que dura hasta octubre. Los cebos surgen de las profundidades cálidas en busca de alimento, favorecidos por la primavera y la corriente tibia del golfo; los abadejos vienen con el mismo fin en su persecución, y con el mismo fin vienen luego los pescadores en persecución del abadejo. Collum dijo que aquélla era una lección de filosofía. Cada barco llevaba dentro un rey, pero los reyes, si se odian, se respetan. Los mismos monarcas aliados respetan allí a los individuales.

Pero los marineros a salario eran más que esclavos. El campamento de Rice estaba un tanto desvencijado, pero sólo hubo que repararlo. El capitán daba órdenes con un cabo en la mano y el cuchillo en la faja. Con él estaba una guardia de cuatro hombres armados de rifle. El capitán formó su estado mayor en el campamento y dio a Collum el encargo de anotar en un libro las faltas de los demás. Entre los marineros había un cuentista escocés que tenía el favor del capitán. Pedro tuvo una pelea con él, al terminar la reparación del campamento, y el capitán mandó anotarle la falta. Tenía la preocupación de no castigar a nadie fuera del barco. Collum hizo como que registraba y no registró.

—El capitán tiene mala memoria —dijo a la oreja de Pedro.

El *Ulisses* partía al amanecer para el Gran Banco. Se habían visto hervir ya los abadejos y las velas por la costa. Lo primero que vio el sol al salir fue un enorme témpano arrastrado por la corriente del golfo. Sobre las aguas arremolinadas danzaban infinidad de velas. Al llegar donde la corriente era más cálida el témpano se iba hundiendo, disolviéndose, levantando una humareda blanca lanceada por el sol. Sonaban los cuernos de los pescadores, los silbatos de niebla. El témpano venía coronado por unos puntos negros, como almenas de una torre mágica. Pedro y Collum miraban desde la cofa de trinquete. El capitán había mandado pairear, en espera de que pasase la mole. De pronto dio en gritar:

—¡Gavieros, al pie de la jarcia!

Era un truco para hacer aparecer a Pedro, a quien buscaba por el barco. Era la hora de ejecutar la sentencia. Collum no había registrado la falta y tendría que purgarla también.

Pedro contemplaba el milagro de una aurora boreal por encima del témpano, que se deslizaba a corta distancia, sumergiéndose —un alma pura que se hundía en el infierno, dijo Collum— en aquel mar hirviente del golfo. Los puntos negros eran renos, lobos y morsas que navegaban hacia la perdición, amigos ante la muerte. El escocés cogió el rifle y comenzó a matar aquellos animales que ya iban a morir. Le gustaba verlos caer sobre la nieve y teñirla de sangre. Allí venía también un invisible oso blanco, ese animal fantástico y glorioso. Al pasar cerca se vieron sus ojos. Paul Rice se encaramaba sobre una banqueta con un cabo en la mano y su guardia en guardia. Pedro y Collum comparecieron ante él, tiritando.

—Bonita vista, el témpano y hasta el oso, ¿eh? Bonita, sí. Pero vamos, pasó ya. —El escocés trataba de tumbar el oso, pero no tenía ojos para lo blanco—. Ahora comienza otra cosa, todavía más bonita. ¡La cala! —gritó Paul Rice.

La guardia había pasado un cabo desde el trinquete a la amura de estribor, por debajo del buque. Luego pasó otro, del mismo modo, desde el mayor. Tres marineros se agarraban a cada uno. El capitán gritó:

—¡Los dos a la vez!

Pedro y Collum, amarrados por la cintura, fueron lanzados por babor, pasados por debajo del buque y sacados por estribor.

—¿Cuántas veces? —preguntó el nostramo.

Los jóvenes iban a ser pasados dos veces más por la cala. Aquello les hubiera hecho estallar las venas y los pulmones.

Antes que el capitán contestara, O'Neill dio un grito:

—¡Ballena a babor!

Era mentira, pero la gente aprestó los arpones y los cabos, y los jóvenes se salvaron. El témpano se había hundido definitivamente, levantando montañas de vapor, en que navegaban envueltos. Pedro se quedó con sus ojos de oso blanco mirando al capitán.

—Ese condenado me da fiebre verlo —dijo Rice.

El *Ulisses* tenía un veterinario y un botiquín; pero sólo funcionaba cuando alguien estaba a punto de morir o cuando ya había muerto. Pedro y Collum fueron obligados a trabajar enseguida después del baño. El capitán mataba el gusanillo. La gente persiguió en vano la ballena imaginaria. Luego tornaron al Gran Banco, con el pabellón británico arbolado. Allí se toparon con otros del Canadá. Alrededor merodeaban los pesqueros de Francia, procedentes de Saint-Pierre y Miquelón. Más lejos, al disiparse el vapor, se vieron toda clase de velas y banderas. Pedro vio pasar rozando el *Ulisses* un barco con bandera inglesa, y arrimado a la borda reconoció a Ricardo Salaverry, el vasco a quien había dado la puñalada. Pedro comprendió que el bergantín era vasco y enarbolaba bandera inglesa para poder pescar en el Gran Banco.

—¡Adiós, malagueño! —gritó Salaverry en español.

Pedro sintió una gran alegría por dentro.

—¡Así se hace! —dijo.

Nadie lo entendió.

Pedro resultaba mal pescador. Tenía grandes alturas y grandes depresiones. Cuando no amenazaba temporal lo dejaban en la salazón. La fetidez del pescado hacía más penoso este trabajo que el de la pesca. Así que deseaba que le salieran rachas y árboles al mar. Collum le mandaba rogar a Dios. Su imaginación le ayudaba a trepar a los palos y maniobrar, y dentro tenía un alma que vibraba como el viento en la jarcia de babor. Además, en el *Ulisses* había cañones, y hachas y sables de abordajes, y a Pedro le gustaba ver y tocar aquellas cosas. Paul Rice le dijo un día que sería un gran pirata.

La vida de Terranova sólo tenía cuatro cosas bellas: los amaneceres, a veces con auroras boreales; las masas de hielos, arrastrados por la corriente del golfo; la sinfonía de los silbatos de niebla que formaban los pesqueros, y las noches en torno a la hoguera, en el campamento. Por la noche, las cosas blancas de la mañana bajaban a derretirse junto a la lumbre por los rosarios de los cuentos. Collum los hacía. Un día vio bajar un témpano donde bailaban negras desnudas, que al llegar al Gran Banco se convirtieron en palomas blancas, que volaron al cielo. Otro era un barco de marfil que bajaba del norte con velas rojas, tripulado por mujeres azules, también desnudas, armadas con astas de renos. Paul Rice se arrepintió de haberlo pasado por la cala y lo hizo su poeta de corte. Rice era descendiente de vikingos y amaba aquellas fantasías.

Los últimos témpanos bajaron a principios de verano, levantando un vapor inmenso, que envolvía la isla y hacía sonar constantemente las cornetas. Esta niebla la aprovechaban los piratas —cangrejos los llamaban los pescadores—, que se ocultaban en las grietas de la costa para abordar a los pesqueros, cogiéndolos aisladamente. En tiempo claro los pesqueros se unían contra los piratas, pero con la niebla éstos se deslizaban a caza de los barcos aislados. El *Ulisses* fue atacado un día por un pirata portugués al sur de la isla, pero sus colizas y rifles metieron en fuga al enemigo, derribándole el mesana. Pedro tomó parte en la defensa. Desde entonces lo respetaron.

Pedro y Collum dormían en una choza de tablas con otros marineros. El día había sido frescachón y el trabajo duro. Pedro tenía algo raro en su cabeza desde el día del abordaje del pirata.

—Estoy cansado de esta vida —dijo a Collum.

Éste tenía frío y buscaba el calor de Pedro, y le hablaba con zumo en la voz.

—¡Collum! —dijo Pedro—. ¿Quieres venir?

Collum siguió a Pedro hacia la playa. Pedro estaba cansado de recibir patadas y seguir el rumbo del pirata. Robaron provisiones, montaron en un bote y remaron hacia el sur. Los remos halaban con ritmo. Pedro volvió la cabeza hacia atrás, a la hoguera a medio apagar que se veía en la noche.

—¡Volveremos! —dijo Pedro.

Pensaba encontrar al pirata portugués y volver con él a asaltar el campamento de Rice. Iban barajando la orilla, pasaban luces.

—¡Estamos perdidos! —gritó Collum.

El bote había saltado por encima de un cabezo y caía en un banco de arena. El grito de Collum nació en el aire y la brisa lo mandó tierra adentro. Enseguida aparecieron delante dos torres rubias, con calzones de pieles, sables corvos y barbas largas. Pedro y Collum estaban tirados en la playa, y comenzaban a recobrar el conocimiento. Collum tenía una mano sobre el pecho y se quejaba. Ninguno entendía el idioma que hablaban aquellos piratas de rostros tristes y duros. El embicazo había lanzado a Collum contra la punta de una roca, y algo se le había roto dentro.

Los piratas eran noruegos. Los llevaron a su campamento y arrojaron a Collum en una yacija, en un tinglado de tablas. Entre ellos había uno que hablaba inglés y servía de intérprete. Collum oyó que Pedro proponía a los piratas ir al asalto del campamento de Rice; se tapó la cabeza y rezó. Los sintió salir. Pedro pasó a su lado de puntillas. En el campamento no quedaban más que un viejo y una mujer. Collum dio la vuelta y se imaginó a los piratas atacando a Rice, saqueando el campamento y matando la gente.

Pero los de Rice habían descubierto la fuga de los jóvenes y estaban en guardia. El barco pirata fue rechazado con dos boquetes, y tuvo que huir.

En el campamento el capitán pirata miraba a estos jóvenes extraviados y no sabía qué hacer con ellos. Collum trató de divertir a los piratas con sus fábulas. Refirió el cuento de unos ladrones que habían ido a saquear el túmulo de un vikingo. Al entrar, el vaho que salía de dentro mató a uno. El otro se echó a un lado, aguardó a que pasara el vaho y entró. Dentro estaba el vikingo de pie en el puente de su barco, y al ver al ladrón lo atenazó por el cuello. Pero tan pronto como el vikingo tocó tierra se convirtió en polvo. Los piratas oyeron el cuento con admiración. Ellos mismos eran vikingos, y el cuento formaba parte de su tradición. Pero, al fin, Collum se llevó la mano al pecho y la última palabra le quedó en la boca. Sus ojos miraron amorosamente a Pedro. Sacó un escapulario del seno, se lo tendió y dijo adiós.

El cuerpo de Collum fue tendido sobre la piel de un oso blanco, junto a la hoguera. El capitán pirata reunió a su estado mayor y llamó a Pedro para decirle:

—Hay entre nosotros dos caminos hacia el otro mundo: el uno, por mar, y el otro, por tierra. Elija usted el de su compañero.

Pedro eligió el del mar.

Al día siguiente los piratas cogieron el bote en que habían llegado Pedro y Collum, le pusieron un mástil con vela blanca, hacinaron en él tablas secadas a la hoguera, tendieron encima el cuerpo y aguardaron en silencio en la playa. Al acercarse el poniente apareció por el este uno de los últimos témpanos de hielo. La brisa sopló favorable. El cuerpo de piratas formó en herradura en el parche de arena donde estaba varado el bote. El segundo capitán prendió las tablas secas donde yacía Collum. El primero se irguió entonces en el centro de la herradura y dio órdenes a Pedro de que largara la vela. Se largó la vela, la brisa avivó el fuego y Collum inició su marcha hacia el poniente. La brisa levantaba más alta la llama a medida que el bote se aproximaba al témpano, y cuando llegó a él la llama subió al cielo y el bote bajó al mar.

Solo ahora con los piratas, Pedro decidió marcharse. El capitán sacó una bolsa de cuero, le dio algunas monedas, puso un bote con provisiones a su disposición y lo despidió.

—¡Buena suerte! —le dijeron todos.

Pedro remó al oeste, a longo de costa, durante todo el día. Pasó campamentos de varias nacionalidades, con sus banderas en los barcos al ancla, y al cerrar la noche se encontró ante uno portugués. El bote se deslizó por una grieta, a palo seco, y fue a parar frente a un campamento formado en el fondo de una taza de roca, con tinglados para la cura y salazón, y gentes barbudas.

El agua entraba por la grieta hasta el pie de la casa del patrón, a la que se ascendía por escalones practicados en la roca. El sol no penetraba nunca allí, y el aire tibio de verano levantaba una pestilencia que trepaba roca arriba en nubes de vapor. Cuando hacía viento aullaba en lo alto, en el cañón de aquella chimenea en cuyo fondo estaba el campamento. Aquellas gentes parecían cadáveres a medio corromper, en medio de desechos de otros cadáveres. El patrón dijo a Pedro que allí no había cabida para más gente. Afuera, anclada y amarrada a un cabezo de roca, había una pobre goleta carcomida, con media docena de botes en derredor. Parte de los pescadores fue a bordo y parte a su trabajo de salazón sin hacer caso de Pedro. Ni siquiera le preguntaron quién ni de dónde era. Eran gentes pobres, tristes, que iban a pescar en verano y volvían a gastar en invierno, como Rice. En el campamento quedaba un viejo, que hacía la comida y curaba a los enfermos con hierbajos. Era el padre del patrón. La goleta y la empresa pertenecían a todos en común. Sólo había escala de funciones, no de mando. Casi todos eran marineros fracasados, melancólicos, aburridos, escépticos, sombríos, que habían juntado sus ahorros para vivir y aquélla era su vida, y casi no era vida.

—Somos pobres marineros, pequeño —dijo a Pedro el viejo.

Los demás estaban en torno a la hoguera, de noche, callados. Entre las palabras de unos y otros había largos silencios.

—¿Por qué no sigue usted su viaje?; ¿adónde va usted? —preguntó a Pedro el patrón.

—Estoy cansado, no hay ningún lugar por aquí adonde quiera ir —dijo Pedro.

El patrón sintió que aquellas palabras no sólo eran marineras, sino que parecían partir del fondo de su comunidad. Pedro encajaba en el engranaje. El patrón lo metió en el rosario de hombres en torno al fuego.

—Bien —dijo el patrón—, quédese con nosotros; pero aquí no hay sueldo.

La *Ballena* regresó a Lisboa a principios de septiembre. Antes hubo que embrearla, pintarla y dar mucho a la bomba durante la travesía, pues hacía agua. «Hace mucho que navega, y es un milagro que no se haya hundido con todos nosotros. Se nos hubieran acabado los trabajos», dijo el viejo. La pesca no había sido tan buena como otros años. El patrón era un hombre descarnado y tenía sentimientos podridos en su vida; mujeres, dijeron los otros. Todos aquellos hombres habían perdido los sentimientos y ahora parecían cuerpos flotantes a la deriva. Todo en esta comunidad tenía un sentido humano: los vientos eran amigos, enemigos, indiferentes, despechados, ambiciosos, enconados, resentidos, locos, y así todo. En cada fenómeno o cosa del mundo habitaban una o varias personas.

Pedro se dejó empapar del aire de aquellas gentes y por eso lo quisieron. Era un contrapunto. El capitán decía que siempre se moriría a tiempo, y como que predicaban la renunciación; pero por otro lado sus cuerpos trabajaban como galeotes. El patrón decía que los temporales no se dominaban por la labor, pero él mismo se daba a las maniobras como un loco. Sólo que calladamente.

Al final se trabajaba día y noche. De los tinglados, el bacalao pasó a la bodega, y había que darse prisa antes de que llegaran las rachas de otoño. El campamento fue quedando vacío. Las aves de rapiña volaban en nubes por encima, oscureciéndolo, y sus gritos se despedazaban contra la roca. Nadie más entraba allí. Las casas y tinglados seguían intactos de año a año. Sólo una vez, dijeron, había descendido una gran masa de nieve, aplastando el campamento y diez hombres en él. La comunidad había quedado reducida por eso a unos veinte hombres. Una noche, antes de la partida, el viejo llevó a Pedro a lo largo de un tubo formado en la roca, hacia una cavidad oscura que zumigaba agua y tenía carámbanos de hielo a la entrada. El viejo llevaba una antorcha y un hacha con gancho para agarrarse, y Pedro se agarraba a él. Por el tubo penetraba un reflejo de la hoguera, y las palabras espaciadas de los hombres en el campamento iban a morir allí. Pedro y el viejo iban descalzos y a tientas y, pasados los carámbanos, se encontraron en una cámara natural, medio anegada, donde el agua hablaba un silencioso idioma cavernario. En esta sacristía sagrada estaban los cuerpos y las almas de los diez hombres aplastados por el alud. Los pescadores habían abierto en la roca, todo en derredor, una serie de nichos a punta de pico, a flor de agua –había un desaguadero que en verano la mantenía siempre al mismo nivel–. En invierno el agua ascendía hasta dos metros sobre los nichos y al retirarse todos los años llevaba consigo sustancia de los esqueletos.

La carne de los esqueletos había ido engordando aquella agua sagrada.

El viejo llevó a Pedro a aquel sitio y le mandó mirar al agua estancada en el fondo, alumbrada por la antorcha. Luego apagó la antorcha y aguardó en silencio. Era el aguardar la pausa que mediaba siempre entre las palabras de los pescadores. Las gotas que zumigaban de la roca caían en el lecho abajo como gotas de sangre.

—Es la sangre de nuestros hermanos —dijo el viejo.

La roca sangraba oculta y eternamente su vida en el tazón, y en aquel silencio parecía aletear algo. Pedro quedó preso en aquel misterio. El viejo estaba ante él, sombra más negra en la sombra.

—Aquél —dijo el viejo— era el sueño de los muertos.

Luego cogió a Pedro por una mano y comenzó a hablarle:

—Acaso ninguno de nosotros vuelva nunca más a este sitio —dijo—; el barco está viejo y todos nosotros lo estamos; tú podrás volver algún día y recordarás: éste es el camposanto de nuestros hermanos.

Nadie más, fuera de la comunidad, conocía el secreto.

Al otro día largaron trapo a Lisboa. Apenas llevaban pesca para lastre, dijeron. El soplo ventolino del noroeste los empujaba. A la vista quedaban las alas abiertas de aquellos pájaros migratorios de todas las partes del mundo con las espinas de sus mástiles apuntando al cielo. El patrón dijo:

—No hay cielo; si lo hubiera, el mar se lo comería en los hombres.

Pedro tenía la sensación de navegar entre muertos por un mar de limo: ¡si se levantaran las rachas!

La *Ballena* había entrado en aguas de Portugal y ponía proa a la ría. Lisboa, arrebujada en sí misma, verde aún en otoño, aguardaba la vuelta del primer pescador que reconociera de lejos las Berlingas y el cabo de Roca. Pedro entró en ella oliente a bacalao. Los hombres de la comunidad lo despidieron en grupo sobre cubierta.

Lisboa era entonces trampolín de trata, pero no centro. Los negreros iban directamente de África al Brasil. Pero la trata se hallaba en su máxima actividad. Los portugueses acababan justamente de suprimirla al norte del Ecuador, pero eso no los afectaba a ellos, ya que casi todas sus factorías estaban al sur, y nada que no fuesen vientos tenían que ir a buscar al norte. En los astilleros se construían barcos especiales, marineros y armados de cañones contra los piratas, y hasta para piratear. De Lisboa salían constantemente barcos para el Brasil o África y en el río se veían siempre gallardetes en demanda de tripulación.

En Lisboa, Pedro no conocía a nadie. Pensaba enrolarse en algún barco, tal vez mercante, seguramente a América. Consigo llevaba las monedas del vikingo. En la rúa d'Ouro miró a las platerías y en la Augusta a los paños, pensando en que ya era hora de vestirse y adornarse. En la posada se encontró con gentes de mar que le sugirieron viajes. Entre estas gentes estaban los hermanos Poza —José y Jacinto—, unos marineros gallegos, en barcos portugueses. José mandaba un negrero, entonces en reparación; Jacinto era piloto. Nadie podía creer allí que aquel pino novo de Pedro hubiese estado en Terranova y corrido las aventuras que decía. La casa estaba llena de marineros. Pedro se había equipado en una casa de empeño: el traje le estaba ancho y los zapatos largos. La casa era, además, un misterio. En ella entraban mujeres con fachas de mendigas que llevaban trajes de seda por debajo de los harapos y se entrevistaban con capitanes de barcos. La posada estaba en el puerto, en el ángulo de una plaza, y se extendía hacia atrás en un laberinto de cámaras hasta un pasaje donde había montones de basura. Esta basura la quemaban de vez en cuando, y el humo entraba en la casa y en la del otro lado, donde siempre había ropa blanca a secar. Como todas las posadas destinadas a recibir marineros de altura, ésta tenía fonda, bebida, juego y zorras en distintos departamentos. Además, como en la de doña Noira, había un zaguán para los sin dinero. La casa se llamaba de Doña María.

Pero doña María rara vez iba allí.

Los marineros habían dado en mirar burlonamente a Pedro y los Poza le dijeron por qué. El traje que había comprado en la casa de empeño había pertenecido a un indiano negrero muerto días antes y alguien lo había ido a robar al nicho.

El nombre de María Cruz era ya famoso entre los negreros. Era una joven hija de un capitán negrero con el cual había hecho algunos viajes, y tenía dos hermanos que mandaban dos negreros propiedad de la familia. Su padre había muerto en una sublevación. En la pared de la taberna había un cromo representando un barco sin gobierno, hallado en alta mar por José Poza con la cubierta tapizada de esqueletos y las aves formando una nube encima. Era el barco del capitán Cruz. Los negros sublevados mataron a la tripulación, y luego, no sabiendo gobernar el barco, murieron de sed, pues los enjambres de tiburones que habían seguido y rodeaban el barco les impedían tirarse al agua. Este capitán dejaba tres barcos y aquella posada. Sus dos hijos se hicieron cargo de dos barcos y su hija de la posada. El tercer barco lo mandaba José Poza. Pero María tenía tenientes que gobernaban la casa y ella andaba siempre oculta. De ella se contaban leyendas. A los dieciocho años, navegando con su padre, éste se había enfermado y ella asumido el mando del negrero hasta Bahía. Se decía que era muy rica.

Los Poza ofrecieron a Pedro plaza en un negrero, pero él no la aceptó. Pensaba en ir a América. En la fonda los demás marineros se reían de él porque no bebía. En cambio, se iba a un departamento de la casa que se llamaba La Colmena. Había allí un panal de cortinas y mujeres perdidas por las celdas. Entre los cuchicheos —en Lisboa se hablaba siempre cuchicheando o, por el contrario, con voz de mando— que zumbaban en torno a doña María se decía que ella misma regentaba La Colmena, pero que entraba velada y disfrazada. La posada se llamaba A Rainha dos Mares. Allí se encontró Pedro con un ratero llamado el Hurón. Éste le propuso asaltar a doña María.

—Es muy rica, y en su casa particular tiene un cofre lleno de monedas; yo sé dónde lo tiene, ven —le dijo el Hurón.

Lo llevó de noche por un callejón viejo y le dio pie para subir a una ventana. Entraron en una habitación oscura, oliente a patatas podridas, pasaron una puerta y llegaron a una sala donde el piso, lleno de roturas, crujía bajo sus pies. En otra habitación se dio la alarma y los ladrones fueron cogidos entre cuatro hombres armados y llevados a una cámara donde alumbraba un candil de aceite. Allí vio Pedro a doña María Cruz, joven de veinticinco años, envuelta en una gran túnica de seda, con el rostro velado. Luego se levantó el velo y miró de frente a Pedro, al Hurón lo conocía ya.

—¿Quién es ese con rostro de santo? —preguntó.

Los guardias lacayos se llevaron al Hurón a las autoridades, y doña María se hizo cargo de Pedro. Durante varios días lo tuvo encerrado en una alcoba y le hizo preguntas. Pedro le contó su vida, y esperó una ocasión para fugarse. La vida de encierro con una mujer por carcelera le aburrió pronto, y un día agarró a doña María, le metió un trapo en la boca, le quitó las llaves y el dinero y la dejó amarrada a la cama. Esto le costó mucho trabajo. María Cruz era una loba peleando. Pero en Pedro había como una carga eléctrica que lo ayudaba a sacar más fuerza de la que representaba.

Aquella misma noche salió Pedro en un barco mercante para el Brasil. Dijo al capitán que lo perseguían por no haber podido pagar la fonda y que trabajaría de balde.

El *Rei do Portugal* llevaba destino a Recife. Era uno de los barcos complementarios de la trata. Iba con ron, pólvora, armas y otros artículos para la compra de negros y volvía con azúcar, café, goma, marfil, palo del Brasil y dinero. Iba y volvía excesivamente cargado y escaso de tripulación. Los marineros sólo dormían cinco horas. El capitán era hombre de rebenque, a quien sólo dominaba su mujer, que viajaba con él. El contramaestre, un hombre blando, decía que la mujer –gorda, peluda y chiquita– era la que hacía fiero al capitán. Ella lo dominaba y le gustaba que su hombre brutalizase a los demás. Pedro volvió a la brega. El encuentro con María Cruz lo había dejado atontado. Se había sentido atraído, retenido, envuelto; la había visto velada, la vio luego desnuda y al fin velada otra vez. Era una mujer extraña. Pedro preguntó discretamente a la marinería si la conocían y no descubrió nada. Parece que la fama le venía de su padre, negrero y pirata, y sus viajes con él tenían distintas versiones. Los del *Rei do Portugal* decían que la de María era una familia de criminales y vengativos. El capitán decía que el ser negrero era tan negro como el ser negro, pero él mismo había sido negrero.

Pedro entró en Recife pensando en hacerse negrero. Este pensamiento pareció dárselo el bautismo de la línea ecuatorial que le hicieron pasar los demás marineros. Al llegar al Ecuador aparecieron por proa unos fantasmas y llegaron hasta el capitán.

–¿Cómo se llama este barco? –preguntaron.

El capitán les presentó a Pedro, todavía teñido de espuma septentrional, que no podría pasar al sur sin permiso del rey de la línea. Los fantasmas, Neptuno y su corte, desaparecieron para volver de noche a bautizar al catecúmeno. Apareció seguido de su mujer. Después venía el sacerdote, el rasurador y el gran jabonero con brocha y lata de alquitrán. Después venía una policía de negros, que buscaron por todo el barco, sacando a cubierta a todo el mundo para que presenciaran el gran bautizo. Dos policías ataron a Pedro los pies, le pasaron un cabo por la cintura y lo subieron a la borda. Cuando al preguntarle Neptuno si hacía votos de bautismo contestó «sí», la policía negra tiró de un cabo y la pasada por la cala que le había hecho sufrir Rice se repitió. Aquél, le dijeron, era el bautismo de la línea ecuatorial.

El barco fondeó al sur de la península, donde se alineaban infinidad de barcos de cabotaje, jangadas y negreros. Recife era el primer puerto negrero del Brasil.* Como todos los puertos negreros, hedía.

—Hiede porque la trata se está corrompiendo —dijo el capitán.

Los negreros mostraban sus cañones montados en colisas y se oían sonar los calderos. De las aguas remansadas de los ríos se levantaba un vapor luminoso, sofocante para las gentes del norte. Los marineros ingleses, enlazados a las bordas, chorreaban sudor. Grupos de hombres renegridos bañaban los negreros con mangueras. Descargados los esclavos, se le borraba así al barco la memoria del viaje. A proa y a popa había hombres pendientes de andamios pintando. Otros distendían la jarcia o cosían los toldos. Los marineros llamaban a aquello la confesión del negrero; luego podían volver a pecar.

De noche entró un negrero cargado y ancló al lado del *Rei do Portugal*. Pedro seguía a bordo y ayudaba a la descarga. Con la amanecida vio sobre cubierta un ejército de negros totalmente desnudos; los marineros, bañándolos con mangueras. A proa estaban los muleques, en el centro de las piezas, y a popa las mujeres. Antes del baño les habían afeitado todos los pelos de la cabeza y del cuerpo. Por las veredas formadas por los grupos —atados de dos en dos por los brazos y con grillos en los pies— se movían los marineros chorreando agua sobre ellos. Los negros gritaban, hablaban, aullaban. En el centro, entre los palos, se sucedían los guardianes con el látigo en la mano, que restallaban al son de roncas voces. Entonces vino el sol a secarlos con sus toallas de luz y a ennegrecerlos más. Los guardianes volvieron a restallar el látigo y los negros comenzaron a moverse con rit-

* Véase Rev. R. Walsh, *Notices of Brasil in 1828 and 1829*.

mo en derredor. Un mulato encaramado en una tarima junto al guardián del centro marcaba la marcha en un tambor.

En Recife Pedro se encontró con un joven aventurero brasileño que había huido de su casa y volvía tras varios años. Al volver descubrió que su familia había muerto, salvo una hermana que tenía una hacienda cuarenta millas tierra adentro. El joven se llamaba Paulo Pedrão y conocía la vida de la Lengüeta y la trata. En la Lengüeta se ocultaban los maleantes del interior del país, así como los de la costa se refugiaban en la Sertão. Por aquí pasaban de noche las armazones de negros hacia los depósitos de las afueras o al interior. El blanco del Brasil, indolente y rebajado, dejaba en esta plaza y sus alrededores un poso de gentes perdidas que formaban una extraña mezcolanza. Aquí se incubaban libertades, y entre los borrachos de las tabernas y los lupanares había varios curas de paisano. Ahora comenzaba a zumbar una interrogación.

El comerciante Domingo José Martins se filtraba entre las gentes ociosas y les tomaba el pulso. En la fonda donde se alojaron Pedro y Pedrão tenía Martins una tertulia. En torno a él había negros mahometanos con turbante y muchos hombres del puerto. Martins fumaba un veguero y guiñaba un ojo al patrón, que se movía con un delantal de cuero por el local. Martins era un grano sano entre aquellos elementos, pero conocía el valor de ellos. Pedrão pensaba unirse a él cuando estallase la revolución que preparaba. La noche siguiente se presentó a Martins en el mismo lugar. Pedro ayudó a formar el triángulo en un rincón de la fonda, pero permaneció callado. La idea de alistarse en una aventura apelaba a algo que había en él, pero aquello parecía muy remoto. Pedrão ensalzaba a Pedro, y entre las marinerías se decía que era hijo de un pirata español que merodeaba por las Antillas.

Pedro hizo amistad con un yanqui en una taberna. Era un marinero que había abandonado el mar y se dedicaba a escrutar y hablar mal de las gentes. Decía que el mundo estaba *made out of rascals*. Los tres iban a ver los desembarques y escuchar el tambor que marcaba las marchas a bordo. Pedro asomaba a veces a un ventano de su cuarto, en la noche, y veía pasar las negradas descalzas en silencio. El estallar del látigo las anunciaba a lo lejos. Al frente, a la espalda y a los lados marchaban los guardianes, también negros o mulatos, vestidos de claro y sombrero alón de paja. De vez en cuando emitían un grito largo. Luego seguía un silencio barajado por mil pies descalzos y se veía un mar de olas negras teñidas de dientes y ojos blancos. Pedro siguió estas procesiones varias veces.

En las posadas y lupanares se tocaba música negra. Si en Pedro no hubiera una imaginación pirática que le arrastraba siempre fuera de sí, con lo que en él había de andaluz hubiera terminado por rendirse al ambiente. Pedrão le dio ocasión para salir de él. Andando por la ciudad, se encontró a un inglés que vivía en una hacienda cercana y que Pedrão conocía, y se le ocurrió una cosa. El inglés le dijo a Pedrão que su hermana había venido a una feria de negros que se celebraba aquellos días, y Pedrão propuso a Pedro ir una noche a saquear su casa.

La feria se abría al rayar el sol, Pedro, Pedrão y el inglés se pusieron en camino hacia ella; Pedrão con la barba crecida para que nadie lo conociese. La feria se celebraba en un raso abierto, rodeado de barracones y dividido por empalizadas. Cada barracón tenía uno o varios corrales. Al llegar la hora sonaron los cuernos y los ciganos (gitanos portugueses, que eran los revendedores) restallaron los látigos y de cada boca de barracón manó una corriente de negros rapados, desnudos y untados de aceite. Al llegar un comprador, los ciganos sonaban el látigo y hacían trotar a los negros. Espiaban en sus ojos cuáles le llamaban la atención y los hacían parar frente al comprador. Sobre una plataforma de tablas se paraba otro cigano con una bocina y pregonaba las excelencias de los negros que se acercaban al comprador. Algunas negras iban preñadas y valían más. Los compradores llegaban por distintos caminos y en una esquina de la feria donde convergían todos los caminos estaba la forja del calimbador. Pedro admiró al cigano con sus botas de charol flojas, espuelas de plata, chaqueta azul y sombrero alón de paja con ancha cinta roja. Aquel hombre tocaba vivamente a la imaginación, rompía la chatez de la feria. Pedro lo veía capitaneando un barco pirata, tocando una guitarra o acaudillando una horda de vagabundos. Los ciganos miraban con recelo al inglés, aquel dandy que no iba más que a mirar. El inglés no compraba nunca negros, pero era entendido en ellos. Conocía sus castas, fortaleza y procedencia sólo con mirarlos.

–Los negros que entraban entonces en el Brasil –dijo a los otros– iban del Bajo Congo, Dahomey, Lagos, Bony y el Viejo Calabar. Los mandingos y los fulahs habían introducido la religión mahometana en el país. El mismo inglés había estado en África y conocía toda la organización de la costa.

Los compradores eran hacendados, con piedras de Minas Gerais y grandes vegueros en la boca, o damas de igual rango. Junto a Pedro y sus compañeros pasó una gran dama con una larga capa roja, sombrero de fieltro sobre un turbante blanco y zapatos bordados. Era la hermana de Pedrão. Al andar recogía la capa y mostraba la puntilla del refajo. Caminando era como un barco con galeno sobre un mar tranquilo. Aquel porte parecía pesar más que sus años. Había venido a la feria a caballo escoltada por una guardia de negros y mulatos. Se llamaba Modesta y manejaba su hacienda como una amazona. Al acercarse a ella el primer esclavo, brindado por un cigano, Modesta se desprendió de su altivez y comenzó a examinarlo minuciosamente, tentando sus músculos, llevando a la lengua el dedo impregnado de su sudor –pues en el sabor del sudor se conocía la salud del negro– y llegando hasta lo más secreto. Aquello lo hacía todo comprador. El cigano sonaba el látigo y hacía bailar, hablar, cantar, correr y reír a los cautivos. Al fin de escoger mucho, Modesta se quedó con un hermoso muleque mandingo.

Los compradores sacaban sus piezas de los rebaños, guiados por los contramayorales negros, látigo en mano. Entre los compradores había frailes, curas y oficiales de uniforme. Al llegar ante el calimbador se detenían. Éste estaba con un babero de cuero ante un fuego en rescoldo. Al lado, pendiente de una tabla clavada verticalmente en la tierra, tenía un alfabeto de hierro. Al llegar un negro cogía la letra que pedía el comprador con unas pinzas largas y la ponía a calentar. Mientras tanto frotaba con sebo la tetilla izquierda del negro, cubría el lugar con un papel aceitado y le aplicaba suavemente el hierro rojo. La operación, decían, no era dolorosa. *Queimado pelo ferro quente,* el esclavo marchaba ante el contramayoral. Otro ocupaba su lugar. Los que quedaban despedían a gritos a los que se iban, sus carabelas —compañeros de viaje de África a América. El inglés dijo a Pedro que los portugueses eran amantes de los negros, que el palmatorio era el castigo sumo y que el esclavo que daba diez hijos era libre. A Pedro no le importaba aquello. Se había quedado mirando a la hermana de Pedrão, que marchaba a caballo al frente de su cortejo.

Pedro y Pedrão llevaban aquella intención en sus cabezas y aceptaron la invitación del caballero inglés de ir a pasar dos días a su hacienda. Éste vivía en una hermosa quinta, a veinte millas de Recife, con una serie de casas menores pintadas de azul en derredor. Estaba en un boscaje junto a un arroyo. La casa del Brumel se levantaba sobre una plataforma de albañilería, en forma de castillo, y era toda de caoba. Desde su terraza vigilaba a la gente que vivía en las casas pequeñas.

En la mesa les sirvió un grupo de jóvenes raras. El inglés las llamaba por nombres africanos y todas parecían gemelas y menores de veinte años, mulatas, de ojos azules y pelo color canela. Sus cuerpos, altos y flexibles, se movían con un cimbreo musical, y el inglés fruncía el labio inferior.

Al otro día comprendió Pedro —Pedrão lo sabía ya— de qué se trataba.* De las casas en derredor salieron otras personas similares a las sirvientas, jóvenes de pelo rizado y ojos zarcos y jóvenes masculinos semejantes. Las jóvenes iban envueltas en túnicas holgadas. Detrás de ellas asomaron otras de color más oscuro, desnudas. En el césped donde aparecieron aguardaba un cuarteto de músicos y las jóvenes comenzaron a bailar una extraña danza, que comenzó con bolero y terminó en rumba. El cuarteto era de negras. El inglés mandó retirar a todo el mundo y se volvió a sus huéspedes con risita burlona:

—¿Bonito, eh? —dijo—. Esto no lo habrán visto ustedes en ninguna parte. Esto lo he descubierto yo, y con ello he añadido una virtud más a las cristianas.

En Recife había oído Pedro hablar del criadero de Mister Reeves, pero no había pensado que fuese éste. Reeves era un vagabundo que había caído un día en el Brasil y descubierto que sus hijos con buenos ejemplares africanos salían de una extraordinaria belleza y que los ricos brasileños se los disputaban. Desde entonces dio en tener cuantos hijos pudo con negras —especialmente de los grupos mahometanos— y en vender los hijos hasta que pudo fundar aquel establecimiento como criadero. Cuando lo hubo logrado dio en hacer experimentos de cruces, y sacaba especies rarísimas de las que salían mujeres que le pagaban a peso de oro. En su establecimiento tenía escuelas y preparaba la prole para distintos oficios. Criaba caleseros, doncellas, huríes, apolos, bailarinas, y todo lo que le pedían. Las grandes damas del Brasil iban allí a buscar favoritos. La gente decía, en burla, que también criaba monjas. Le llamaban el Patriarca.

Pedro había mirado fijamente a una de aquellas mulatas y el inglés lo advirtió. Éste dijo que aquélla era una de las

* Véase Sir Harry Johnston, *The Negro in the New World*, capítulo V.

vírgenes de encargo. A la hora de irse los huéspedes, el inglés hizo que su guardia —seis venus mulatas— sacara los mastines a pasear ante ellos. Luego desfiló otra guardia de hombres armados.

—Espero verlos por aquí otra vez —dijo el inglés.

Pedro y Pedrão decidieron ir a asaltar la casa de Modesta, la hermana del último. Pero les salió mal. La casa de Modesta estaba cercada de alambres y fusiles. Los dos quisieron saltar la cerca, y Pedrão quedó colgado de los alambres con una bala en la cabeza. Los perros los habían sentido y dado la señal. Pedro huyó. Pero los contramayorales de la hacienda se echaron al monte con los perros de los cimarrones. Pedro se defendió a cuchillo, mató un perro y trepó a un árbol, que salpicó de sangre.

Aquella aventura llevó a Pedro a una experiencia más grave que las dentelladas de los perros. Huyendo de éstos, se refugió en la cabaña de una india, cerca de la casa del inglés. La india creyó que Pedro era el criado de Mister Reeves y corrió a delatarlo.

En Recife otra vez, con una pierna vendada y la cara y el cuerpo arañados por las zarzas, decidió embarcarse. Fue al muelle, pidió plaza en el primer barco, y al amanecer estaba rumbo al África en un negrero. Iba como en un sueño, con la imaginación apagada. Maniobraba automáticamente, sordo a las voces, casi ciego y mudo. El veterinario le hizo algunas curas de caballo. Era un mulato liberto, que compraba esclavos para otros libertos de Recife. Vestía una holgada chilaba roja y llevaba turbante. En el centro de la enfermería, en el entrepuente, había un caldero con agua verdosa, donde se mezclaban sal, vinagre, azufre, tabaco y orines. Con aquello curaban igualmente heridas blancas que negras. El mulato desnudó a Pedro y esgrimió la brocha empapada con delectación. Los ojos del mulato bañaron primero el cuerpo del blanco con un refinamiento cruel.

Pedro apretó los dientes, abrió más los ojos y se le enrojecieron los párpados por el ácido que resbalaba tras la brocha de esparto y se filtraba en su carne. A la vista estaba el capitán, con las piernas entreveradas y las cejas en sesgo. Pedro respiraba como un toro picado. El capitán era blanco, y el aguante de Pedro abrió su admiración.

El barco se llamaba *El Cinturón de Venus*. Era propiedad de una asociación de pequeños armadores negros y mulatos de Recife. El contramaestre y el sobrecargo eran mulatos descendientes de hausas mahometanos. El barco, acabado de salir de los astilleros, era un resistente bergantín-goleta con cuatro cañones montados en colisa. La tripulación, elegida por el capitán en la Lengüeta, iba formada por blancos y mulatos. Después de la cura el capitán llamó a Pedro:

—Si se presentara ocasión, el barco piratearía y, en caso de piratear, cada marinero tendría una comisión.

Pedro no sentía ya las heridas ni el cansancio que le había producido la estiba de provisiones, agua y artículos de trata. Jadeaba, el sueño abría escapes a su fuerza, pero la imaginación volvía a tirar hacia arriba. Detrás de las palabras del capitán había posibilidades heroicas. Todos los preparativos de la trata pasaban ahora a su memoria. Junto a las escotillas había visto agentes de la compañía anotando y cantando los artículos que pasaban a cargo del sobrecargo. Éste tenía el cuerpo técnico —pañolero, carpintero, cocinero de los oficiales, cocinero de la negrada y los marineros, veterinario, barbero— a sus órdenes. Lo demás iba a cargo del capitán y su contramayoral el contramaestre. Pedro no podía por menos de admirar al capitán Vasconcellos, que mandaba en mar y tierra.

A la vez que *El Cinturón de Venus*, se hicieron a la mar otros negreros, que siguieron la misma derrota al principio. Luego se escindieron, unos más al sur, otros más al norte. Éste iba a Ajuda, reino del Dahomey. El viento sopló fresco. El sol había calmado las heridas de Pedro y el viento del mar despejado su cabeza. Arriba, en los palos, los vigías cantaban vela a cada paso y el capitán subía a inspeccionar.

–Ése va armado hasta los dientes; ése es un corsario yanqui; ése, un cúter inglés; ése, un piratica español, italiano, o escandinavo, o francés, o árabe –corría la palabra.

Pedro había ocupado su turno de vigía y cantó a babor vela, que gustó al capitán.

–Ése los trae ahí mansitos –dijo.

Se hallaban a la altura del cabo Palmas. La vela era un bergantín que el capitán supuso español. Enseguida largó en el mayor el pabellón negro, mandó maniobrar al abordaje. Los artilleros se situaron en las colisas y los demás empuñaron los sables corvos. El contramaestre arrastró a la mitad de cubierta un balde de ron con cucharones y los marineros cayeron sobre él como moscas, y dieron en bailar la danza pirata. Pedro se aprestó al combate, pero no bebió. Sabía que el ron tenía agua y pólvora mezcladas.

El capitán ordenó con la bocina al bergantín que se rindiera, pero éste no contestó. Al acercarse a él vio que también llevaba cañones y que la tripulación rugía en cubierta como un solo tigre. Así y todo, siguió dándole caza. Pensó que sería un negrero o que llevaría oro y marfil. Pero de pronto el bergantín maniobró hacia *El Cinturón de Venus*. Cuando estuvo a su alcance, éste lo encañonó con la colisa de proa y le tumbó un mastelero.

–¡A él! –gritó el capitán.

En el palo mayor del bergantín apareció entonces el pabellón negro y abrió fuego contra el brasileño. El primer cañonazo le tronchó el mayor, y las balas del bergantín comenzaron a silbar sobre su agresor. Pedro recibió una en un brazo, y oyó que el capitán daba orden de virar al oeste. El bergantín había seguido hacia el norte, su pabellón flameante contra el horizonte, con una cola de gritos a popa. Era el pirata De Buen. Vasconcellos se había equivocado.

El negrero puso proa a la Ascensión con un boquete a popa y el palo tronchado. Sobre cubierta habían quedado algunos muertos y en derredor comenzaron a pulular los tiburones. En la enfermería, el veterinario ensanchaba los boquetes de las balas y extraía el plomo con unas pinzas de sacar muelas, oxidadas. Luego embadurnaba la herida con ungüento de azufre. Los ilesos achicaban el agua y maniobraban contra el viento, en busca de la bahía de Clarence, donde fondearon con dificultad para reparaciones, bajo la demora del monte Cruz. En la bahía había dos buques de guerra ingleses, y en el muelle se izó la bandera ajedrezada diciendo que no podían atracar a tierra.

La Ascensión había sido tomada poco antes por los ingleses como fortaleza avanzada para resguardo de Napoleón en Santa Elena, y en George's Town había una guarnición de soldados. Hubo que reparar el buque fuera de la bahía, y con gran trabajo. Los hombres tupieron el boquete con estopa, brea y tablas, y sustituyeron el palo por otro de repuesto. El calor húmedo derretía la brea de las costuras. Constantemente había que estar bañando el barco con mangueras. Pedro trabajaba sin su brazo herido, agarrándose con dientes y piernas. A los dos días el viento roló del lado de tierra y a las pocas horas irrumpió la mar sorda con su restinga milagrosa irisada en las greñas de las olas, y al barco le costó gran trabajo aguantar al ancla. Luego cayó una lluvia densa que obligó a trabajar mucho a la marinería.

—No hay que hacerle, el diablo lo manda así —dijo el capitán.

A bordo vinieron ingleses a vender tortugas, golondrinas del trópico, gatos monteses y biblias. Aquellos gatos, dijeron, en vez de comerse a las ratas se comían los pájaros de mar. Eran animales eléctricos, de ojos grandes, pelo largo, color de tigre y bigotes de chino. Pedro no podía por menos de dejarse fascinar por los gatos. Ahora volvió a oír hablar de Napoleón, cogido en una jaula de roca un poco más al sur, y pensó que los ingleses eran grandes cazadores de gatos.

Ajuda —Whyda— está al norte de la línea, y los portugueses habían suprimido poco antes la trata en este hemisferio. Mientras reparaban, uno de los cruceros de la bahía se hizo a la mar, y Vasconcellos presintió algo malo. En Ajuda había una factoría inglesa al oeste, una francesa en el medio y una portuguesa al este. Vasconcellos dijo a los ingleses que iba a Angola, y les mostró los papeles, pero muy bien podían no haberlo creído. El jefe de la guarnición fue a bordo y dijo al capitán:

—Los marineros lo conocen a usted por aquí.

Al asomar al continente, dos canoas de krumen fueron a recibir al negrero y le entregaron un papel del factor, mandándole que se fuera por la vuelta de afuera y que volviera al día siguiente. Pero Vasconcellos desconfió del papel. Los ingleses solían enviar aquellos papeles falsos por los krumen que tenían de espías cuando no tenían cruceros para guardar la entrada. Tenían los cuños, las firmas y las contraseñas de los factores.

En toda la costa había canoas de estos krumen, nativos de la Costa de los Granos, que servían de intermediarios entre los barcos y los factores. Al mismo tiempo, los krumen —o sea, tripulantes o boteros— eran espías y ladrones empedernidos y los negreros expertos no los dejaban subir a bordo.

El Cinturón de Venus entró cautelosamente sobre el placer de sonda, guiado por otros krumen que sucedieron a los primeros —éstos huyeron a todo remo—. Un negrero de Nantes salía con el vientre hirviente de gritos. Al pasar cerca del brasileño, los franceses tiraron besos y pelotas de basura a los portugueses.

El negrero fondeó, según mandaba la carta, a una milla de tierra por once metros de arena parda, el fuerte inglés demorando al norte. En derredor se juntaron más de cincuenta canoas-tiburones. En el barco iba un piloto viejo llamado Jogo Contrapelo, y decía que los krumen, que viven entre tiburones, tenían algo de éstos. El capitán bajó a tierra y volvió decepcionado. El factor, Da Souza, no tenía negros por el momento. Algo había detenido las caravanas en el interior. Entonces llamó a dos marineros más y fletó con ellos una canoa a la aldea de Jakkin, diez millas al este, donde había factorías de mercaderes libres. Urgía cargar antes que regresara el crucero que había levado el ancla horas antes.* La canoa se puso en marcha al anochecer, y una hora después llegó al barco la noticia de que la caravana había llegado. El contramaestre envió a Pedro con dos marineros en la canoa de un krumen a dar al capitán la noticia. Llevaban una luz de aceite en el fondo de una botella rota. De toda la costa emanaba un aire gordo y pestilente, y contra la canoa aleteaban los tiburones. Los remos tropezaban con ellos, y la canoa resbalaba a veces sobre ellos como sobre bancos de limo. Pedro veía ante sí los dientes blancos de los boteros, iluminados por aquella luz fatua, en la noche, y sentía su jadear. Pedro iba a popa, desnudo de la cintura para arriba, los rizos colgándole sobre la cara. El sudor le resbalaba por las cisuras de las heridas mal curadas, y estómago arriba le subía como una anguila blanca. Las estrellas se iban haciendo luz líquida a sus ojos. Antes de llegar a Jakkin les cayó una turbonada de agua caliente y el mal se le agravó.

En Jakkin había muchos negros. La orilla despedía una peste acidosa. En el agua flotaban cuerpos negros y las canoas y los tiburones se movían por enjambres. Los krumen contaron a Vasconcellos lo que pasaba. Un rey negro había hecho una gran cacería y tenía más de dos mil cautivos en barracones; pero como no acababan de llegar negreros y el rey no tenía con qué sostenerlos, todos los días iba matando a los enfermos. Vasconcellos sospechó que en Jakkin había peste y regresó a Ajuda a todo remo.

Las fiebres intermitentes de estos lugares habían caído sobre Pedro. Al volver al barco buscó en su cofre un espejo

---

* La persecución de los negreros por los barcos de guerra ingleses tiene su base en la ley de Lord Brougham, aprobada por el Parlamento en 1811.

con marco de marfil que había robado a María Cruz —llevaba sus iniciales— y se puso a estudiar el rostro que encontró en él. Tenía la lengua negra y los párpados rojos. Quiso ayudar a la descarga, pero cayó sin sentido. El veterinario no sabía qué hacer con él y lo mandó a tierra. Entre dos marineros lo bajaron a una de las lanchas de descarga y lo tiraron sobre un fardo de géneros.

—Adiós, compañero —le dijo uno.

Lo daban ya por muerto. Luego volvieron la cara y la lancha se puso en marcha. El barco quedaba atrás con su ajetreo. Los colores y los sonidos se disolvían y mezclaban en la fiebre, y el espacio había desaparecido. En la lancha remaban negros empleados por el factor. Dos de éstos cogieron a Pedro en un pedazo de lona, a modo de parihuela, y lo pasaron, al través de una playa arenosa, a un barracón de tablas, en la isla de Gregoi, anidada entre zarzas, a pocos metros de la orilla. Esta barraca parecía abandonada. Era una pieza dividida por tarimas de madera y postes, entre los cuales colgaban hamacas sucias. Era una choza sin ventanas, piso de tierra y techo de embarrado. Los negros tiraron a Pedro en una de aquellas hamacas y salieron en silencio, desnudos como estaban, negros en la noche. Del puerto venían los ecos de la descarga y la carga, los aullidos de los cautivos llevados a bordo desde los barracones próximos a donde estaba Pedro. Del lado de tierra, de la laguna, venía un aire pestilente que se encontraba con el del mar y se arremolinaba sobre la barraca. Cuando el enfermo vino a recobrar un poco de claridad, el barco se había ido.

De la factoría de Da Souza —Cha-Cha, el príncipe de los negreros—* le mandaron unos hierbajos, unas sopas y una mulata que lo asistiera. Pedro no sabía dónde estaba. Ante él estaba una joven cuarterona con palabras portuguesas y

---

* Véase Theodore Canot, *Adventures of an African Slaver*.

grillos en la boca. A poca distancia, contra el mar, se hallaban varias casas dentro de una empalizada, a espaldas de un fuerte. La choza donde estaba Pedro se hallaba fuera de la empalizada, entre la maleza, sobre una ligera plataforma natural. Desde allí se veía el mar con sus velas lánguidas y negreras y los vigías de la factoría encaramados en torres de madera. Por debajo pasaba el camino por donde desfilaban las negradas destinadas a los embarques, mandadas por pombeiros, mulatos traficantes que mediaban entre los factores y los reyes del interior.

Cuando pudo tenerse en pie, Pedro se dirigió a la factoría de Cha-Cha, guiado por la cuarterona. La fiebre se había ido, como un temporal que deja las aguas revueltas. En torno a la de Cha-Cha había otras factorías, portuguesas y brasileñas, como estados autónomos, con sus barracones, casas de vivienda, almacén, enfermería, oficina y casa del jefe.

Pedro encontró a Cha-Cha en la terraza de su palacio. Dos esclavas octoronas, de unos trece años, desnudas, una a cada lado, lo abanicaban. Cha-Cha vestía un traje de dril claro, botas charoladas, y estaba tocado de un gran sombrero panamá. En el cinto llevaba una gran pistola y en la mano una caña de bambú. Era un mulato ancho, de ojos de lobo.

Cha-Cha era brasileño y analfabeto. Había desertado de la Armada Real y llegado a África como piloto de un negrero. Durante algún tiempo trabajó en factorías y aprendió el idioma del país. Su madre había sido esclava, y recobrado la libertad por dar muchos hijos. En África, Cha-Cha comenzó a progresar por su carácter de mulato, de hombre doble. Con los africanos se hacía africano y observaba todas las costumbres y supersticiones de los negros; con los blancos era blanco y trataba de hablar en civilizado. Pero Cha-Cha vendía igualmente a blancos que a negros.

Ahora se hallaba próximo al apogeo de su grandeza. Su factoría era una pequeña ciudad, con casino, casa de juego, taberna, harén, almacenes, barracones, enfermería y otras dependencias. Dominándolo todo, a la espalda de un fuerte portugués, estaba su palacio, vasta mansión de tablas. Cha-Cha tenía corte, ejército, *iglesia*, y, en pequeño, cuanto pueda tener un rey.

Pedro cayó en manos de Cha-Cha como contador. Éste era un oficio que sólo sabían desempeñar blancos, y constantemente estaba vacando. Los empleados blancos no podían resistir los abusos de Cha-Cha y sus hijos, que vivían para corromper a las gentes, prostituirlas y comerciar con ellas. Pedro dijo que sabía contabilidad, y Cha-Cha le dio una casa para sí solo y la cuarterona por sirvienta; pero el sueldo era nominal simplemente. Sin embargo, Pedro no podía esperar mejor puesto. Desde el principio se encontró por allí marineros parias que habían sido y volverían a ser negreros —algunos capitanes—, que lo pusieron en guardia contra Cha-Cha.

—Te hará trabajar, te inculcará vicios por medio de sus mujeres y al fin te echará veneno en la sopa —le dijeron.

La sequedad, reserva y resolución de Pedro lo escudaron desde el principio. Se decía que Cha-Cha hacía el mal, más que por interés, por refinamiento.

Pedro tenía para sí una mesa, un montón de libros grasosos con cuentas atrasadas en la oficina general, y las llaves del almacén. Los pisapapeles eran pistolas viejas. El administrador era igualmente una pistola vieja, y no hacía más que emborracharse. Era un portugués, antiguo capitán negrero, y luego factor, a quien Cha-Cha había arruinado. Una hija blanca del administrador era favorita de Cha-Cha.

Los capitanes negreros que tocaban allí se encontraban siempre con que no había negros; pero Cha-Cha les garantizaba que llegarían a los pocos días. Los capitanes descargaban y guardaban sus mercancías en unas casas destinadas a eso. Cha-Cha los recibía entonces en su palacio y los llevaba a su harén y casa de juego. Cuando llegaban los cautivos —es decir, cuando Cha-Cha decía que llegaban, porque sus barracones, un tanto retirados, estaban siempre bien nutridos–, los capitanes se encontraban con que habían perdido todos sus intereses, y sus barcos regresaban vacíos, mientras que ellos quedaban abandonados por la costa. Pedro trabó amistad con algunos de aquellos capitanes y descubrió las trampas de Cha-Cha. En la casa de juego tenía tahúres a sueldo, y en la bodega, envenenadores que mezclaban drogas con el vino. La mitad de su riqueza la había hecho así, robando a los blancos y arruinando sus cuerpos. Antes de hacerlo, colmaba a sus víctimas de atenciones, los festejaba en su palacio y les abría las puertas de su harén. Cuando aquello no surtía efecto, Cha-Cha mandaba sacar de noche las mercancías a un depósito y prender fuego al almacén. Nadie sabía luego quién lo había hecho, pero Cha-Cha, para cumplir con la justicia, hacía parecer culpable a cualquier negro matungo o medio enfermo y lo ejecutaba ante el capitán cuyo almacén –y, aparentemente, mercancías– se había quemado.

Pedro no tenía nada que quemar, a no ser su alma. En torno al almacén acampaba la guardia negra, con fusiles y cuchillos, y se ejercitaba en un campo estilo europeo. Los oficiales eran casi todos mulatos brasileños. Cha-Cha quitaba y ponía galones. Los grababa a hierro candente en los brazos de los mulatos y los negros y luego los mandaba pintar de blanco. A Pedro se le parecían aquellos galones a las llagas pintadas de los mendigos portugueses, que había visto en Lisboa. Pedro pasaba todos los días entre aquella policía, camino de su caseta, donde lo aguardaba la cuarterona, a quien llamaba Carmen. Por ella iba conociendo, además, los secretos de Cha-Cha. Éste era también jefe de una congregación de sacerdotes, brujos y hechiceros, que imponían la ley por medio del espíritu a los negros empleados y libres de los alrededores, haciendo sacrificios y escarmientos. Estos sacerdotes eran escogidos en la selva del interior, traídos de Abomey, la capital del reino, o de Lagos, al sureste de Ajuda. Todos actuaban dirigidos por Cha-Cha. Anualmente se hacía el sacrificio de una virgen, tomada de las poblaciones vecinas, para compensar todas las que durante el año se hubiesen casado sin serlo. Al llegar octubre presenció Pedro este rito, copiado por Cha-Cha de los negros de Lagos, muy celosos de la virginidad. Nadie sabía dónde habitaban los sacerdotes. Un buen día se reunieron en un recinto sagrado, entre la maleza, a deliberar acerca de la virgen que habrían de elegir. Sería la más bella del país. Luego pasaron aviso a todas las casas para que nadie saliera de ellas y dejaran las puertas abiertas. Al anochecer, vestidos de pieles y enmascarados, los sacerdotes recorrieron las casas danzando y aullando y matando. Cha-Cha aguardaba en una alcoba de su palacio, forrada también de pieles de tigre, recostado sobre un diván. A medianoche, los sacerdotes se pararon ante la casa de la víctima y una banda de músicos surgió de alguna parte y comenzó a redoblar los tambores, danzando en torno a ella. Los sacerdotes sacaron entonces a la virgen y la llevaron al bosque sagrado. Sus familiares tenían prohibido llorar o gritar. Uno de los sacerdotes se presentó entonces secretamente ante Cha-Cha y lo condujo al mismo bosque, dejándolo solo con la virgen hasta el amanecer. A aquella hora, Cha-Cha había poseído ya a la virgen y estaba en su palacio. Los sacerdotes se presentaron con la víctima en la plaza que había enfrente, y Cha-Cha, con sueño en los ojos, como un dios inocente, avanzó a recibirla. Los sacerdotes acostaron a la joven en un banco, la ataron a él, y el mayor permaneció con la espada en alto aguardando a que Cha-Cha bajara el índice desde la escalinata del palacio. En ese momento bajó también la espada y separó la cabeza de la joven. A aquello llamaban el sacrificio anual de la virgen.

Carmen había pertenecido al harén de Cha-Cha, pero había cometido una infidelidad sin su permiso y desde entonces estaba condenada a servir de mujer a tal o cual empleado blanco. La infidelidad había sido también con un blanco. La guardiana del harén —la nostrama la llamaban los marineros— era quien más secretos sabía de Cha-Cha, y por ella se había enterado Carmen de un contrato secreto que éste tenía con el rey del Dahomey. Este rey se comprometía a surtir a Cha-Cha de cuantos esclavos necesitase durante toda su vida a condición de heredarlo —o de que lo heredaran sus hijos— a su muerte. Cha-Cha se reía del contrato. Recibía los esclavos de balde, derrochaba más lujo que cualquier rey europeo de antes de la Revolución y compraba haciendas en el Brasil. A cuantos grandes personajes blancos recibía en su palacio les refería el truco y reía a carcajadas.

Como Pedro no tenía nada que corromper y le era útil a Cha-Cha, éste comenzó a quererlo. A fines de la estación lluviosa lo llamó a su palacio para que le contara las aventuras que había corrido, y que algunos marineros difundieran por allí. El palacio de Cha-Cha era de tabla y ladrillos, y tenía jardines, terrazas, paseos y muralla en derredor.

Detrás, con una plaza por medio, estaba el harén, serie de casetas unidas en torno a un patio, al cual se pasaba desde el palacio por una larga franja alfombrada de pieles que cruzaba la plaza. Las caravanas negreras pasaban al sur desde los barracones al muelle y no manchaban estas cortes sino con su olor. En el patio central del harén ardía toda la noche un fuego cuidado por eunucos. Una noche que Cha-Cha estaba borracho llevó a Pedro al harén y mandó salir a todas las huríes, negras, mulatas y blancas, y danzar, desnudas, en torno a la hoguera, mientras que los eunucos marcaban sus movimientos con batir de palmas. Cha-Cha reía a carcajadas.

—¿Le gustan mis blancas? —preguntó a Pedro.

En realidad, no eran sino zorras compradas en Londres, París y Lisboa; pero entre las cuarteronas había una procedente del criadero de Mister Reeves.

Al acercarse la estación seca, Cha-Cha tenía que mandar anualmente una embajada al rey del Dahomey, a la capital, setenta millas tierra adentro. Eran las solemnidades en honor de los muertos, en las cuales se les enviaban varios cientos más a hacerles compañía. Cha-Cha designó a Pedro entre los que debían ir con ricos presentes a presenciar las fiestas. La ocasión de ver a uno de los dos grandes emperadores de África —el otro era el de los achantis— era un gran privilegio. El rey mandó sus manfucas, intérpretes y esclavos para llevar la carga. De la factoría de Cha-Cha partieron algunos de sus tenientes blancos en su representación. Pedro iba sin objeto, como en vacaciones, antes de que llegara la estación de la brega. Carmen no quería que fuese.

—Vas a ver cosas que te harán odiarnos a todos —le dijo.

Al través de la selva, por un camino serpeante, la caravana formaba una sierpe extraña. Delante iban los intérpretes y manfucas del rey, éstos con taparrabos encarnados, fusil y gorro de plumas; luego los esclavos con las balas de presentes en la cabeza, y detrás los embajadores blancos con traje claro. El camino de la selva era un túnel. Después de algunas horas de viaje tornaba al oeste y seguía al margen de Gran Popo, al través de una selva tan tupida que no dejaba pasar el aire, con algunos claros de aldeas ajudas, tributarias del Dahomey. Junto con Pedro iba el jefe de la policía de Cha-Cha, un portugués. De vez en cuando acampaban para descansar y comer galleta y beber agua, que cargaban los esclavos. De noche prendían fuego y se formaban tres campamentos. Desde la selva, rompiendo su zumbido perpetuo, partían sonidos raros: arrastrarse de sierpes, lamentos de fieras, aletear de aves y rasguños en los árboles. Los monos tiraban cáscaras y pedazos de ramas a las caravanas. El jefe de la policía temblaba ante aquellas señales y se arrimaba a Pedro. Decía que no eran cosas de este mundo. Constantemente había que ir en guardia contra los chacales, el leopardo y la pantera negra, que acechaban a cada lado. Así, durante cuatro días.

La gente de Cha-Cha llegó a Abomey horas antes que la familia real.* Ésta se pasaba el verano en Kana, algunas

---

* Para las costumbres del antiguo Dahomey, véase Ducan, *Travels on West Africa*, 1847.

millas al sudeste. El rey Andazu III llegó por una vereda de la selva sentado en una silla de madera con una calavera en cada pie, que sostenían varios esclavos sobre pértigas. Al frente marchaban la orquesta real con tambores y flautas, y detrás venían otras sillas con su mujer e hijos. Al final y a cada lado marchaba una guardia de mil soldados femeninos, armados de fusil, con taparrabos encarnados y las piernas y los brazos cubiertos de argollas de lata. El rey venía tocado de un tricornio con muchas plumas, llevaba pantalones bombachos, el busto adornado de cuentas en colores y se apoyaba en una lanza. Al llegar frente al palacio la comitiva se detuvo, hubo un silencio y las amazonas dispararon al aire sus fusiles.

Las solemnidades se celebraron en una vasta plaza frente al palacio —casa de ladrillo, techo cónico de embarrado—. El trono fue sacado a la puerta y en él apareció el monarca con el mismo tricornio y una larga sotana roja. El trono estaba en un gran estuche de madera. Entre el trono —especie de sillón— y el estuche había una masa de calaveras pertenecientes a otros tantos reyes conquistados por la dinastía. Clavadas en pértigas en cada ángulo de la plaza, había también calaveras.

La plaza terminaba por el frente en una barricada o terraplén coronado de zarzas espinosas, más allá del cual estaba el depósito de las víctimas.

Al aparecer el rey, salieron de cada flanco del palacio las guardias de amazonas, armadas de cuchillos, marchando y marcando con la cadera el redoble de los tambores. Al llegar ante el rey levantaron el brazo con el cuchillo sobre sus cabezas y dieron varios hurras o gritos de guerra, bajando y subiendo el brazo. Luego desfilaron con la punta de los cuchillos a la altura de las cabezas, sonando las argollas de lata, y pasaron varias veces frente al rey y frente a un escanciador que les daba ron al pasar. Al fin el rey se puso de pie y cien amazonas se destacaron de las demás y se lanzaron rugiendo al asalto de la fortaleza de espinas, cruzándolas como un ciclón, rechinando los dientes. Al minuto aparecieron de nuevo en la plaza, trayendo cincuenta esclavos por encima de la barrera de espinas, con el cuerpo sangrante. Los tambores las recibieron a redoble.

Las amazonas presentaron sus presas al rey, y éste señaló a la más valiente para hacerle la distinción de sacrificar primero a su cautivo. La amazona se adelantó, llevando por el brazo a un hércules negro, que miró al rey con adoración. El rey blandió en el aire su espada toledana, y se la pasó a la víctima por el cuello. La amazona corrió entonces en derredor de la plaza, aullando y brindando la cabeza a los espectadores blancos. Tras una pausa, los tambores volvieron a sonar, haciendo hueco a un nuevo silencio. Al callar, se adelantó otra amazona con otra víctima. Todas aquellas amazonas vírgenes pasaban por queridas del rey. La solemnidad duró cinco días sin interrupción y al final de ellos había cuatrocientas cabezas amontonadas ante el palacio de Andazu III, emperador del Dahomey, al que, sin embargo, le quedaban todavía reservas suficientes para llenar los barracones de Cha-Cha.

El camino seguido por los embajadores de Cha-Cha era el camino de las caravanas de cautivos que el rey mandaba a Ajuda. Estaba alfombrado de esqueletos de esclavos enfermos o rendidos en el viaje o que se habían rebelado. Una de aquellas caravanas gobernadas por pombeiros salió de Abomey al mismo tiempo que los embajadores. Los cautivos marchaban con cangas en el cuello y atados por los brazos en parejas. Con el brazo libre sujetaban sacos de arroz que llevaban a la factoría. Los pombeiros llevaban látigo, pistola y cuchillo. Un tambor marcaba el paso de la caravana, y de las aldeas por donde pasaban salían gentes a verlos pasar. A veces eran familiares de los mismos cautivos que pasaban.

Pedro volvió con un fuerte deseo de abandonar Ajuda.
—Quiero irme —le dijo a Cha-Cha—; déme mi sueldo.
Carmen lo recibió llorando de alegría. La pobre mulata

lo creía perdido, y ahora, con un nuevo descubrimiento, lo creía más suyo: Carmen estaba preñada. Cha-Cha no supo esto hasta que Pedro estaba ya en altamar con su sueldo de cinco meses en el cofre. Caso raro, Cha-Cha le pagó a razón de veinte pesos. Además, para despedirlo, lo llevó a una especie de mansión sagrada que tenía en un ala de su palacio, donde entraban muy contadas personas. Cha-Cha era viudo de una mulata brasileña. Del matrimonio le habían quedado dos hijas muy bellas, que guardaba allí muy reservadamente, escoltadas por un cuerpo de sirvientas negras. Cha-Cha no tenía con quién casar aquellas hijas, pues –dijo– sólo las daría a algún príncipe blanco. La menor, llamada Elvira, tenía entonces trece años y, salvo los ojos, se parecía a las del criadero de Reeves.

Carmen supo que Pedro se iba, por una de las celadoras de las hijas de Cha-Cha –se lo había oído decir a éste–, y calló. Pedro la vio llorosa, pero no hizo caso. Lo atribuyó a su estado.

Uno de los primeros barcos que tocaron allí aquella estación fue el *Veloz*, de La Habana, que fue a completar su cargazón a la factoría de Cha-Cha. En el entrepuente llevaba ya unos cuatrocientos negros comprados a lo largo de la costa, desde el Congo hasta Ajuda, a los boteros negros, que los salían a vender mar afuera y los vendían más baratos. Había barcos que cargaban así sin tocar en ninguna factoría. Estos boteros negros, o krumen, robaban los esclavos en las factorías o en la selva, los escondían en matorrales atados a los árboles y salían a venderlos a los negreros que asomaban a la costa. Sobre ser más baratos, los negros arrebañados de distintos lugares, tribus y razas, no se unían nunca a bordo para fomentar sublevaciones. Pedro se embarcó en el *Veloz* como marinero. El barco era muy marinero y llevaba cañones. A veces pirateaba y a veces compraba, según las ocasiones.

El capitán del *Veloz*, un gaditano alto y seco, miró con curiosidad al joven que había sido empleado de Cha-Cha y cobrado su sueldo. Da Souza le había dicho al capitán que Pedro no sería nunca sino un pirata y que le daba fiebre tenerlo en su factoría. Era demasiado seco y brusco, demasiado misterioso para no desazonar a un supersticioso como Cha-Cha. Con Pedro embarcó un marinero holandés llamado Noodt, que había servido como organizador en la policía de Cha-Cha y seguía su carrera de vagabundo de mar. Noodt tenía un alma dura y fría. Consigo llevaba siempre el Antiguo Testamento y llamaba canaanitas a los negros. Durante algún tiempo había vivido en la Colonia del Cabo con sus paisanos los bóers, aquella ruda raza de montaraces hugonotes escogidos de Dios que formaron en el sur una nueva raza. Noodt se hizo amigo de Pedro y los dos trabajaron unidos durante el viaje.

El *Veloz* iba bien, pero escasamente tripulado. Todos los negreros de su clase tenían que ir así. El capitán paseaba por el puente con dos pistolas en el cinto. A veces se paraba ante Pedro, lo miraba desde lo alto y escupía al agua, demasiado próxima a la borda.

—¿Llevamos buen lastre, eh? —dijo García, el capitán.

El *Veloz* cargaba ochocientos esclavos y navegaba como un cisne al noroeste con galeno favorable. La costa de África había desaparecido y con ella tal vez el peligro de tratar al norte de la línea. Del vientre del buque salía un ruido sordo, como si las voces no tuvieran salida, como si alguien hablara detrás de un cristal. Pedro hacía de timonel por turno y lo envolvía el sueño. Aquel bramido lo despertaba, Pedro movía la caña y el barco se balanceaba. Noodt venía a hablar con él. A los dos días de navegación Pedro sintió abrir las escotillas de noche —primer cuarto, hora en que ocupaba su puesto al timón— y el choque de varios cuerpos al agua. Cada vez que se abría una escotilla manaba una bocanada del aire del interior y se oían lamentos. A Pedro se le antojó que el barco perdía lastre. Durante la noche se movió con pereza y con el día el viento cesó completamente. Pedro vio pasar al capitán con los ojos hinchados y a los marineros trepar a los palos y escudriñar el horizonte. Algo raro se daba allí, algo fatal que enmudece y llena de tierra por dentro. Era como si aquellos hombres se movieran en un fangal, con los ojos en blanco y los rostros azules. Un marinero joven y delgado, de grandes ojos tristes, fue a la cámara del gobernalle a hablar con Pedro. Era un grumete, llamado Popo en el barco, que ayudaba en la cocina. Al llegar junto a Pedro le dijo:

—Estamos mal.

Luego se quedó callado. Tenía un acento débil y labriego en la voz. Pedro vio brotar entonces de las escotillas un mar negro y cansado. Los negros iban saliendo con esfuerzo, la boca abierta, la lengua negra, las bembas blancas, jadeantes. La cubierta se cubrió de ellos. Muchos no podían tenerse en pie y los marineros los arrastraban a un montón de obra muerta. Cuando los vivos hubieron estado fuera, los guardianes dieron en sacar los muertos que quedaban en el fondo. Una jauría de tiburones había seguido al barco, ahora parado, el alma caída, y sacaban las cabezotas de batea fuera del agua. Al echar un muerto lo pescaban a flor de agua. El capitán paseaba por el puente con los ojos desorbitados.

—¡A bañarlos! —gritó García.

Los marineros dieron en arrojar baldes de agua salada sobre el rebaño desnudo. Al sentir el chorro, los negros abrían la boca como pájaros sofocados, sedientos, y la cerraban luego tosiendo, vomitando agua, ronquidos y sangre. Algunos se retorcían en el suelo y gritaban «¡Agua!» en portugués, inglés y francés —según de la factoría de que procedían—. Querían decir agua dulce. El tonelero del *Veloz*, envuelto en las atenciones que Cha-Cha les había hecho, se había olvidado de reponerla en Ajuda, y la que llevaban se había corrompido.

Cuando esto ocurre, los marineros se convierten en sombras vagarosas, desorientadas por el barco, como soldados de un ejército desbaratado. Las órdenes del capitán son nulas, y el mismo capitán no sabe qué ordenar. Pedro se movió atontado como los demás, mirando aquella masa agonizante de hombres, niños y mujeres mezclados. Entonces vino a hacer otro descubrimiento. Todavía los guardianes no habían acabado de sacar los muertos. Uno de ellos apareció por la escotilla arrastrando a una mujer con un último lampo de vida en los ojos; creyéndola muerta, el guardián le había clavado el gancho en el costado y la arrastraba con él. La sangre que manaba estaba aún caliente, y sus ojos miraron a Pedro antes de cuajarse. Pedro la vio caer al agua, con todo lo que iba en su cuerpo, y flotar un momento boca abajo y hundirse luego a solicitud de una tenaza que tiraba hacia abajo.

La oftalmía estaba a bordo. Las islas de Cabo Verde eran la tierra más próxima; pero los cruceros andaban ya por allí y el capitán no quería caer en sus garras.

—¡Más vale morir abrasados! —gritó García—. ¡Para atrás, no!

Todo aquello era delirio. No había aire que los llevara hacia atrás ni hacia adelante. Los negros, que no se habían amotinado al principio porque venían de tribus distintas, estaban demasiado débiles para hacerlo. No se oían sino sus lamentos, el chasquido de los látigos y los gritos del capitán. El tonelero había preparado un bebedizo extraño para engañar la sed, compuesto de agua salada, agua dulce corrompida, ron y sangre extraída a algún negro sano. Los marineros se chupaban los brazos llamando la saliva. Todas las horas moría algún blanco y algún negro. El capitán seguía bramando. De noche levantaba un poco la brisa, pero con el sol todo quedaba desmayado. García mandaba rascar los mástiles para llamar el aire; un marinero tiró un zapato y una chaqueta al agua para despertarla; el contramaestre mandó a un marinero al mastelero de gavia con una escoba a barrer el cielo. El capitán prohibió escupir al mar, pues ello enojaría a la brisa que se escondía en las aguas, pero ningún marinero tenía ya saliva que escupir.

Cuando soplaba un poco, el *Veloz* navegaba al noroeste, alejándose más de tierra.

Los guardianes sacaron el tambor para despertar el alma de la negrada. El látigo era el complemento. Los negros comenzaron a danzar pesadamente. El veterinario no se cuidaba ya de darles brebajes. Había que estirar las raciones, y los más enfermos iban al agua antes de morir. La escasez de víveres y la inseguridad del viaje obligó al cocinero a... sacrificar a algún sano para obtener carne para el resto. La historia de la trata está llena de estos casos. Los cautivos miraban a la luna.

Pedro se encontró a Popo arrumbado sobre un montón de jarcia.

—Me muero —dijo Popo—, me muero. Pero antes quiero decirte lo que vi ayer. Nunca creí que pudieran existir esas cosas. Ahora lo creo. Yo mismo lo vi. Era de noche. Era un negrero tripulado por mujeres blancas, desnudas, rubias como soles, con cabelleras tendidas hasta la cintura, moviéndose por cubierta, agarradas a los cabos, desplegadas por el aparejo, como peras en un peral y tan espesas. Y verlas luego a pleno sol de Dios, cantando una alborada, y debajo los negros, danzando y martillando en su maldito tambor, carbones de infierno. Y luego levantarse la brisa y el barco navegando tranquilo y las mujeres danzando por las velas como si fueran mariposas y salirles alas de seda a ellas mismas. ¡Palabra! Estos ojos no mienten. Estos ojos las vieron alejarse en su barco de plata, porque era de plata, con un viento que le salió al mar para ellas solas, y nosotros aquí, como ves, muriendo. Pues así fue. Bueno, hermano, creo que mi viaje ha terminado.

Al irse Popo vino la brisa y el *Veloz* siguió su marcha, pero los negros iban a menos y las raciones también. Varios marineros habían ido con ellos al agua, y los que quedaban se mostraban la lengua negra. El capitán se había vuelto loco y seguía dando órdenes extrañas. Durante varias horas hizo describir al barco una serie de rumbos en zigzag, y cuando al fin asomó una vela a babor se negó a pedir auxilio. El segundo reunió a los oficiales, encerraron al capitán en su cámara y asumió el mando.

La vela era un negrero de Charleston que les facilitó agua y galleta, cobrando en esclavos. Pedro miró aquel hermoso barco yanqui armado como un crucero y el alma se le alegró. Era uno de los corsarios de la guerra de 1812 que luego se dedicaron a la trata, manteniendo en jaque a los cruceros ingleses. El capitán era un hombre flaco y alto, como García, con barba rubia de pirata y melena hasta los hombros sujeta al cráneo por un pañuelo rojo. Tras él asomaron dos negreros más, todos iguales. Iban en flotilla, unidos para la defensa, dispuestos a todo, y eran muy veleros. Pedro los vio alejarse luego, formados en ángulo, proa al sureste. García seguía gritando órdenes en su encierro.

El viaje del *Veloz* fue uno de los más trágicos de la trata. Mermada la carga y la tripulación, vencida al fin la sed, la calma y la oftalmía, sólo le faltaba vencer los ciclones errabundos de las Antillas. Pero éstos vencieron al *Veloz*. Navegando al norte de Santo Domingo, el mar comenzó a cabrillear, y algunas rachas negras procedentes de aquella isla pasaron silbando en los estayes. Esto dio a Pedro una ocasión de recordar sus estudios de náutica, y llamó la atención del segundo, ahora capitán. Éste era inexperto en el mando, y el piloto desconocía el derrotero. La decisión con que Pedro advirtió el peligro dominó la indecisión de los oficiales, y enseguida metieron vela a escape, cerrando la capa, arriando las gavias y preparando la trinquetilla. El *Veloz* abatió hacia el norte, pasó rozando al oeste del cayo Ambergris y fue a recalar a la Gran Caicos.

Ninguno de los que tripulaban el barco conocía estas islas, a no ser Noodt. El holandés había llegado una vez a la Isla Barbada en un pesquero de Terranova y sabía por referencias lo que pasaba en todas aquellas islas. Pedro y Noodt hablaron del peligro; pero, visto que no tenía remedio, no quisieron asustar a los demás. El barco llevaba los palos rendidos, hacía agua por alguna costura y algunas velas habían echado a volar. Las últimas tres millas las habían corrido a palo seco y, finalmente, lograron echar el ancla sin más tropiezo junto a un cayo coralino al sur de la isla.

Las Caicos, dijo Noodt a Pedro, eran nidos de piratas. Estaban pobladas por colonos emigrados de las Bermudas y *leales* de Georgia que habían ido allí con sus esclavos, mezclándose con ellos y creando una población de mulatos libres. Estos mulatos pescaban esponjas, evaporaban el agua del mar para hacer sal y cazaban a los negreros que pasaban a Jamaica y Cuba. Todo negro que tocara aquella tierra se convertía automáticamente en esclavo, lo mismo, dijo Noodt, que mandaban en un tiempo las leyes de Barbadas.*

En torno al *Veloz* aparecieron enseguida varias lanchas tripuladas por hombres armados, negros y mulatos. Tras ellas vino un hermoso cúter de cedro procedente de la isla y apuntó al *Veloz* con sus cañones. En el cúter venía un capitán blanco, que anunció al del *Veloz* con las bocinas: «¡Entréguese usted prisionero!». Pedro tradujo las palabras. Del cúter se destacaron entonces dos botes, mandados por blancos, que sacaron la tripulación al barco, y otro con los que iban a encargarse del *Veloz*. Al anochecer, toda la tripulación, menos el capitán loco, estaba en un campamento rodeado de chozas, guardado por un cuerpo de negros y mulatos desnudos de la cintura para arriba y armados de cuchillos y fusiles. Aquella gente tenía por jefe a un irlandés que mandó prender fuego en el campamento y preparar un rancho para los náufragos. Entretanto, el *Veloz* navegaba malamente hacia la isla.

Las Caicos estaban gobernadas por un comisario dependiente del Gobierno de Nassau, pero no tenía ningún dominio sobre aquellas gentes. Todo dependía para los náufragos

---

* Véase Sir Harry Johnston, *The Negro in the New World*.

de la conciencia del jefe de cuadrilla. ¿Qué harán ahora con nosotros?, se preguntaban. Noodt se había acuclillado junto a la hoguera y miraba fijamente a la llama. Pedro, a su lado, miraba al irlandés que se había acercado al grupo con la montaña de su cuerpo sobre sí.

—¿Mala suerte, eh, compañeros? —dijo el jefe—. ¡No hay que afligirse, otra vez será mejor!

Aquella gente vivía en el cayo. Abría canales al agua del mar, hacía unos depósitos naturales enclavados en la roca, donde la evaporaba al sol, convirtiéndola en sal. A aquella industria llamaban ellos *saltraking*. Aquella sal la exportaban luego a Terranova y las Grandes Antillas.

—Mañana —dijo el irlandés— podrán ustedes seguir viaje.

En el cayo no había ninguna mujer.

El jefe irlandés era un descendiente de los cuáqueros, y su alma repudiaba el crimen. El caer en manos de un cuáquero fue lo que salvó a los tripulantes del *Veloz*. La noche la pasaron sobre unas lonas al aire libre. La guardia había desaparecido. Los náufragos quedaron sin armas ni más equipaje que los harapos que llevaban encima. Entre todos sumaban ahora doce hombres, de veinte que había sacado el *Veloz* de África. A medianoche Pedro despertó para preguntar a Noodt:

—¿Qué harán con el capitán?

El *Veloz* había partido sin que sus aprehensores se dieran cuenta de que en la cámara del capitán había un loco encerrado.

—¡Lo matarán! —dijo Noodt.

La gente del cayo tenía su metrópoli en la isla donde desembarcarían los negros.

Al día siguiente partía para la isla de la Tortuga una barca cargada de sal y el irlandés dio a los náufragos pasaje para allí.

—De la isla de la Tortuga —les dijo— les será fácil pasar a Santo Domingo o a Cuba.

El jefe los despidió con apretones de manos, deseando vivamente verlos alguna otra vez por su país.

La barca iba mandada por mulatos. Durante la travesía mataron de hambre y llenaron de insultos a los náufragos. Los llamaban don Dagos (los don Diegos, algo así como *damned devils*) y cochinos negreros, cobardes y mendigos. La última palabra la sintió mucho Noodt. Pero los náufragos permanecieron constantemente en guardia, y su aspecto de lobos heridos, la figura gigante de Noodt y los movimientos de gato de Pedro infundían respeto.

La isla de la Tortuga, al noroeste de Haití, había sido, y era aún, un nido de filibusteros –*vrijbuiters*– y bucaneros. La barca de Caicos fondeó al norte, frente a uno de aquellos establecimientos dedicados a curar carne. En otro tiempo los bucaneros se dedicaban a cazar el ganado cimarrón que habían introducido los españoles en La Española; ahora lo criaban allí o lo robaban a los barcos que iban de la América del Sur. Este establecimiento estaba formado por nativos descendientes de ingleses, franceses y holandeses, y tenían barcos para el transporte y la piratería. Los náufragos que cayeran en aquellos establecimientos solían quedar como esclavos, pero a veces necesitaban tripulantes para llevar su tasajo a Cuba y otros lugares. Esto vino a salvar a los del *Veloz*. La barca los entregó «de parte del jefe», sin añadir nada, y durante una semana fueron empleados en la cura de la carne. La sal importada de la Gran Caicos era para esto. Los bucaneros tenían una armazón de madera, especie de enorme parrilla, llamado *boucan*, donde secaban y ahumaban la carne ya salada. El campamento se componía de hombres y mujeres secos y acartonados como la carne que curaban. El sol eterno, la hoguera del *boucan*, el humo, la soledad y la brisa los habían hecho gentes vidriosas y crueles. Durante aquella semana los bucaneros hicieron trabajar a los náufragos a zurriagazos y no les dieron más que pan y tasajo. Todos los días tumbaban a uno boca abajo, con la espalda y las nalgas al aire, y le aplicaban el «gato de nueve colas», látigo hecho de cuero de vaca crudo, con una pajuela en la punta de cada «cola». Luego les untaban sal y vinagre y los ponían a trabajar. Fueron los primeros bocabajos que vio Pedro.

La liberación vino, ante todo, porque se acercaba la estación de las tormentas y los bucaneros prefirieron utilizar a los náufragos en aquel viaje a Cuba que matarlos. El viaje duró día y medio en una balandra hasta Jaraguá, fondeadero próximo a Santiago, por donde metían el tasajo de contrabando. Allí pasaron la carga a tierra, donde aguardaban los consignatarios, guajiros con bueyes y carretas, que se pusieron en marcha tierra adentro a la vez que la balandra largaba el trapo mar afuera. Los del *Veloz* quedaron abandonados en la orilla, pues los guajiros, armados, se negaron a admitirlos. Pero uno se acercó a Pedro para decirle: «Aguarden por aquí, suelen tocar barcos de La Habana». Aquella noche durmieron en la manigua, cazaron a palos una jutía y la comieron asada, empujándola abajo con agua de coco.

Como tantos otros portillos de la isla, Jaraguá era un lugar propicio para el contrabando de negros. La trata era aún lícita, pero los desembarques clandestinos ahorraban pagar derechos de entrada. Al amanecer, los náufragos despertaron con el rumor de voces que venía de tierra y vieron ante sí otra partida de guajiros en caballos, guayabera, guano y machete. Al horizonte asomaba una vela, que vino a clavarse recta al fondeadero. No había duda de que era un negrero. Los guajiros prendieron una candelada de señal. A las pocas horas había en la plaza una masa de más de ochocientos negros minas –fantis y achantis– musculosos que se pusieron en camino hacia el interior, guiados por guardianes, negros también, que habían traído los guajiros.

–Ésos tuvieron más suerte que nosotros –dijo el segundo del *Veloz*.

La *Jacinta*, mandada por el capitán V. Morales, largó trapo a La Habana aquel mismo día con los náufragos a bordo. Morales era aquel que más tarde mandaba el bergantín *Jesús María*, apresado por los ingleses, en el cual aparecieron noventa y siete mulecas de catorce años violadas, no se sabe si a bordo o en sus propias tribus. Morales era un hombre callado, a quien sus marineros obedecían y querían mucho. Los náufragos encontraron en él un protector. Les dio ropas, buena comida y cama. Morales conocía a García, el capitán del *Veloz*, y los náufragos dijeron que había muerto en la tempestad. No dijeron que habían sido apresados por piratas, sino que los piratas los habían recogido y que los negros se habían ahogado. Morales se quedó mirando a Pedro, como si viera en él algo raro. Dijo que parecía un fraile ermitaño con sus ojos brillantes y quietos y su barba rala colgándole de la cara. Un marinero tiembla siempre ante una llama fría como aquel joven, a quien se le veía siempre con la misma expresión hermética, soplara el viento que soplase. El mismo Noodt, alma de piedra, que había recibido los zurriagazos de los bucaneros sin un solo lamento, se sintió dominado por el misterio de su compañero y lo comparó a un hindú.

El temple que el malagueño iba adquiriendo en su fricción con la vida lo vino a comprobar él mismo en La Habana. La *Jacinta* fondeó en el muelle de Luz con alguna carga de pretexto como procedente de Puerto Rico y una vez en tierra los náufragos se dispersaron. El segundo y el piloto tenían amistades en la capital. Los marineros, incluso Noodt, fueron a buscar plaza y comida en los negreros fondeados. Pedro tomó la alameda de Paula y caminó al azar, pensando. La idea de enrolarse en otro negrero no le gustaba. Morales le ofreció plaza en el suyo para la siguiente estación, pero él calló. «Ya veré», dijo. Por la calle de los Oficios trompicaban marineros borrachos, y de las tabernas salían distintos cantos regionales. Pedro llevaba en el bolsillo tres pesos que le había dado Morales y se recostó a un mostrador, borracho antes de estarlo. Aquel estado de fiebre mansa que lo había envuelto en África, de la cual salía con arrebatos, parecía dominarlo desde entonces. Así lo vio su tío Fernando en aquella taberna después de la aventura.

Fernando vio en Pedro un hombre extraño. El joven lo saludó como si lo viera a diario y siguió tomando. Por primera vez tomaba. Fernando vio que no era ya el hombre con quien pudiera intimarse, sino un cimarrón de la sociedad. Fernando escribió a su hermana, refiriéndole el encuentro y diciendo: «Da miedo hablar con él; tiene la mirada de un animal salvaje y el acento de un desalmado». Fernando estaba entonces sediento de afectos familiares, y se encontró con que en Pedro no los había. Seguía de capitán de un barco mercante; pero, dijo, pensaba volver al cabotaje del Mediterráneo. Se había casado en Cuba con poca fortuna. Pedro no supo más ni quiso averiguarlo. Fernando llevó a Pedro a la casa donde solía parar, la casa de un bodeguero, y le preguntó qué camino pensaba seguir. Pedro dijo secamente: «Negrero». La forma en que lo dijo no dejó a Fernando fuerzas para intentar siquiera disuadirlo. Por otro lado, el oficio era por entonces lucrativo. Y, puesto que no podría disuadirlo, trató de ayudarlo.

Fernando conocía en Regla al señor Carlo, un detallista de víveres que tenía negocios en la trata, y llevó a Pedro a su casa. Carlo era un italiano azucarado y aplatanado en Cuba. Su casa tenía al fondo un vasto zaguán, adonde iban a tomar los marineros, y daba posada en el piso superior. La casa era al mismo tiempo un lugar de cita para las gentes de la trata y una oficina de información de cuanto se relacionase con el negocio. Carlo recibía periódicos de Inglaterra y Francia y Estados Unidos, y todo lo que afectase a la trata —movimiento de abolición, medios represivos, situación de las factorías, quiénes las regían, escasez o sobra de brazos en las distintas regiones de América, accidentes de viaje, naufragios...— lo iba registrando en libros diarios. Las noticias las adquiría por marineros y por cartas de sus corresponsales similares en distintos países. Al mismo tiempo mediaba entre marineros y capitanes, entre capitanes y armadores, entre armadores y corredores. Él mismo era corredor, y en los barracones de Regla tenía siempre algún esclavo a la venta.

Pedro fue a ver estos barracones, los más vastos y numerosos de la isla, a un kilómetro de la villa. Además de la feria periódica, se abría el mercado cada vez que llegaba una armazón o bajaba del interior algún ingenio en liquidación. La feria que se abría ahora era debido a la llegada a salvamento de varios negreros bien cargados. La trata, suprimida por la ley al norte del Ecuador, se movía con fiebre. El puerto estaba lleno de negreros que iban y venían. Los barracones, en número de treinta o cuarenta, estaban atiborrados de cuerpos. Se desplegaban irregularmente en torno a una vasta planicie central, el campo de feria, sin ninguna división. Cada dueño, auxiliado por contramayorales negros, sacaba al campo su rebaño y lo hacía correr, brincar y cantar al son del látigo. Del interior de la isla llegaban guajiros en monturas plateadas, estrellas por espuelas, guayabera impecable, polainas charoladas y panamá alón en la cabeza. Se apeaban del caballo y avanzaban a paso largo, pero pausado, al centro de la feria con la fusta en la mano. Pasaban entre los grupos, ojeándolos de pasada, con aire de *connaisseur*, y volvían a situarse en un espacio abierto a cierta distancia de los grupos. Los vendedores hacían sonar el látigo y los cautivos se destacaban solicitados por el ojo del probable comprador, parándose ante él. Éste examinaba la pieza. Le mandaba moverse, saltar, jugar los miembros. Le palpaba las pantorrillas, le miraba la dentadura, abriéndole las bembas como a los caballos, le metía la mano por entre las piernas y, como doña Modesta en Recife, le probaba el sudor. El comprador necesitaba de intérprete para examinar a la pieza, y para esto servía la cáscara de vaca, que manejaba un contramayoral −guardián, contramaestre, domador, o como diablos se llame−. Fuera de los barracones ordinarios había otros más seguros y custodiados, donde guardaban a los cimarrones, los hombres de la cima, y se oían sus quejas.

Fernando pasaba con Pedro ante las puertas y miraba a los ojos del sobrino y no encontraba nada en ellos.

Fernando quiso tocar todas las fibras del sobrino a ver en cuál, si en alguna, se encontraba él −porque, para el tío, Pedro había dejado de ser él para ser un alma maldita; se había cambiado la sangre por acero líquido y los ojos por pedernales−. Le habló de Clara. Fernando la había visto dos veces desde la fuga de Pedro. Unos marineros habían llevado a Málaga la noticia de su escala en Lisboa. Cuando el padrastro oyó que el joven había ambulado por el Mediterráneo, estado en Terranova y embarcado de negrero, dio un puñetazo en la mesa de alegría.

Aquél, dijo, sería un verdadero hombre; no importaba lo que antes hubiese hecho.

Clara estaba algo enferma y había envejecido mucho. Rosa era una criatura como un ángel, triste, reservada, tímida y abatida. Fernando había tratado de animarla.

Al terminar el discurso y durante él, Fernando escudriñó el rostro de Pedro. Pedro se contrajo como para ahogar algo que no había muerto en su alma, pero nada reflejó.

−¡No me hable de la familia! −dijo secamente.

−¡Cómo has degenerado! −le dijo el tío.

Pedro hablaba poco y sus palabras tenían sentido directo para el que las oía. La crueldad con que presenciaba la venta de los esclavos y oía los lamentos de los cimarrones dio miedo a Fernando. A la puesta del sol sacaron cuatro cimarrones al tumbadero, próximo a los barracones, y los obligaron a echarse en tierra. Uno de ellos era una mujer preñada. Para no hacer daño a lo que tenía dentro, los encargados de ejecutar el castigo habían excavado un hoyo en el suelo en el cual encajaba el vientre. Los ejecutores eran dos negrazos achantis, de ojos reventones. Los cuatro cimarrones quedaron desnudos boca abajo, los ejecutores levantaron el látigo y una especie de *timekeeper* o director de orquesta mulato marcó con el brazo las veces que el cuero cayó sobre las espaldas. El lamento de los cimarrones −«Tá bueno, mi amo; tá bueno, niño; tá bueno, mi amo; tá bueno»– seguía como un rezongo de los latigazos, cada vez más débiles, hacia la noche.

Al oscurecer, las bocas de los barracones despedían un fuego fatuo y los gritos de los domadores seguían aún más huecos. Fernando y Pedro descendieron al muelle por una calle empinada, en silencio. Fernando miraba a los lados con recelo. La villa tenía mala fama. En sus madrigueras de tablas se ocultaban ladrones, rameras, salteadores, tahúres, vagos, cimarrones, asesinos, chulos, vagabundos, negreros, piratas, decía la fama. Pedro iba indiferente.

Ya del otro lado de la bahía, en La Habana, todavía se oían los gritos. Pedro siguió con Fernando algunas horas, tomando por las tabernas, y luego lo acompañó al barco, que salía al día siguiente. Fernando no se atrevió a darle más consejos. Le dio una carta de presentación para el teniente Marchena, un pariente que mandaba en Matanzas el pelotón de la costa, y otra para un amigo hacendado que vivía en La Habana, llamado Cosme Martinón.

–Puede que te sirvan de algo –le dijo.

Luego le dio algunos pesos, lo vio alejarse en la lancha proa al muelle de Caballería y se retiró a su cámara.

Pedro se pasó dos semanas en La Habana con la cabeza envuelta en niebla. No sabía qué hacer. Las experiencias del mar y de la costa estaban demasiado recientes y eran demasiado graves para volver a ellas. Su cerebro jugaba con las ideas sin saber con cuál quedarse. Abría y cerraba las cartas de presentación, se hacía un propósito y se arrepentía. Vivía en una posada de la calle de San Ignacio, próxima a la plaza Vieja. De día trompicaba por la ciudad, miraba a los balcones, iba al campo de la Punta y regresaba con las manos en los bolsillos y la mirada en el vacío. En la Punta vio ejecutar a dos negros que habían asesinado a sus amos. Algunas veces entró por la calle Habana, subió por los Cuarteles y pasó ante la iglesia del Ángel, mirando hacia dentro. En estos días de vacilación, solo consigo, con la tragedia de la mulata detrás de los párpados y los recuerdos de la familia traídos por Fernando, Pedro debió de pensar en salir del mar y buscar en tierra alguna topera pacífica. Sus anteriores correrías debió de mirarlas como un viaje a la deriva llevado por un temporal.

Pedro se presentó en casa de don Cosme Martinón con la carta de Fernando. El hacendado vivía en una «villa» en Guanabacoa. Para llegar allá Pedro cruzó Regla, los barracones y siguió por un camino de herradura durante una hora. Don Cosme lo recibió en una sala echado en un sillón de mimbre, con una ancha leontina sobre la botarga. Vestía guayabera, llevaba panamá y tiraba de un veguero cuyo humo le tenía amarillo el mostacho.

—Vengo a que me dé usted trabajo en su hacienda —dijo Pedro—; yo sé contabilidad y quiero retirarme del mar.

Don Cosme era un admirador de la gente de mar, y atribuyó la insolencia y brusquedad de Pedro al oficio.

—Pues no faltaba más, a un sobrino de mi amigo el capitán Fernando —dijo el hacendado—. Queda usted colocado. Casualmente yo mismo tengo que ir a echar a andar el ingenio. Partiremos mañana.

La zafra comenzaba dentro de quince días. Pedro montó en un alazán y siguió a don Cosme campo adentro por un camino de herradura. A poco se encontraron en el mismo camino una caravana de esclavos destinados a varios ingenios de Matanzas. Los negros marchaban con un paso musical al son de un tambor lento que ya no se oía, pero que ellos llevaban en la sangre. La sangre de los negros había aprendido el ritmo de los cueros, transmitiéndolo a los nervios y a los pies y ese ritmo reinaba de muerte en ellos. Los caballos se habían contagiado por aquel ritmo y marchaban igual. La caravana avanzaba sobre la tierra colorada, que manchaba de su sangre los pies de los negros, pasando bohíos y palmares al través de pequeñas vegas con sus casas de tabaco cerradas. De cuando en vez don Cosme hacía preguntas a Pedro entre las notas de los látigos y los gritos de los domadores. Al anochecer entraron en Matanzas.

El ingenio Julieta estaba situado cerca de Loma Cantel, Camarioca, a veinticinco kilómetros de Matanzas. Pedro aprovechó la etapa en esta ciudad para visitar a aquel pariente Marchena, a quien no conocía. Lo encontró instalado en una casa nueva, en un extremo de la ciudad, con su madre y una hermana menor. Marchena recibió a Pedro con gran hipocresía, pues pertenecía a aquella rama puntillosa de la familia. Pero aquí, en el destierro, se disolvían mágicamente los dogmas. Aquí se venía como a una sala de juego, donde el príncipe podía chocar la copa con el tahúr. Marchena era joven y tenía una gran ambición de hacer dinero, y esto sólo sería posible relacionándose con bandidos y aventureros como, por referencias, lo era ya Pedro. La hermana del teniente, Magda, era una criatura de miraguano, acento picante de andaluz y movimientos de gata. Tenía unos ojos amorosos y un pelo crespito y denso como un manigual en el que sus ojos tendían emboscadas. Pedro dijo a los Marchena que pensaba dejar el mar, y esto no les gustó.

—No seas tonto —le dijo el teniente—; la trata es una mina, y tú tienes ya los conocimientos y el valor.

Al fin lo despidió con palabras envolventes de afecto.

—Ésta es tu casa y éste tu amigo —le dijo.

Continuando el viaje al Julieta, don Cosme preguntó a Pedro si sabía lo que era un ingenio.

—La tierra es toda igual —dijo Pedro.

El amo creyó que el joven iba dormido sobre la silla.

—¡Ánimo, arriba! —gritó el hacendado.

Y en su voz había la de mando a los negros.*

El Julieta era un ingenio y plantación recogido en la

---

* Para la esclavitud en Cuba, véase Fernando Ortiz, *Los negros esclavos*.

manigua, amurallado por la misma. Pedro siguió al amo a lo largo de su camino real, de tierra blanda. El guardiero, un matungo con los ojos adormilados de años, les abrió la cancela y siguió a Pedro con la vista. Don Cosme se desmontó de su alazán rodeado de la gente del batey y se quedó aguardando. El batey lo formaban la casa de vivienda, el trapiche, la casa de calderas, la casa de purga, la casa de administración y la tienda. En el centro se abría una gran plaza. A espalda del batey estaban los barracones, la enfermería y los bohíos de los carreteros y demás empleados. Al llegar allí, a la puesta del sol, el ingenio dormía. Don Cosme dio unos pasos, impaciente. El mayoral apareció, montado, a galope, y se acercó a él con un saludo servil. Era un guanche corpulento y de porte militar, con un largo machete pendiente del cinto. Don Cosme no había anunciado su llegada y la negrada no estaba preparada para recibirlo. Lo estuvo en diez minutos. El mayoral volvió a montar y partió a galope. El amo esperó. La dotación apareció en fila a filo de la casa de la administración, al son del látigo del contramayoral, un negrazo enorme, esquifado de blusa y calzón corto. Las mujeres venían detrás, esquifadas en holgadas batas de listado. A la voz del contramayoral los esclavos desfilaron uno a uno ante el amo, arrodillándose y pidiéndole la bendición.

—¡Hala, arriba! —ordenaba don Cosme.

Los negros iban pasando y formando rebaño aparte. Una vez benditos todos, el contramayoral chasqueó el látigo y la negrada partió en retirada.

—¡Arreen ligeros! ¡Que no les vea las patas! —tronó el contramayoral.

Antes de remitirlo a su trabajo, don Cosme llevó a Pedro a su casa, privilegio que pocos tenían, debido a su amistad con Fernando. Esta casa era un chalet rojo, emboscado en arbustos, sobre los cuales asomaba como una brasa irregular. Estaba en una plataforma natural, dominando el batey. Dentro estaba el ama, una mujer gorda y blanda con cara de santa; el niño y la niña, de dieciocho y dieciséis años, hijos mimados y crueles. El niño miró a Pedro con odio; la niña, no. Pedro era, seguramente, un rufián que tenía tras de sí hechos que humillaban, pues eran los hechos heroicos. Don Cosme lo sentó a la mesa, servida por cuarteronas, y le mandó que contara sus aventuras. Pero Pedro era un mal narrador de aventuras.

—¡No parece usted andaluz! —le dijo el amo.

El puesto de Pedro estaba en la administración, a las órdenes del mayordomo, y su alcoba al fondo de la misma, en una perrera de tablas junto al tinglado de las herramientas. Al través de la ventana veía la torre del ingenio y un trozo de la casa del amo. Pedro no se ocupó más de la casa, y el amo no le dio más órdenes. A veces veía salir una volanta y dentro alguna figura de fiesta que se dirigía por la guardarraya a un sitio vecino. El niño pasaba a veces ante la puerta montando un potro brioso, con el reluciente machete pendiente del arzón. El trapiche comenzó a roer, y las carretas a rechinar, y los carreteros a cantar a los bueyes, *Perlafina* y *Granodioro*. A la oración, tocada en la campana del ingenio, el mayoral reunía en el campo del batey, bajo los ojos del amo, a toda la dotación, que rezongaba como un enjambre las palabras del rezo. Los bozales emitían unos sonidos tardíos que no llegaban a acomodarse en palabras. En días de tabla los ladinos iban a pescar cangrejos y cultivar sus conucos, concesión del amo; pero al comenzar la zafra no había días de tabla. Los negros trabajaban dieciocho horas, repartidas entre el día, el cuarto de prima y el cuarto de madrugada. Había sonado la hora de la fajina. Pedro quedó encerrado en una cáscara de nuez, sólo con una pila de libros grasientos. Al terminar el trabajo del día se iba al cuarto de calderas, donde los negros, desnudos, metían leña al horno, a ver girar el trapiche movido por bueyes lentos, o se echaba al campo, a ver tumbar la caña. La agitación de la molienda era lo único que espantaba la monotonía y el aburrimiento. Salvo el cuarto de calderas, con su semejanza al infierno, lo más estimulante era ver tumbar la caña. Aquí el contramayoral disponía los cortadores, colocando mujeres fuertes al lado de hombres débiles, a fin de tocar su amor propio, y los machetes cazaban por el aire las cañas, partiéndolas en trozos, al son de un canto de trabajo. En noches de luna se veía el cañaveral amarillo y ondulante tendido hasta el cielo.

Pedro encontró un amigo en el sereno, un canario amante de las armas. Este sereno daba a veces alarmas falsas por el gusto de disparar la pistola, y toda la gente se echaba afuera a perseguir a algún bandido imaginario. Luego terminaba por creer él mismo que había sentido ladrones, arrastrándose en torno a la tienda, y que habían huido. Cuando supo que Pedro había navegado, dio en ir a la oficina a hablar con él.

–No me lo explico –le decía–; ésta no es vida para un hombre como tú.

Pedro sentía ya lo mismo. A los dos meses se volvió a despertar en él el alma pirata que llevaba dentro, y daba vueltas a una nueva idea. Para madurarla, un domingo pidió permiso para ir a Matanzas y se entrevistó con Marchena. Quería saber si éste le ayudaría en la empresa. Pedro le preguntó si conocía a algún corredor que se encargara de una armazón robada, y el teniente le presentó con mucha confidencia a un sitiero que tenía su sitio próximo a Camarioca y que se hallaba entonces en Matanzas. Pedro sabía que por Camarioca desembarcaban armazones que luego marchaban tierra adentro custodiadas sólo por unos pocos guajiros. A Marchena y al sitiero les dijo que se trataba de una cuadrilla ya formada de la cual él era el jefe. Marchena miró a aquel primo degenerado con gran admiración. De vuelta, Pedro acompañó al sitiero hasta su sitio, establecido en un lugar próximo al camino seguido generalmente por las caravanas, y exploró el terreno. El sitiero se encargaría de dar curso a los esclavos que se le entregaran con ayuda del teniente. Éste respondería a Pedro de su importe, menos el tanto por ciento que cobrarían él y el sitiero. Pedro avisaría a éste oportunamente.

Con este plan volvió Pedro al batey al amanecer. Pero en el batey nada había aún preparado. Sólo sabía que el sereno seguiría sus órdenes incondicionalmente.

Los negros que huían, huían durante la zafra, cuando el trabajo era duro, y menudeaban los bocabajos llevando cuenta; pero como los negros no sabían contar, ésta aumentaba a voluntad del mayoral, aquel hombre extraño mitad león y mitad gato, que era el rey de los campos. Todas las noches cundían por sobre el techo de la administración los lamentos que venían del tumbadero. De esto había nacido la idea de Pedro. La mayoría de los esclavos que componían la dotación procedía de las costas de Oro y de los Esclavos, gentes vigorosas, pero rebeldes. El año anterior, dijo a Pedro el sereno, habían huido a la manigua doce cimarrones, seis de los cuales habían vuelto a someterse, a razón de quinientos zurriagazos a cada uno, y seis habían muerto adentellados por los perros. Estos animales, de raza muy parecida a la del mayoral, infundían pánico a las negradas sólo con mirarlas, y todos los años al comenzar la zafra los hacían visibles una vez a la dotación. La negrada se le presentó a Pedro como una carga propicia, comprimida más por el nuevo mayoral, que trataba de hacerse méritos cargando la mano.

El proyecto, consultado con el sereno, era sublevar una docena de negros de los más fuertes y rebeldes y formar con ellos una cuadrilla para asaltar las cargazones y venderlas por medio de corredores cómplices. Un proyecto así hallaba entonces buena acogida en cualquier parte. El sereno se encargaría de coger armas de la armería del batey y, una vez echados al monte, cazarían para comer, o asaltarían a algún sitiero. El sereno conocía al dedillo toda la región y era diestro en la estrategia de tierra. Además, tenía la confianza de uno de los cimarrones del año anterior, llamado Marcos Mina, que podía ganar la voluntad de los demás. El plazo de partida lo fijaron Pedro y el sereno para dos meses después, a mediados de la zafra. Sólo quedaba ir mirando lentamente. Pedro aplicó la oreja al ingenio.

Para no ahogarse, Pedro necesitaba gerundios: todos los días, al sonar la campana rajada del avemaría, salía al raso a ver llegar la negrada. Enfrente, en la escalinata de la casa del amo, veía al ama y la niña abanicándose en un sillón. En este campo aguardaban el niño y el amo a caballo, y junto a ellos, de pie, aguardaba el mayoral. Los negros y las negras, muleconas y mulecones, aparecían en sus esquifaciones de listado, abarcas de cuero ajustadas por ariques de yagua, entonando una nota al trote, y el contramayoral detrás con el foete. Los barracones estaban todos hacia occidente, y los negros parecían venir a buscar la luz, lo blanco del amanecer. El batey estaba en un llano –luego se canalizó un arroyo y el trapiche trabajó a agua–, y entre él y los barracones se tendía un tendón de tierra, a modo de terraplén. Lo primero que se veía de aquel lado al amanecer eran las cabezas rapadas de los negros por encima del terraplén, como huestes de asalto. Escenas así enloquecían a Pedro. El mayordomo decía al amo que el joven era muy listo, que trabajaba, pero que parecía faltarle lastre. Aquellas cabezas rapadas surgiendo como soles negros del horizonte occidental eran un gran espectáculo. El amo se apeaba entonces del caballo y avanzaba al encuentro de la dotación hasta unos pasos del jefe de campo, a un lado, y el mayoral al otro. Éstos hacían hablar sus látigos y los negros se detenían para arrodillarse. De allí pasaban a recoger las herramientas, que el sereno custodiaba, junto al almacén, y partían para el corte o a relevar a los del cuarto de madrugada, que venían entonces a rezar también el avemaría.

Pedro trabajaba como un negro. Se levantaba con el día y se acostaba, en un catre, con los del cuarto de prima. Desde la oficina veía pasar al niño, al través de la ventana sin ventana, a caballo, con el machete y la pistola de aquel lado. Lo veía sólo de la cintura a la montura. Sabía que este niño era un mala sangre, que azuzaba al mayoral para que cargase la mano, que se fornicaba todas las esclavas mulatas y que le tenía inquina a él. Pero el hombre más interesante era el mayoral. La mayorala era una rellolla o blanqueada, y el mismo mayoral la creía blanca. La había encontrado en La Habana, en casa de una viuda, y ésta se la vendió por blanca huérfana. El guanche vio sus ojos claros, y su pelo liso, y su cintura matona, y la llevó consigo. Parece que la mayorala había tenido algo que ver con un hijo de la viuda, muerto en España peleando al lado del cura Merino. Que hubiera muerto contra Napoleón le pareció bien a Pedro, no que hubiera vivido. El sereno era quien lo contaba. La mayorala tenía así resabios muláticos y se le antojaban cangrejitos de río y tomeguines del pinar y patos silvestres y otras cosas. El mayoral sacaba negros del corte y los ponía a su servicio, y luego los reventaba para levantar tarea. La casa del mayoral era hermana bastarda de la del amo. El mayoral era el general supremo de las fuerzas de acción y el amo poco más que un pobre rey en su corte, con reina, lacayos, concubinas y príncipes anémicos. El mismo jefe de campo, embajador técnico del rey, temblaba ante el mayoral.

Cuando el mayoral montaba a caballo todo el ingenio se estremecía, pero cuando volvía frente al amo, venía mansito y falso como un gato. Le daba cuenta de las cosas en palabras aterciopeladas, bajo las cuales había hojas con sangre, que parecían lamer las botas del amo por vueltas.

En el corte, el mayoral permanecía a distancia, y el contramayoral, negro, era el que se acercaba a la negrada. El contramayoral iba detrás de las cuadrillas, con el látigo siempre cerca de las ancas de las mujeres. Las mujeres habían aprendido a rivalizar con los hombres, levantando más que ellos en la tumba. Los hombres no querían dejarse avergonzar y echaban para adelante. Mandaban el machete al pie de la caña, la tiraban por el aire y en el aire la partían. Los cortes de los machetes en el aire, contra el cielo, parecían partir el cielo. Detrás venían las muleconas y mulecones agavillando, y el cañaveral se iba rindiendo así a los pies del mayoral, que permanecía a caballo, con su sombrero de pelo, ceñidor encarnado, manatí con cabos y anillos de plata y pañuelo al descuido.

El sereno preparó a Pedro el terreno para conquistar a los doce negros. El trabajo fue fácil. A media zafra sólo el terror podía someterlos a la disciplina. Pedro se daba escapadas a los barracones y hablaba con el matungo o guardiero, que era el más viejo de la dotación. Éste le contaba de capiangos, y meri-meri, y el fon-fon del contramayoral.

—Pobre clavos, niño; pobre clavos —decía el guardiero.

Pedro se había ganado la confianza del viejo y de los doce jóvenes que irían con él. Marcos Mina le prometió sacar a los otros once cuando Pedro diese la orden. Esto se convino para un día de tabla, que dividía la zafra en dos mitades.

Durante la zafra se daba un día entero de descanso a los negros y se les permitía bailar y tocar el tambor. Antes de llegar este día Pedro llevó a Mina a un lugar de la manigua y convinieron reunirse allí después de la fiesta. El hecho de elegir este día era debido a que en él se aflojaba la vigilancia y los negros estaban mejor predispuestos a la rebeldía tras unas cuantas danzas. Pedro y el sereno aguardarían emboscados con armas y algunas provisiones, y luego partirían todos juntos, guiados por el sereno, hacia la manigua.

Y aquel día, de noche, antes del amanecer, Pedro estaba en pie y dio en recorrer el batey. Pasó al cuarto de calderas, donde trabajaban negros macuencos, metiendo cogollo en las fornallas. Desde arriba les gritaban: ¡Templadito! ¡Apriétale! ¡Mete para adentro! ¡Que se duerme! Los metedores estaban desnudos a una luz de grasa, más negros en la sombra, salpicados de guarapo. Allí supo que un negro se había tirado aquella noche a un tacho y que el azúcar hirviendo se había comido hasta sus huesos. Al avemaría, la dotación apareció en la plaza, y los doce señalados miraron a Pedro y al sereno con amor en los ojos. El contramayoral traía a los castigados con mazas y cadenas, y los macuencos se movían con lentitud. Entonces el mayoral dio orden de retirarse de parte del amo y les dio permiso para descansar. A la oración aparecieron de nuevo y el amo les dio permiso para bailar tambor.

El amo, el ama, los niños, el mayoral, la mayorala y otra gente del batey fueron a ver comenzar la danza, pero se retiraron pronto. Las danzas de los negros podían verse al principio, pero luego se hacían ofensivas a la moral y la nariz. Pedro fue también a ver. Aquel momento lo aprovechó el sereno para sacar armas y víveres a la manigua. La consigna era que los doce saldrían a la manigua al terminar la fiesta.

Ésta se inició en un raso junto a los barracones, junto a una pequeña hoguera. La negrada se reunió en derredor. El sereno había mandado secretamente un barrilete de ron para tomar cuando los jefes se hubiesen ido. Los negros quedarían entonces sólo al cuidado del contramayoral y los guardianes, todos negros. La fiesta comenzó por cantos y batir de palmas. A un lado de la hoguera un negro calentaba un tamtan, y al otro, otro calentaba un bongó. Al llegar los amos el bongó comenzó a retumbar y una pareja salió al corro. Un matungo hacía de bastonero. La pareja dio en perseguirse en síncopes, tratando de abrazarse con los cuerpos, pero las notas del bongó venían siempre a estorbar el entronque. La niña abría mucho los ojos y miraba a Pedro con disimulo. El ama sonreía por el colmillo y el amo reía a carcajadas. Todo el afán de los danzantes estaba en enlazar alguna parte de su cuerpo menos los brazos. Para esto disparaban los muslos, se jugaban las cinturas, se encañonaban los bustos, arremolinaban las nalgas. Todo como en efigie, en intención. Las percusiones del cuero saltaban entre ellos, haciéndoles retroceder y avanzar sin permitirles jamás lograr su objeto. Al comenzar, los movimientos eran moderados y las percusiones lentas; pero luego los bailadores se emborrachaban de música y perdían el control. En este punto los amos se retiraron y Pedro tomó el camino de su habitación. Luego pasó al cuarto de herramientas y reapareció detrás de un barracón, desde donde presenciaba la fiesta. El caudillo Marcos Mina estaba a un lado mirando. Él no debía participar en la danza ni tomar, a fin de no perder la serenidad. En esto apareció el guardiero con el barrilete de ron, diciendo que el amo lo mandaba. El guardiero actuaba mandado por Pedro para borrar sospechas en el contramayoral.

—Ya soy viejo, que me maten no me importa —decía el guardiero.

El mismo contramayoral comenzó a beber.

Entonces comenzó la verdadera danza. El tamtan, rabioso por el contacto con el fuego, comenzó a retumbar, dominando al bongó. Los negros comenzaron a danzar en torno a la hoguera, deteniéndose ante el guardiero, que les mojaba las bembas. Los tambores emitían ya un aullido largo y cavernario, y todos —hombres, mujeres, muleconas y mulecones— se habían incorporado a la danza. Sólo Mina permanecía erguido, pero sus ojos se iban enconando por la música, y las cosas iban cobrando en derredor de la manigua el color de la hoguera. Pedro tuvo la sensación de que allí ocurriría algo anormal. Mina terminó por unirse al baile. Los tambores iban cobrando un eco bélico, y los negros, incluso el contramayoral, iban como torbellinos sobre las percusiones. Pero los doce conjurados se veían cabalgando más alto en las notas. La rebeldía conjurada que tenían en sí comenzaba a hablarles dentro, y el tamtan respondía cada vez más violentamente a aquel fluido magnético que embargaba a la negrada. Pedro sintió ya el resultado y corrió hacia el lugar donde aguardaba el sereno. No sería posible ya destacar a los conjurados de los demás. La música los había fundido y el ron les había dado un temple guerrero. Pedro no pudo llegar a donde estaba el sereno. Los conjurados eran ya cimarrones por dentro, y se echaron a la manigua aullando y arrastrando a los demás tras de sí. El recuerdo de la conjuración había ahondado en ellos y los llevó instintivamente en la dirección convenida, pero ya en guerra contra los blancos. Pedro apenas tuvo tiempo de guardarse en un matorral. Su única preocupación fue huir también, alejarse del ingenio. La conjuración se descubriría por el guardiero. Los negros avanzaron por la manigua, los tambores detrás, y barrieron al sereno, apoderándose de las armas y los víveres. Pedro oyó débilmente los gritos del sereno, y siguió corriendo también en dirección opuesta, orientándose por el monte hacia Matanzas. Lo último que oyó fueron los aullidos de los perros echados a la manigua.

Pedro pensó siempre en aquella intentona como la más ridícula de su vida; pero le enseñó una gran lección: le enseñó a comprender que había fuerzas secretas y traidoras capaces de transformar y desviar las acciones. En Matanzas, Marchena lo acogió lleno de arañazos y le facilitó un potro para llegar pronto a La Habana. Una vez allí sería difícil de encontrar entre las marinerías dispersas por las posadas y tabernas. El señor Carlo le dio unos cuantos pesos para que aguardara la salida de algún negrero, y lo recomendó a casa de don Justo, un posadero de la calle Oficios.

La posada de don Justo tenía al fondo un recinto ancho, piso de lajas con banquetas y mesas en derredor. Allí iban muchos marineros a tomar y cantar. Por el puerto se comentaba entonces el Tratado de abolición con Inglaterra.

Era a fines de 1818. El 20 de mayo de aquel año* la trata había quedado suprimida para España al norte del Ecuador, y el 30 de octubre de 1820 cesaría también al sur

—¿Abolición? —dijo un piloto negrero—. Abolición. ¡Mentira! Seguiremos acarreando negros hasta que no quepa uno más en la isla. Los meteremos por todos los costados y los pagarán bien y todos ganaremos. ¡Ja, ja!

El piloto que hablaba lo era de un negrero listo a hacerse a la vela, y el capitán solía ir también por allí.

Don Justo presentó a Pedro al piloto como el timonel del *Veloz*.

---

* Contados los meses de prórroga para el regreso de los negreros habilitados.

—Eh, tú, ¿qué dice usted a eso? —preguntó el piloto.

Pedro estaba de acuerdo.

—Ganaremos más y se irán al... Las señoritas de la trata, esas mariposas del mar, y los que quedemos sabremos quedar, ¿eh, compañero? —dijo el piloto, empinando el codo.

La trastienda de la casa de don Justo era una caja de resonancia de todas las cosas de La Habana y de aun algunas fuera de ella. Allí llegaron a Pedro los ecos del caso del ingenio Julieta. El sereno había sido muerto por los negros, y los negros cazados luego en la manigua a tiros y con perros. Algunos habían vuelto voluntariamente. Se buscaba a Pedro, pero se tenía la impresión de que los negros lo habían matado. En la posada de don Justo, Pedro dio el nombre de Paulo Teixeira, y hablaba con acento portugués.

En la trastienda, los marineros quejosos de algún barco aguardaban ocasión de denunciar las atrocidades del capitán y otros oficiales para que nadie se enrolara en él. Los patriotas pegaban a la pared décimas contra la metrópoli o el capitán general y anunciaban hecatombes. Las mujeres que entraban allí escribían en las mesas las señas de sus accesorias. Se anunciaba la venida de algún decimero o guitarrista del interior, algún garganta de oro de Italia, la venta de algún esclavo, una lidia de gallos en Guanabacoa, y se entablaban polémicas sobre religión y gramática. Todo lo que pasaba y no pasaba, pero que se chismeaba, iba allí a hacerse letras y palabras con vino, y los marineros iban a leerlo. A veces se veían desafíos y retos a cuchillo sobre un adverbio o una declinación. De allí partían los marineros los domingos para las jiras de Marianao y Puentes Grandes, con sus glorietas de baile, billares y vallas. Pero ahora las letras más grandes anunciaban cuidado contra el carnaval de los negros, que se celebraría dentro de unos días, día de Reyes. Se decía que los ñáñigos eran muy fuertes y que tenían varios iniciados para aquel día. Pedro no pensó en buscar barco por lo pronto. Tenía aún lacerado el cuerpo y la cabeza llena de niebla. La gente que entraba en la trastienda lo veía al fondo, inclinado sobre un vaso de vino, pan y jamón, que no parecía tomar nunca. Luego se levantaba con las manos en los bolsillos y echaba a andar por las calles, mirando a los balcones y parándose ante las iglesias, y saliendo a veces a extramuros, hasta la Quinta de los Molinos, la casa de campo del capitán general. No parecía buscar ni querer nada, y no miraba a las gentes.

El día del carnaval de los negros cayó accidentalmente en la plaza de las Ursulinas y caminó al azar Ejido abajo. Por allí venían grupos de negros con banderas españolas inscritas con el nombre de la nación del grupo —macúas, carabalís, lucumís, minas, ajudas, koromantis...—, cantando y tocando tambores. A cada grupo lo precedía un rey y una reina negros. Éstos eran los negros de nación. El vestido consistía en un taparrabos y un aro en la cintura, del que pendían cuerdas blancas. Iban danzando, virando rápidamente hacia atrás y hacia adelante, y armados con espadas de madera. Las gentes blancas asomaban a los balcones y algunas los seguían hacia la casa del capitán general. Allí entraban en el patio y cada *tango* ejecutaba una danza loca, guerrera y amorosa. Pedro los siguió como llevado por el tambor. Al balcón de la casa asomó entonces la figura achacosa de don Juan Manuel de Cajigal y tiró monedas y tabaco a los *tangos*. Éstos interrumpieron el baile y gritaron:

—¡Viva Fernando VII! ¡Viva España!

Pedro cogió otra vez la calle y entonces preguntó a un hombre:

—¿Dónde están los ñáñigos?

—Por ahí andan —dijo el hombre.

Los ñáñigos eran asociados ladinos. Tenían sociedades secretas y mágicas y se curaban los embrujamientos con corazones de niños. El hombre siguió a Pedro. Era un mendigo que tocaba un caramillo por las puertas. Aquel día los ñáñigos sacaban a la calle sus iniciados novicios. Éstos tenían que someterse antes a varias pruebas. Los maestros y venerables de la asociación les imponían el secreto y el valor, y les enseñaban un idioma esotérico, especie de latín negro. Los metían en cámaras oscuras, donde había esqueletos a los que se les apagaban y encendían los ojos y les daban golpes hasta hacerlos caer. Cuando se recobraban comenzaban unas danzas guerreras en torno a una fogata, frente a un altar donde había gallos muertos. Luego se tatuaban el cuerpo con hierros candentes y pinturas hechas por ellos, y se metían en sacos pintados con yeso en forma de esqueletos. Los maestros daban a los novicios sangre de gallo sagrado y los mandaban a la calle a probar el hierro. El hierro era un cuchillo. Los ñáñigos salían con el cuchillo emboscado en el saco y tenían el deber de probarlo en el primer blanco que encontraran.

Pedro y el pobre se habían parado en la calle Oficios y sintieron de lejos que las puertas y ventanas de las casas se cerraban de golpe, con un son de matraca, como si viniera un ciclón. Los dos se refugiaron en una saquería, donde había otros dos hombres magros, y miraron pasar los ñáñigos al través del mechinal. Luego siguieron. En la plaza Vieja el mendigo preguntó a Pedro al separarse:

—¿No va usted mañana a la valla?

—Compañeros —dijo aquel piloto en casa de don Justo—, el ser negrero es un destino.
—Voy diez a uno al azul —dijo un hombre al lado.
—Pierde usted —dijo otro——; el punzó gana.

La pared estaba llena de anuncios, retos y apuestas para los bandos galleros que se celebrarían en Guanabacoa. Luego se leían largos poemas en alabanza de la reina azul y la reina punzó, y entre unos y otros había letrillas de patriotas españoles denunciando aquellas fiestas. Éstas eran lidias de gallos. Los aficionados se dividían en dos bandos y éstos elegían sus reinas, y éstas elegían su corte. Cuando las reinas salían a la calle, con sus respectivos colores, se les tocaba la Marcha Real, y en todo aquello, decían las letrillas, había una farsa. Las bandas —decían las letrillas— tocaban la Marcha Real a los bandos de la bandera norteamericana. En las lidias, el gallo azul y el gallo punzó decidían con sus espolones cuál de las reinas era la más bella.

—¡Es el único modo de decidir sobre la belleza! —dijo el piloto.

Pedro se unió a este hombre sentimental.

—¿Quieres venir con nosotros, compañero? —le preguntó el piloto.

Pedro estaba cansado de las rencillas de tierra. El barco en que navegaba aquel piloto estaba para largar el gallardete blanco en demanda de tripulación, y el timonel había desertado. El piloto y el capitán eran de Cádiz. El último se hallaba entonces en una casa de la calle de la Muralla, donde había una junta de armadores y corredores negreros. Pedro prometió al piloto ir a bordo al día siguiente a hablar con el capitán.

Don Justo recomendaba a Pedro que no siguiera de negrero.

—Es peligroso, querido, y cuando se cumpla el plazo del Tratado son diez años en Filipinas —dijo don Justo.

—Entonces hay que seguir, merece la pena —dijo Pedro.

El posadero se pasmó y admiró más al joven.

—Con muchos hombres como usted, España... Pues, ya sabe, aquí está don Justo siempre —dijo don Justo.

En derredor otros seguían disputando sobre lo rojo y lo azul y algunos marineros cantaban y echaban copas adentro. Pedro se quedó dormido sobre la mesa.

—¿No dijo que lo llamaran, señor? —dijo una voz a su oído—. Son las siete de la mañana.

Era Roso, el rubio piojo, sobrino del dueño y «cañonero» de la casa. Era un joven flaco. Vestía chamarreta listada y alpargatas, y los dientes se le salían de la boca. Don Justo lo tenía allí sin sueldo y le daba cinco horas para dormir. El rubio robaba leyendas a los marineros y con ellas hacía versos. Las letrillas eran suyas.

—Me dan odio los negros —dijo a Pedro—; si no ya me hubiera enrolado en uno de esos barcos.

Los viajes que hubiera querido hacer los escribía en libros de contabilidad a medio usar.

El capitán del *Segundo Campeador* pidió a Pedro certificado de algún otro, pero Pedro no tenía ninguno. Le contó su vida en el mar y le habló de su viaje en *El Cinturón de Venus*.

El capitán del *Segundo Campeador* miró a Pedro con simpatía.

—Conque iba usted en él cuando trató de piratearme, ¿eh? —dijo el capitán—. Hombres así son los que nos hacen falta.

Pedro recordó lo que había dicho el capitán Vasconcellos: «Nos hemos equivocado; es el bergantín de De Buen».

Este De Buen era el capitán del *Segundo Campeador*.

De Buen era un andaluz bragado, y Juan, el piloto, era su hermano. Antes de la partida fueron a bordo algunos armadores y consignatarios, o corredores. Del puerto habían salido la última semana muchos negreros. Era como si América temiera quedarse blanca de brazos. El piloto reía.

—A ésos se les ha metido el gusano del miedo en el cuerpo y les vamos a traer carne negra hasta que la isla se hunda con su peso —decía Juan.

De Buen era consocio de la compañía de consignatarios de Regla, que compraba y vendía esclavos. Esta compañía había comenzado cazando cimarrones por la manigua, había continuado comprando macuencos y curándolos, y al fin comprando armazones a ojo de cubero, y antes de arribar, en camino y a crédito. Así se había enriquecido, comprando plantaciones e ingenios, dotándolos con negros en comisión, cediendo temporalmente negros en alquiler a otros azucareros y cafeteros. Todos estos consignatarios tenían en Guanabacoa casitas blancas con jardines y servidumbre de cuarteronas, que aparecían ante ellos desnudas, untadas de aceite, con los ombligos húmedos. En Regla y otros pueblos, como Güines, tenían granjas de belleza, que vendían a los ricos y altos oficiales.

El *Segundo Campeador* se hizo a la vela al atardecer con todos los consignatarios a bordo y una lancha detrás. Ya fuera del Morro, el sol caído detrás de dos tetas de tierra con pezones de palmas, el capitán mandó ponerse al pairo y las velas se tiñeron del rojo del poniente. Los tiburones habían seguido al barco y miraban a las velas desde debajo del agua como si fueran grandes tajadas sangrantes. En el barco iban música y mujeres. Los consignatarios decían que sus mujeres, pero nadie sabe. El capitán mandó improvisar un campamento en cubierta, con toldo contra el rocío, y puso mulatas, envueltas en gasas transparentes, de coperas. Las mujeres y los consignatarios bailaron habaneras, danzas amulatadas, y los marineros la danza de las mareas, y las mujeres se iban tras ellos con la cabeza engallada y la garganta llena de risas. Después nadie sabe. Todos los marineros de piloto para abajo eran enviados al entrepuente, y la fiesta seguía hasta el amanecer. Sobre estas fiestas corrían leyendas. La brisa y el champán se filtraban en los cuerpos y éstos tenían en sí amor que darse. Hasta que venía el día por el mar y los invitados volvían a tierra en la lancha, y el negrero partía con sol en las velas. Pedro iba al timón.

Por entonces, los negreros españoles se surtían principalmente de las factorías portuguesas de Guinea y del río Pongo. Las posesiones de la Costa de los Camarones resultaron inútiles; los bubis eran novillos falsos y malos esclavos, y se habían aliado con las fiebres para desbaratar las guarniciones. La malaria iba primero a ver a los blancos de la costa; tendía hacia ellos una alfombra amarilla por donde pasaban los negros del bosque con armas inglesas. Los bubis sangraban la palmera para emborracharse, eran débiles y muchos morían en la travesía. Así, los armadores de Cuba tenían allá factores portugueses y brasileños, y algunos españoles entre ellos, y, según el cálculo de los capitanes —en esta fecha habrá negros en tal lado; es el tiempo en que llegan las caravanas; en esta otra puede haber estallado la guerra entre aquellas tribus, que preparaban los factores y los sacerdotes–, iban más arriba o más abajo.

El *Segundo Campeador* llevaba destinación a Loanda, donde casi siempre había cautivos. Otros negreros españoles habían salido con el mismo rumbo, y a la vista de Puerto Rico vieron una flotilla negrera que partía de allí arbolando bandera española. Pedro tenía turno de día, y de noche hablaba con el piloto. El barco navegaba con viento favorable y puso proa al sur. Un crucero inglés lo siguió de cerca desde la altura de Cabo Verde para ver qué rumbo tomaba. Pasada la isla de Santo Tomás lo dejó, puesto que iba dentro de la ley. De Buen vio quedarse al crucero y sospechó: a la vuelta nos tendrá el camino. Siguieron navegando al sureste, cruzándose con otros negreros de bandera portuguesa, yanqui y española. Junto al *Segundo Campeador* pasó uno con todos los negros en cubierta, formando batahola, y Juan miró a los marineros de las cofas y escuchó sus gritos. El barco arbolaba bandera portuguesa; pero, dijo el piloto, era francés. Contra los yanquis nadie tenía derecho de visitación, ni al sur ni al norte, y así muchos usaban bandera yanqui; pero, dijo Juan, los mismos negreros yanquis perseguían a los que usaban su bandera indebidamente. Iban bien armados y casi todos habían sido corsarios. La tripulación, dijo el piloto, estimulaba la trata. Los tripulantes ganaban más. En algunos barcos permitían pacotillas hasta a los marineros. En los fuertes ingleses seguían cargando los negreros contrabandistas de Liverpool, que fingían comerciar en productos vegetales, tenían negocios con las guarniciones de los fuertes y, a veces, contraseñas especiales con algunos capitanes de cruceros, que los dejaban pasar tranquilamente hacia las Barbadas, la Guayana, Jamaica, Virginia o las Carolinas. Otras tenían que vérselas también con los cruceros, huirles, burlarlos, batirse con ellos o entregarse, dijo Juan.

–Yo nunca me entregaría sin pelear; creo que esos cúters valen poco –dijo Pedro.

La marinería hormigueaba por cubierta a la vista de tierra, allá difusa y oscura al amanecer. El viento había favorecido el viaje. El capitán mandó disparar un cañonazo y enseguida vinieron canoas tripuladas por negros dos millas afuera. Éstos subieron a bordo con certificados de conducta de otros capitanes, que —pensaban ellos— los acreditaban para servir de intermediarios entre el barco y la costa. Pero estos krumen eran ladrones y falsos, y no sabían leer, y sus certificados los denunciaban como cascabeles. De Buen examinó dos de sus certificados y mandó echarlos del barco a rebencazos. Por ambos costados habían enlazado cabos y caído sobre cubierta por docenas y comenzado a echar mano a las mercancías de trata que había bajo lonas. Entonces la marinería se repartió por los lados, y a la voz del capitán cayó sobre ellos con cabos y garrotes, y los negros se echaron a sus canoas aullando. Algunos cayeron al agua, donde los aguardaban los tiburones. Estos bichos seguían a las canoas en rebaños y pululaban en torno al barco. En la carga, De Buen vio a Pedro manejando un garrote, cogiendo a negros y tirándolos por la borda. El mismo De Buen tuvo que ir a contenerlo.

—¡Es temible pegando! —dijo Juan.

Los marineros vascos, que antes lo miraban con desdén, comenzaron a estimarlo. Los vascos decían que los andaluces sólo servían para mandar.

Los krumen corrieron a tierra y dijeron que era un barco pirata; pero De Buen había largado en el mayor un gallardete de contraseña al factor, y éste mandó una lancha tripulada por dependientes suyos, mulatos. Éstos subieron a bordo y dijeron que los portugueses y brasileños se habían llevado cuanto había en los barracones, hasta los viejos y macuencos, pero que se esperaban nuevas partidas para dentro de unos días. Los pombeiros, dijeron los mulatos, habían salido con gente al monte.

El *Segundo Campeador* puso proa al puerto y ancló a una milla de tierra, al sur de la isla, donde antes estaba São Paulo de Loanda. Esta ciudad, el primer centro de trata de los portugueses, se asentó luego en tierra firme. De Buen dispuso la gente por guardias armadas en el barco –la mercancía sólo se descargaba después de haber visto los negros y cerrado el trato–, y dejó bajar a los marineros por turno.

En São Paulo había varios factores y varios cuerpos de pombeiros, pero éstos se unían a veces para ayudar a los reyes del interior cuando éstos no hacían bastantes prisioneros. Unas veces ayudaban a unas tribus y otras a otras, según convenía, y fomentaban las guerras entre ellas, y les daban armas. A veces esas armas se volvían contra ellos. Los reyes del interior mandaban también a São Paulo esclavos de sus dominios. Desde la trata, estos reyes no sacrificaban a sus reos, sino que los vendían. Con frecuencia inventaban delitos a sus siervos, muchos tan ricos como los reyes, por medio de la brujería o sus mujeres. El factor a que iba consignado el *Segundo Campeador* tenía una residencia lujosa y barracones al sur de la ciudad, y empleaba blancos y mulatos. Por éstos supo Pedro de la trata allí. Entre ellos había un músico portugués que cuidaba los caballos, tocaba el violín y leía *Os Lusiadas*. Pedro y otros marineros iban con él campo afuera a oírlo tocar. El factor, dijo el músico, tenía un harén de mulatas y otro de princesas negras, compradas o robadas a los reyes. Su palacio, dijo, estaba forrado por dentro de tapicería árabe y persa, en los colores crema, miel y rojo. En el harén tenía eunucos, que él mismo castraba, y guardianas blancas portuguesas. La casa del harén tenía una fuente en medio del patio, y muchas de sus mujeres eran vírgenes. Mientras lo eran tenían que cuidar constantemente un fuego sagrado, en el patio, y cuando una dejaba de serlo las demás recorrían la casa enarbolando un paño sangrado y cantando un himno fálico. El músico tocaba este himno y los marineros reían y preguntaban si no se podría asaltar aquel harén.

El músico contaba luego cosas más reales.

–Una semana antes –dijo– llegaba a São Paulo una tribu de los ba-bueros, gentes de tierra baja, que no tenían qué comer en sus casas y se habían vendido como esclavos. Otras tribus se habían vendido por hambre, y los jefes solían jugar y perder con los pombeiros toda su prole. Por eso se veían a veces por São Paulo negros locos, que vagaban extraviados diciendo que eran reyes. Cuando podían sangraban la palmera, se emborrachaban y volvían a la ciudad, y algunos no comían nada durante un año, a no ser hierbas y algún bicho de tierra. Los reyes vendían también a su gente para comprar aguardiente. Desde la trata, todas las tribus habían ampliado y retorcido sus leyes religiosas y políticas, a fin de coger más gente en ellas. Había más hechiceros y más reos. Los jefes tentaban a sus súbditos con bebida y mujeres y luego los castigaban vendiéndolos. Tenían cuerpos de concubinas para provocar a los hombres, que luego delataban a sus amantes ante el jefe, y éste los mandaba a los barracones de São Paulo. Ayer mismo embarcamos dos princesas para el Brasil. En aquella fecha —continuó el músico— había una guerra entre los quisamas y los libolos. Los pombeiros querían apresar negros quisamas y ayudaban a los libolos a saquear sus aldeas, y pronto llegaban con prisioneros de guerra. Éstos no les costaban sino las armas y la pólvora dadas a los libolos y el trabajo de echar mano a los quisamas.

A los pocos días los barracones se llenaron de negros, todavía enardecidos por la guerra, y fue preciso pasarlos a bordo maniatados y con grilletes.

—Tenga usted cuidado; esos negros son resabiosos —dijo el factor.

De Buen no hizo sino sonreír.

A la bahía de São Paulo habían acudido otros negreros con bandera española y portuguesa, aguijoneados por la ley. El piloto asomó a cubierta y miró a ambos lados con un cristal de aumento que metía en el tubo de la mano a modo de telescopio. Muchos de aquellos barcos eran franceses, escandinavos, italianos, y otros no tenían patria y conseguían el permiso para usar las banderas en Puerto Rico o Cabo Verde, o la usaban sin permiso. De Buen se puso al habla con el capitán de un francés llamado Tantin, y lo citó para La Habana. Tantin era un famoso pirata y negrero, y había que ir reclutando a gente arrojada. Al ver a Pedro, Tantin se le quedó mirando a los ojos y preguntó quién era. Nadie le supo contestar.

—¡Hasta La Habana! —le dijo De Buen.

Entonces dieron en llegar las canoas, veinte ciempiés patas arriba, aquellos bosques oblongos de cabezas tupidas, de donde salían los gritos de la selva.

—Los negros —dijo el piloto— llevaban la selva consigo a América y eso estaba bien. Yo me alegro; España ha querido crear almas sin cuerpo en América y les ha sembrado el camino de carbones negros y espinas indias, y eso se prenderá en llamas, y ya se ha prendido, y las almas lo serán en pena.

Pedro escuchaba el apocalipsis del piloto y miraba bajar los burujos de negros al sollado, por las escotillas, como por bocas de un infierno, aullando y mostrando los dientes a la marinería.

Juan había conseguido un panfleto abolicionista en São Paulo y dio en reír a carcajadas.

—Este señor Bílifor —Wilberforce— querría que los negreros gobernaran a estas panteras con guante de terciopelo, ¿eh? Yo le daría esta armazón para transportar a América a ese inglés —dijo el piloto.

Aquellos papeles los soplaban los cruceros por toda la costa, y al dorso tenían los resúmenes de los tratados. La marinería comenzó la maniobra. Los negros rugían debajo. Silbaban los látigos y tronaban las voces de los guardianes.

—¡A la vía! —gritó el capitán.

Pedro estaba al timón.

A veces, los negreros procedentes del sur caían en calmas al entrar en las zonas de los vientos variables y tenían que gobernar al norte en busca de vientos. Pasada la isla de

Santo Tomás los cruceros hormigueaban por la costa y les daban caza. No les valía demostrar —con documentos de los factores y la habilitación de procedencia— que habían cargado al sur, lo que era aún lícito para españoles y portugueses. Los cruceros cargaban contra ellos y los oficiales decían que los papeles eran falsos y que los negreros habían atacado a los cruceros. Los mismos cruceros se disparaban cañonazos a sus palos —había premio y botín en la presa— y luego decían al tribunal que habían sido los negreros.

Al mismo De Buen le había ocurrido así en su viaje anterior, mandando un barco portugués; el crucero que lo había apresado lo soltó en Sierra Leona y había tenido que embarcar de marinero en un barco holandés que iba a la Guayana, y de allí a Cuba en uno francés.

El *Segundo Campeador* gobernó así al oeste, separándose de la derrota, y cayó en una calma chicha. Ésta duró poco, sin embargo, y el barco siguió con buen viento. El viento del barco hervía con el humor guerrero que ardía en los negros, cargados de hierros durante toda la travesía. Todos los días los sacaban a cubierta para bañarlos, pero no se les permitía bailar.

—Yo conozco las traiciones de la música —decía De Buen.

Los entrepuentes iban atestados, los negros encajados unos en otros, y en cubierta treinta o cuarenta mujeres, mulecas y mulecones. El espacio destinado a las mujeres, hacia popa, con puerta a la cámara del capitán, iba atestado de hombres. Pero los guardianes sacaban constantemente grupos a cubierta a tomar aire y los hacían caminar.

—A ver tú, tú, tú... ¡Camina! —gritaban.

¡Ni un solo negro murió durante la travesía! El capitán, como socio en la armazón, había prometido una pequeña comisión a cada marinero, además del sueldo, y pacotillas a los oficiales. Los marineros trabajaban dieciocho horas, y eran escogidos, gentes incansables. Constantemente estaban barajando a los negros y sacándolos —decían— a perfumarse para que no se les comprimiese la rabia. Junto a las mujeres, en cubierta, quedaban algunos de los más débiles, y los sollados tenían un sistema de cabos entrelazados que les impedía romperse la cabeza contra las tablas. Los marineros leían en los gestos y ojos de los cautivos cuáles eran parientes, y los barajaban, y así no había nunca triunfos de negros juntos. Las negras eran casi todas jóvenes, y no habían parido nunca.

Las leyes de los negreros prohibían a la marinería fornicar con las negras a bordo. El que lo hiciese perdía su sueldo y corría el riesgo de ser azotado. A los oficiales se les permitía, a veces, según el capitán, y cada uno solía escoger una negra para la travesía. De Buen ponía leyes severas en esto. Los compradores pedían a veces vírgenes y otras negras por preñar o preñadas con macho elegido por ellos.

En este viaje era difícil impedirlo. Las negras dormían en cubierta, protegidas por lonas, sobre las tablas o la obra muerta. Los marineros, favorecidos por el ocio, gateaban hacia ellas, por debajo de las lonas. Las negras no gritaban por eso. Los marineros les llevaban escudillas de aguardiente, y ellas se pirraban luego por los marineros. Al descubrirlo, De Buen buscó a los culpables, pero en vano.

—Habían sido muchos y no se iba a quitar el sueldo a todos, ya que el delito de todos no es delito —dijo Juan.

Pedro se tuvo al margen. El capitán paseaba por el puente con los brazos cruzados, la barbilla en el nido de los brazos, y miró a Juan. Siempre era Juan el que venía a disolver la niebla que se formaba en la cabeza de su hermano.

—A una marinería elegida por brava —dijo Juan— no podía pedírsele que fuese comedida.

Juan dijo que Pedro debía de tener algo falso en sí; que si fuera verdadero lobo no respetaría nada. Pedro se encogió de hombros.

El *Segundo Campeador* enfiló el Canal Viejo de Bahama con buen tiempo y fondeó en el puerto de La Habana, con su rica armazón. Los cautivos pasaron a Regla y los consignatarios-armadores vinieron a bordo a conferenciar. El barco había hecho ya tres viajes y había que retirarlo; De Buen pensaba retirarse también del mar y atender a los asuntos de la compañía en tierra. Juan dijo que su hermano iba huyendo de los cruceros, pero él mismo abandonó el mar al propio tiempo y se estableció en Regla como empleado de los armadores.

Pedro volvió a la bodega o abacería del señor Carlo con el sueldo y comisión de su viaje. El puerto estaba entonces atestado de negreros próximos a partir. Era a principios de 1820, y el 30 de mayo de aquel año cesaba el plazo de habilitación, con cinco meses de plazo para regresar. Con este motivo los armadores crédulos y timoratos unían todos sus esfuerzos para armar cuantos barcos pudieran dentro del plazo. El capitán De Buen había dado a Pedro un papel acreditándolo. Durante algún tiempo Pedro habló con los capitanes por el puerto, pero sin aceptar plazas subalternas. Tenía la intención de aprovechar la abundancia de barcos para conseguir el mando de alguno. Carlo trató de ayudarlo, pero todavía no tenía mucha confianza en él. Era demasiado joven y no había navegado bastante para mandar un negrero. Al fin concluyó por aceptar la plaza de piloto en otro bergantín. Era un corsario yanqui, fabricado en Baltimore, que navegaba con bandera española. Antes de partir para África iría a Charleston, donde quedaría en reparación, y la gente pasaría a otro que aguardaba armado. El piloto que traía en el último viaje había muerto de fiebre. Pedro encontró al capitán, Michael Arrow, en casa del señor Carlo, y le contó sus andanzas por Terranova y demás lugares. Arrow simpatizó con él y le ofreció la plaza con cuarenta dólares de sueldo.

El *Arrow* iba tripulado por hombres de varias nacionalidades, pero yanquis sobre todo. Las voces de mando eran en inglés. De La Habana a Charleston comprobó Pedro la fama de los negreros de Baltimore, barcos veloces, hermosos y temibles por sus cañones modernos. La marinería se parecía mucho al barco, y el capitán era el mejor ejemplar. Decía que había comenzado su carrera en 1812 peleando contra los ingleses y que la terminaría peleando contra ellos. El barco salió sólo con lastre suficiente para llegar a Charleston. Allí trasbordaron a otro del mismo nombre, sin bajar a tierra la marinería, y partieron con bandera yanqui como barco mercante destinado a Cuba.

El *Arrow* iba destinado a Kormantyn, en la Costa de Oro, al norte de la línea, pero su bandera yanqui lo escudaba contra los cruceros, que no tenían derecho a visitarlo y sólo podrían apresarlo si lo sorprendían con negros a bordo. Con su gente y su barco el capitán estaba seguro de poder sacar ochocientos esclavos por delante de la nariz de los ingleses, que tenían una fortaleza —Cape Coast Castle— dos millas al oeste del punto de destino.

Kormantyn era una factoría holandesa dependiente de la de Elmina, donde estaba el gobernador nombrado por la Compañía de las Indias Occidentales, que regía las colonias. En Kormantyn había un factor oficial con su estado mayor. Aparentemente la factoría comerciaba en aceite de palma, oro y otros productos, pero los esclavos eran aún su riqueza principal. La Costa de Oro había sido siempre la más copiosa fuente de esclavos y Kormantyn el lugar de donde salieran los cabecillas de todas las sublevaciones y alzamientos de negros en América. Estos negros eran fantis y achantis. Los fantis habitaban en la costa y los achantis en el interior. En 1807 los achantis, el imperio más poderoso de África, habían llegado hasta la costa en su eterna lucha con los fantis, y habían arrasado el fuerte inglés de Anamabú y el holandés de Kormantyn. En la fecha en que Pedro desembarcó allí, la factoría había sido reconstruida y estaba cuajada de esclavos, que el factor oficial, mediante comisión, dejaba pasar a los negreros ingleses, yanquis, franceses y escandinavos.

El *Arrow* navegó sin tropiezos y puso proa a Kormantyn entre las flechas de dos cruceros ingleses que le salieron al paso. Al ver bandera yanqui y rubios sobre el puente lo dejaron pasar. Aguardaron por la costa, sin embargo, dispuestos a sorprenderle cargando o con los negros en el vientre. Sabían que no iban a otra cosa. Pero la carga se hacía en poco más de una hora, y el barco aguardó a ver la costa limpia para hacerla.

Pedro se encontró nuevamente a Noodt en Kormantyn. El holandés había embarcado también en un negrero yanqui y se hallaba empleado en la factoría. Mientras aguardaban a que los cruceros dejaran libre la vía, los marineros se desparramaron por tierra a caza de aquellas hermosas mulatas que los holandeses habían regado por todas partes. Casi toda la gente de la factoría era mulata, incluso el factor oficial y muchos de los factores particulares, y lo eran también los expedicionarios del interior, que iban a buscar los esclavos suministrados por los achantis. Noodt había estado, dijo, en la capital de este imperio, llamada Kumassi. Kumassi era una gran población de chozas, situada en la frente de una colina, con anchas calles de tierra apisonada, y ocupaba un área de cuatro millas, sin contar un suburbio llamado Bantama y las dependencias reales de Assafu. Los achantis estaban gobernados por una casta militar inmune a la ley, y cada uno de los cien mil súbditos era también un militar. Las solemnidades anuales superaban en carnicería a las de los dahomeyes, sus rivales vecinos. Pero los achantis no tenían tan brillante cuerpo de amazonas. Durante más de trescientos años, los cien mil achantis no habían hecho sino cazar a los fantis y otras tribus vecinas y venderlos como esclavos. El rey, según dijo Noodt, era omnipotente.

Noodt llevó a Pedro a una choza de tablas que tenía para sí solo. Allí iban a verlo mulatas de la factoría. El cargo de Noodt era el de guardalmacén de un factor independiente, y llevaba una vida sedentaria. Pedro lo vio más gordo y satisfecho. Su alma errabunda comenzaba a aquietarse desde el bocabajo de los bucaneros.

—Quédate por aquí —dijo a Pedro—; te buscaré una plaza de intérprete para los negros.

Noodt estaba aprendiendo el dialecto local del Tshi. Una mulata le daba lecciones.

—Adiós, Noodt —le dijo Pedro.

Éste sintió que entre él y el holandés se había abierto un lago. Precisamente este viaje en el negrero yanqui, con sus cañones, rapidez y disciplina, era un estímulo para seguir navegando. Por primera vez vio clara ante sí una vía rápida a la fortuna.

A la semana de esperar los cruceros levaron el ancla, y a las dos horas de esto, el *Arrow* tenía ochocientos negros en el vientre y se hacía a la vela rumbo a Cuba. El capitán metió los cautivos en los entrepuentes, de noche, y no les permitió salir a cubierta hasta que no se veía tierra. Esta medida era psicológica. Embarcados de noche, los negros no veían clara la distinción entre mar y tierra. Casi todas las rebeliones a bordo tenían lugar a la vista de alguna tierra. El alma de los negros de la selva estaba clavada en la tierra, y al verse separados de ella esa alma se desgajaba por dentro y les entraba una nostalgia romántica y suicida. El capitán Arrow conocía el temple de los Koromantis.

Pero él no podía evitar que aquellos negros fueran como eran. Durante los primeros días la navegación fue normal, pero el barco iba demasiado lleno y los guardianes comenzaron a notar algo en los ojos de los negros. Entonces descubrieron por el intérprete tomado en la factoría que casi todos hablaban el mismo dialecto. Esto preocupó al capitán, que mandó tomar precauciones. A las dos semanas un recalmón agravó el peligro, y los guardianes no se atrevían ya a bajar al entrepuente. Los negros dieron en bramar, tratando de romper las escotillas. Por allí les echaban la comida y se volvían a cerrar. Esto los ahogaba y aumentaba la rebeldía. Entre los negros había muertos que nadie se atrevía a ir a sacar. Pero la marinería se mantenía serena. Al fin era preciso hacer frente a la situación y el capitán dispuso su gente. Se hirvió un gran caldero de agua y se sembró una alfombra de hierepiés, erizos de acero, entre la guarnición de marineros alineados en derredor y el centro de cubierta. Un guardián abrió las escotillas y todos los demás aguardaron, armados de fusil y cuchillo, la salida del primer rebelde. El intérprete, encaramado en una tarima, escoltado por marineros, aguardó también con la palabra de paz en la boca.

Pero la paz sólo era posible después de la guerra. Por las escotillas comenzaron a salir negros panteras, con los ojos desorbitados, la boca abierta y los brazos curvados como alfanjes. Ninguno podía oír al intérprete ni ver los fusiles ni los erizos de acero. El primero, desnudo y descalzo como todos, se abalanzó ciego y cayó aullando en los hierepiés, y así los que le siguieron; pero los que vinieron después pasaron por encima de los primeros y arremetieron, con tablas arrancadas al buque con las manos y los dientes, contra los marineros. El agua hirviendo los hacía retroceder, pero su número inutilizaba su efecto. Los marineros se vieron obligados a atrincherarse detrás de montones de jarcia, a popa y a proa, y defenderse a tiros y bayonetazos. Los más rebeldes avanzaban y caían. Los sucedían los que los sucedían en rebeldía, y caían también. La gente, serena, disciplinada, constituía una barrera insalvable. Los yanquis disparaban y acuchillaban sonriendo. Cuando hubieron caído los principales, los otros retrocedieron y entonces el intérprete concertó la paz. Pero sobre cubierta había más de doscientos muertos y en el entrepuente más de diez.

Este infortunio no desesperó al capitán por eso.

—¡Qué vamos a hacerle! —dijo.

Todavía quedaban los suficientes para salvar la expedición.

En esta refriega, Pedro se ganó un galón. El capitán Arrow lo describía después, por los puertos adonde iba, con el cuchillo en la derecha y el rebenque en la izquierda, a la vanguardia de un grupo de contención, sin retroceder un paso ante las moles negras que se le venían encima. Sólo encontraba el capitán un reparo que hacerle: el que manejara el cuchillo con la derecha y el rebenque con la izquierda y no viceversa.

—¡Me dio la impresión de un pirata nato; no lo hubiera llevado otra vez en mi barco! —exclamó.

El capitán Arrow no se había dado cuenta de que Pedro era zurdo.

El *Arrow* no iba consignado a La Habana, sino a Matanzas, y allí fondeó sin más dificultades dentro del plazo legal. El capitán dijo a Pedro que podía quedarse allí o volver a La Habana, pero que no lo necesitaba más, que pensaba retirarse de la trata. Pedro prefirió quedarse en Matanzas. Tenía curiosidad por saber lo que se rumoreaba del caso del Julieta. Marchena lo recibió, asombrado de la rapidez de sus aventuras. Unas precipitaban a otras. Las autoridades y el señor del Julieta lo habían dado por muerto. Semanas después había aparecido junto al arroyo un esqueleto despojado por las auras tiñosas y un hombre del ingenio, un carretero, le había identificado como el de Pedro. Éste siguió llamándose Teixeira en Cuba.

La visita a Marchena era con miras a nuevos planes. Pedro estaba empeñado en ser capitán negrero y traficar luego por su cuenta. Marchena lo animó, y entre los dos aprobaron una especie de código de señales para el caso de que Pedro desembarcase alguna armazón en la costa de Matanzas cuando la trata estuviese abolida. Marchena se comprometía a dirigirse con su tropa en sentido opuesto al lugar de desembarque y a la vez formar parte de una pequeña sociedad secreta de consignatarios, con el sitiero anterior a la cabeza, para hacerse cargo de las expediciones que llegaran a salvamento. Pedro se pasó unos días regalados en casa de este primo. Mientras el teniente salía a prestar servicio se sentaba en la terraza al lado de Magda. La joven era toda ojos para mirar al aventurero de tez curtida y expresión dura, y aquellos ojos se le llenaron de agua cuando Pedro tomó de nuevo el camino de La Habana.

El paradero oficial, la casa del señor Carlo, era un lugar de cita de todo lo que se refería a la trata. A su trastienda se iban a formular y formalizar también otras formas de hacer dinero a cualquier costa. Carlo ponía las gentes en comunicación y sus oídos eran Omertas. A veces guardaban secretos de fuerzas enemigas y cada una de esas fuerzas creía tener en Carlo a un confidente especial. Juan, el antiguo piloto, volvió a encontrarse allí con Pedro.

—Carlo es la mujer de todos los cornudos —dijo Juan.

Cumplido el plazo legal, hubo una corta tregua antes de que comenzaran a salir negreros contrabandistas. El primero en salir sería, según dijo Carlo a Pedro, una goleta fabricada en Estados Unidos, propiedad de una pequeña sociedad de armadores que tenía su cuartel general en casa de don Justo. Pedro se presentó allí para pedir el mando, pero don Justo lo recibió con lamentos.

—Me han desacreditado la casa —dijo.

La expedición había sido un timo. Los armadores habían vendido secretamente las acciones y se habían fugado con el dinero.

—Es usted demasiado joven para ser capitán; acepte un cargo de piloto —le dijo Carlo.

Pedro estaba cansado de ser joven para ser capitán. La plaza se la ofrecía en un barco del cual era uno de los armadores.

—Tendrá usted buen sueldo y alguna comisión —dijo el italiano.

Pedro aceptó. Abajo, en el puerto, se cargaban mercancías de día y se volvían a tierra de noche, salvo los fusiles, la pólvora y los cañones, que se quedaban dentro. El barco llevaría habilitación para Puerto Rico y pondría proa al África. Al terminarse las guerras de Napoleón muchos de los soldados que pelearon en ellas se desparramaron por el mundo —hasta ser derrotados los últimos en las guerras carlistas–. Algunos peleaban en Sudamérica. Otros –o los mismos– se enrolaban de negreros. El *Rayo* iría nutrido de este elemento.

Entretanto, llegó el correo de Cádiz con una carta de su hermana para Pedro. Fernando había divulgado por allá su encuentro con Pedro, y allí estaba otra vez en pie el viejo crimen. Rosa seguía con el padrastro, la madre estaba próxima a la muerte; ella no podía olvidar. Pedro buscó refugio en el barco, próximo a partir, entre los marineros. Solo, tenía miedo.

El capitán del barco resultó ser Jacinto Poza, que había mandado un barco de María Cruz. Poza no llevaba sobrecargo. Él llevaba a su cargo la compra y el transporte de los negros, y cobraría una buena comisión. Los demás oficiales, incluso Pedro, cobrarían sueldo y también una pequeña comisión. Poza llevaba monedas de oro para la trata, pues el factor a quien pensaba dirigirse las prefería.

Este factor, dijo Poza, era conocido suyo y capaz de surtir él solo toda la América.

Al oírlo, Pedro creyó que se trataba de Cha-Cha; pero el *Rayo* se dirigía al río Pongo.

El contramaestre era un pirata que había vivido varios años por los cayos con la banda de un español llamado Rafael, y hasta los especialistas –tonelero, carpintero, barbero, cocinero, maestro de jarcia, veterinario– habían sido elegidos por sus malos antecedentes más que por su saber. Poza abrió una oficina de enganche en la trastienda de Carlo y miró al través de la historia de los alistados por el valor que había de aprovechar en caso necesario.

–El que le tenga apego a la vida que se quede en tierra –les decía Poza.

Jacinto era el menor de los hermanos. Siendo capitán de un barco de María Cruz se había encontrado con el hermano de ésta en el Congo y habían tenido una pelea. Jacinto le había dado una puñalada al otro y largado trapo con el barco vacío hacia el Pongo. Allí lo abandonó, perseguido por el Cruz, que se apoderó del barco, y Jacinto se refugió en casa del factor, Mister Ormond. Entonces embarcó para Cuba y ahora navegaba con nombre falso. José Cruz y su hermana habían jurado matarlo.

—El *Rayo* —dijo Poza— iba armado para vérselas con cualquier buque de guerra. El tiempo favoreció el viaje. Al llegar a la vista de la costa disparó el cañonazo de señal y aparecieron las piraguas de krumen diciendo que un crucero inglés se hallaba anclado frente a la barra. El *Rayo* se fue por la vuelta de afuera y asomó todos los días y disparó. El crucero se mantenía allí. Los factores del Pongo se habían puesto de acuerdo para no despachar víveres ni aguada a los cruceros. Cuando éstos los acababan tenían que ir a abastecerse a Sierra Leona, y ese momento lo aprovechaban los factores para pasar aviso a los negreros y descargar sus barracones. El *Rayo* se encontró con varios negreros más por la vuelta de afuera, que paireaban para pescar tiburones y se comunicaban con las bocinas en varias lenguas. Poza vio un amanecer a tres negreros portugueses en andana y se puso al habla con ellos. Uno iba mandado por su hermano José y el otro por el hermano de María Cruz. José advirtió a Jacinto que metiera velas al viento, pues el Cruz había comenzado a distribuir armas a su gente. El *Rayo* largó trapo al sur, perseguido por el Cruz, y al anochecer se perdió de vista. Con el nuevo día, sin más aviso, el *Rayo* viró a longo de costa hacia el norte y se cruzó con el crucero que iba proa al sur a abastecerse, pocas millas al sur del Pongo. Antes de que los de fuera tuvieran aviso de la partida del crucero, el *Rayo* estaba ya anclado frente a Bangalang; la factoría de mongo John o John Ormond, en el Pongo. Poza vio partir las piraguas que salían a dar aviso a los que se hallaban por la vuelta de fuera y las humaredas de señal en la costa y presintió lo que iba a pasar. El *Rayo* fondeó junto a un negrero yanqui que había sido sitiado allí por el crucero. Jacinto quería evitar el encuentro con el Cruz y paseaba, nervioso, por el puente. Pedro, con la rapidez de su imaginación, fue a salvar la situación. Poza saltó a tierra, y a la media hora regresó con una bandada de marineros yanquis tras de sí y un bote de pintura para cambiar el letrero el *Rayo* por otro que dijera *Lightning*. Mister Ormond mandó a su contador Edward Joseph al capitán del negrero yanqui para que le prestara sus marineros por unas horas, y antes de que el barco del Cruz anclara frente a Bangalang, el *Rayo* estaba transformado en un barco yanqui con sus marineros rubios y borrachos cantando sobre cubierta. La tripulación del *Rayo* pasó a tierra a esconderse. Quedaron algunos oficiales nada más. Los barracones de Bangalang y otras factorías del Pongo estaban repletos por la larga estancia del crucero fuera de la barra. Ormond mandó cargar el barco de Cruz antes que los demás. Cruz buscó en vano con los ojos el barco de Jacinto y creyó que había seguido rumbo al sur, tal vez a la Costa de los Esclavos.

—¡Algún día caerá en mi ruta! —dijo Cruz.

Mientras el *Rayo* era el *Lightning*, Pedro y el capitán Poza estuvieron hospedados en una casa de madera que el mongo tenía junto a su palacio y hablaron con él. El haber sido empleado de Da Souza ennobleció a Pedro a los ojos de Ormond.

—En África —dijo Ormond— sólo había entonces tres monarcas.

Uno era John Bull, otro Da Souza y el otro Ormond, el mongo de Bangalang. Pedro habló de su vida en el Mediterráneo, Terranova, Cuba y el Dahomey.

—La aventura por la aventura, *¡nonsense!* —dijo Ormond.

También él había sido marinero. Pero Pedro había sido contador de Da Souza, y el saber contar era para cualquier capitalista de media casta de la costa un mérito superior a ser buen marinero y buen pirata.

—Ahí tengo un inglés que no hace sino andar detrás de las negras, y me tiene abandonadas las cuentas —dijo el mongo.

Se refería a Edward Joseph. Pedro no tenía ganas de quedarse en tierra. Ormond reía a carcajadas. Era un hombre artificial y sarcástico, todavía más que Da Souza, y comenzaba a tomar drogas. Tenía unos cuarenta y cinco años, un cuerpo gigante, un vientre lleno de grasa y unos ojos reventones. Sus dientes eran como las tres líneas —blanca de la espuma, amarilla de la arena y verdosa de la vegetación— de la costa. Ormond tenía una energía infantil y se movía en cualquier dirección. Su piel era como el cobre viejo, con manchas verde pátina en los ojos y cabellos semejantes al musgo:

—Ormond —dijo Joseph— estaba siempre intoxicado de un tiempo a aquella parte y no se sabía cómo contenerlo.

Joseph sabía que el mongo quería echarlo de la factoría y que andaba en busca de un sustituto.

—A mí no me parece mal que usted se quede en mi lugar, pero quiero decirle quién es el mongo —dijo Joseph a Pedro.

Durante cinco días todos los barcos fondeados en el Pongo cargaron carne negra de distintas factorías. Ormond cargó el barco de Cruz, luego el de José Poza y dejó el *Rayo* para el final. Los negros de los barracones no le alcanzaban y tuvo que aguardar el regreso de las caravanas.

Se avecinaba la estación de las lluvias. En el interior se habían aplacado temporalmente las guerras, y toda aquella redada que los distintos factores del río —todos más o menos subordinados a Ormond— habían acopiado era producto de las cacerías que hacían los ladrones de los reyes. El jefe que surtía principalmente al mongo era Ali-Mami, de Futa Yallon, poderoso rey mahometano. Los mensajeros intérpretes de este rey llegaron con la noticia de que la cacería no había dado resultado, y Ormond dijo a Poza que siguiera esperando o que se llevara sólo doscientos mulecones y muleconas que tenía en los barracones. Poza aguardó unos días más. Luego sacó a tierra unas bolsas de cuero con monedas y comenzó a cargar. Pensaba ir a Gallinas a completar la carga. Pedro seguía entretenido por Ormond. El jefe lo invitaba a su mesa y le tendía anzuelos de champán y madeira y le soltaba mulatas en derredor. Al mismo Poza no le hacía aquello.

—No te fíes del mulato —le había dicho Joseph.

Éste seguía tomando notas y tratando con Poza. Como piloto, Pedro no tenía nada que hacer en tierra. Al acostarse el sol los doscientos cautivos estaban en el entrepuente. Poza dijo que saldrían al amanecer y Pedro se acostó en la caseta en una hamaca de bambú. Poza y el contramaestre estaban invitados por el jefe de su palacio. Desde su habitación, Pedro oía el rumor de la fiesta. A medianoche pasó Joseph ante la habitación de Pedro y habló con él. Joseph había estado también en la juerga, y dijo que Poza le había ganado dos cuarteronas al mongo jugando al monte.

Pedro se había retirado con un dolor de cabeza producido por un vino que había tomado en compañía del mongo. Cuando despertó, el sol caía de pleno sobre Bangalang. Frente a la factoría había dejado caer el ancla el crucero inglés, y Poza había desaparecido con el *Rayo*. Había tenido noticia de la vuelta del crucero por los vigías y largado trapo rumbo al suroeste. Ahora no quedaba a Pedro otro remedio que aceptar la plaza que le ofrecía el mongo. Éste se alegró mucho.

Joseph salió de Bangalang sin más caudal que su prestigio y algo que hubiese robado. Llevaba años con Ormond. Parece que Joseph tenía en Sierra Leona un judío que lo protegió. Joseph era un inglés de padres desconocidos y no tenía apellido. Había venido a Sierra Leona con el gobernador Turner y hecho el cabotaje por la costa.

—Al fin se quedó de contador con el mongo hasta que —dijo a Pedro— se metió por medio una tal Unga-Golah, la superiora del harén de Ormond.

Unga-Golah quería entrar en el almacén a robar espejos y collares, y Joseph se opuso. Entonces Unga-Golah tendió al contador el anzuelo de una de las mujeres del jefe. Joseph se despidió de Pedro y se fue a una factoría vecina, propiedad de un español. Llevaba la intención de fundar una por su cuenta.

—Estoy cansado de que me manden —dijo a Pedro.

A éste le pasaba lo mismo.

Pedro disimuló su disgusto al principio y continuó la labor de Joseph. El mongo perdía fuerzas y dejaba todos los asuntos económicos en manos del contador. Le dio las llaves del almacén y un intérprete y algunas instrucciones.

—Haga usted las cosas bien y no me fastidie con números ni cuentas —dijo Ormond.

En la factoría había un gran movimiento comercial, además de los esclavos. Los barcos de cabotaje iban a buscar productos antillanos desde Sierra Leona. Las caravanas traían arroz y aceite de palma. El mongo tenía un ejército de empleados negros que hacían los trabajos de carga y descarga al mando de mayorales mulatos. Joseph dijo a Pedro que no confiase en el sueldo.

Ormond tenía un *bungalow* por palacio en una pequeña prominencia dominando la factoría. A un lado, en una plataforma más baja, estaban la administración y la habitación de Pedro. Al otro, el almacén, un gran barracón de tablas, y abajo, los barracones. Detrás del *bungalow* estaba el harén, un collar de veinte habitaciones de tablas en torno a un patio de tierra apisonada. Ormond se movía como un pato, salvo cuando tomaba drogas que le llevaban los negreros franceses o preparaban los medicineros negros. Entonces sus piernas parecían de gamo y recorría la factoría y se metía en el harén y daba carcajadas. Un maligno marinero mexicano, enrolado en un negrero español, había introducido la marihuana en Bangalang, y Ormond tenía ahora una plantación especial con espejos para gobernar el sol, a cargo de un indio. En la fecha en que Pedro entró en el Pongo el reino del mongo comenzaba a descomponerse. Ormond se acostaba ya sobre sus conquistas casi siempre borracho y sólo le defendía su prestigio anterior. Unga-Golah había pervertido el serrallo y las huríes negras, mulatas y cuarteronas le eran infieles. Ormond no lo sabía. Su pueblo comenzaba a ocultarle las cosas. Él mismo no iba al harén sino para ver bailar las mujeres borrachas en el patio, de noche, junto a la hoguera, desnudas, al son del tambor, y hacer gestos extraños. El mayor goce de Ormond, como el de Cha-Cha, era pervertir a las gentes, minarlas con algo, traicionarlas y después reír a carcajadas. Decía que odiaba igualmente a blancos y a negros. A los jefes fulahs les mandaba anónimamente coranes, acotados con palabras impías por una especie de bufón culto que tenía consigo. Los jefes fulahs le surtían el harén con las mejores hembras. Algunas eran niñas de doce a quince años. El intérprete de Pedro, un mulato hijo de un inglés como Ormond, contaba que Ormond había recibido dos princesas, mandado prostituirlas con sus esclavos y las había devuelto a sus padres por infieles. Ormond reía entonces. Los jefes fulahs le tenían miedo. Él mismo era nieto de un jefe fulah.

Mongo John había nacido en África, hijo de un factor y negrero inglés y la hija de un jefe del Pongo. El padre lo mandó a estudiar a Inglaterra y se murió al poco tiempo. Ormond entró en la marina de guerra y fue mayordomo y tuvo otros oficios. Los marineros ingleses miraban al mulato con odio, pero tenían miedo a su cuerpo y a sus puños. Ormond había estado castigado en las cofas la mitad del tiempo que había servido. Al salir de la armada se embarcó para el África y encontró a su madre viva, que lo reconoció como primogénito y convocó un consejo de familia. Éste reconoció a Ormond como heredero y estallaron guerras dinásticas. Pero Ormond llevaba consigo la estrategia inglesa y pronto se proclamó mongo del Pongo. A un tío lo compró con barriles de ron y luego lo envenenó. A otro familiar rival lo metió en el tronco de un baobad, emparedado, con agujeros para respirar y por donde salían sus lamentos por la noche, y allí lo dejó morir. Las tribus sometidas vieron el castigo, mandado por un brujo que vivía en el paraje de Matacá. Aquel jefe emparedado había hecho lo mismo con su padre y un hermano para usurparles el trono. Pedro no llegó a oír sus lamentos, pero por los agujeros asomaba de noche el fuego fatuo de los esqueletos. Todos los alrededores de Bangalang ardían de noche en la luz muerta y fría de los huesos de los muertos enterrados al pie de los árboles y desenterrados por las aves. Ormond, ya mongo, extendió sus dominios a ambas márgenes. Todos los jefes dieron en depender de su comercio de hombres y cosas, y Ormond era para ellos como un tubo de respirar. Todos los jefes sometidos a Ormond se habían vuelto borrachos y organizaban grandes cacerías por los senderos de la jungla, contra todos los infieles, para poder comprar ron y espejos y otras cosas lindas de Europa. Aquellos mahometanos hacían cruzadas contra los paganos y cobraban la obra a Dios en moneda de hombres, condenándolos a ser cristianos. Ormond, anglicano, se reía de aquellos contrapuntos.

Ormond intimó con Pedro. A él, que reía siempre con una risa sarcástica, le gustaba aquel joven serio, enigmático, con una cultura superior a cuantos había tratado. A veces le mandaba que hablara en latín y le preguntaba si sabía torear y tocar la guitarra. Pedro encogía los hombros y se daba la vuelta, y Ormond decía que su reino no era de aquel mundo.

Una noche lo llevó al harén. Todo alrededor del patio, frente a las puertas, había alfombras moras, de cuero y esparto, y en el centro una candelada. Este patio estaba techado con el cielo. Ormond había aguardado a que la luna estuviera llena encima a medianoche. Al atardecer, Unga-Golah había sacado a todas las mujeres al río, a un lugar selva adentro, a darse abluciones, y luego las ungió de aceite. Las había tenido a miel y leche durante tres días. Al acercarse la hora les dio cocos llenos de vino. Pedro dejaba que la superiora entrara en el almacén y robara cuanto quisiera. El intérprete aconsejaba a Pedro que la dejara hacer. Unga-

Golah era mala como enemiga. Pedro aprendía el susú y aguardaba la llegada de algún barco de Cuba para embarcarse.

Unga-Golah se adelantó entonces al medio del patio y dio un aullido y batió las palmas. De cada nicho salió una mujer desnuda y lustrosa, con los senos llenos y el cuerpo todo rolando como una ola de espuma negra. La hoguera y la luna se miraban en los cuerpos de aquellas veinte mujeres. Las mujeres desfilaron ante el mongo, y cada una ejecutó ante su señor una danza rara, sacudiendo el cuerpo. Esta danza la marcaban un bongó y una flauta indígenas, y era una cosa híbrida y acanallada. Había nacido en Sierra Leona. Al llevar los ingleses aquellas sesenta prostitutas de Londres para que se casaran con negros, las mujeres introdujeron entre ellos bailes de Europa y movimientos de su oficio, y estos elementos, mezclados con la música africana, se transformaron en una nueva danza, que fue evolucionando, y para la cual los músicos tenían que crear notas. Por este camino había llegado a los pies y a las ancas que bailaban para el mongo.

Cuando el tambor alzó la voz las mujeres comenzaron a girar en torno a la hoguera, volviéndose con movimientos rápidos y comenzando a batir las argollas de lata de los brazos y los tobillos. Un viejo andaluz empleado del mongo entró con una guitarra y comenzó a auscultarle el pulmón. El mongo se echaba en una hamaca y ante él había siempre una mulecona con una bandeja llena de bebida. Un mulecón castrado repartía ron a las danzantes, que seguían bailando sin oír las notas curras de la guitarra del viejo. El mismo Ormond, con los oídos templados al cuero de África, no las oía. Las notas del curro eran una brisa moruna cruzada con otra latina, y sólo Pedro podía sentirlas allí. Eran algo triste y perverso, creado por aquel viejo errante, que había sido marinero.

Ormond quería que Pedro bailase también, y reía. Al fin se iba quedando rendido. Al fondo del patio se levantaba una habitación mayor, donde Ormond recibía a sus mujeres. Sus dos favoritas lo llevaron allí en la hamaca. Las demás se retiraron a sus habitaciones. Las dos primeras favoritas eran una cuarterona y una octorona. Pedro salió medio atontado y tomó el camino de su choza. Abajo todo estaba en silencio, salvo por la resaca que mugía en el abra. La estación de las lluvias, con su monotonía interminable, estaba al final. Pronto las caravanas de Ali-Mami llegarían del interior y las velas negreras asomarían al horizonte y los cruceros les darían caza. Pedro había pasado unos días de fiebre. En su cuarto prendió una mariposa de aceite y se miró a uno de los espejos alemanes que los negreros cambiaban por negros. Estaba verde y la piel afeitada tenía surcos a cada lado de la boca. Al lado tenía una botella con vinagre y se desinfectó la boca. El tamtan seguía martillando en sus oídos. Se sentó en la hamaca y volvió a leer la carta de Rosa.

Ormond, en su decadencia, había confiado en Pedro, y Bangalang era tierra libre, regida por el viejo prestigio del mongo, de cuando era caudillo militar y luego capitán de industria. Las mujeres se plantaban a veces frente al mongo y le hacían acusaciones a gritos, celosas unas de otras. Al otro día de la danza que vio Pedro se presentaron dos negras ante el mongo, golpeándose los muslos y sangrando de rabia por los ojos como panteras heridas. Ormond les había hecho unos regalos de cuentas menos relucientes que las de las otras. Las negras amenazaban al mongo con entregarse a todos los demás hombres y miraban a Pedro. Ormond estaba ante su palacio, esperando a un capitán portugués que acababa de fondear, y no sabía qué hacer.

—¡Déles usted lo que piden! —mandó a Pedro.

Pedro llevó a las mujeres al almacén. Detrás del harén, en campo raso, había dos negros disputándose el amor de la mulata del harén de Ormond. Unga-Golah estaba ante ellos y arrojó al aire un cauri, para ver a cuál le tocaba pegar primero. Los dos hombres, desnudos a no ser por el taparrabos, tenían látigos en la mano. Unga-Golah batió las palmas y uno de ellos viró la espalda y aguantó veinte zurriagazos seguidos del otro. Éste viró entonces su espalda y aguantó otros veinte del primero. Hasta que cayó uno. El que quedó en pie fue proclamado héroe por Unga-Golah y merecedor de la mulata. Ormond no se enteraba.

El barco portugués venía de Cabo Verde a cargar provisiones y ocurrió un caso raro. Los portugueses habían traído un asno viejo y lo habían soltado secretamente de noche en Bangalang. Era una maldad de aquellos mulatos de idioma portugués, que sabían lo que pasaba con los asnos en África. A medianoche el animal comenzó a rebuznar y todas las mujeres de Bangalang se echaron fuera gritando y huyendo a la maleza. El rebuzno del asno tenía algo para las mujeres en África que nadie se explicaba. Algunas preñadas malparieron y a todas hubo que ir a buscarlas al otro día a la selva. Se habían subido a los árboles y miraban abajo como si hubiera manadas de leones. Ormond mandó a Pedro dar caza al asno y el animal fue a caer, abatido a tiros, frente al harén. Los portugueses habían partido.

Con la llegada de los mensajeros que anunciaba la proximidad de las caravanas, Pedro anunció al mongo que se iría en el primer barco que llegara de América. Ormond le dijo que si se iba antes de cumplir el año perdía su sueldo. Pedro calló y dio en pensar en cómo había de cobrar. Bangalang estaba guarnecida de espías. El intérprete de Pedro tenía en una choza de la maleza una docena de negros enfermos que había rechazado el mongo a medio curar. Les había dado una droga, untando su piel con jugo de limón y pólvora, y pensaba venderlos secretamente a algún negrero novato como robados y solicitó la ayuda de Pedro. Éste comenzó a trazar un plan. En el río estaba fondeado un lugre de cabotaje propiedad del mongo. Pedro se fue a ver a Joseph a una factoría próxima que éste estaba fundando y le pidió ayuda. Entre los tres reunieron unos cinco marineros mulatos por las factorías vecinas, y cuando todo estuvo preparado aguardaron a que el mongo estuviese ocupado con la visita real de un embajador de Ali-Mami, que venía al frente de una caravana. Entonces comenzaron a sacar fusiles y calicó, y pólvora, y los esclavos enfermizos, y cargaron el lugre de noche. Pedro metió en el barco una bandera inglesa y otra portuguesa y se hizo a la vela silenciosamente, con la brisa de tierra, pasando entre unos negreros portugueses que acababan de anclar. El intérprete y Joseph cobraron su parte en géneros del almacén de Ormond y los cinco tripulantes —brasileños todos— cobrarían cuando Pedro cobrara en alguna parte. Antes del alba los artilleros del mongo recibieron la noticia de que el lugre había desaparecido y de que la puerta del almacén estaba abierta, y dieron la alarma a cañonazos. Ormond estaba aún en juerga con los capitanes portugueses y el enviado real. Pero la vela había desaparecido, y nadie sabía su rumbo. Los espías se habían dado cuenta tarde. Habían visto a Pedro rondando el almacén, y al confiar en el contador se habían dormido. Varios días antes había adoptado Pedro aquella actitud, como asumiendo la responsabilidad, y dando cocos llenos de ron a los vigías. Éstos se iban a sus chozas a bailar tambor y a beber. El contador del mongo era allí un teniente a quien todos obedecían.

Con el lugre cargado y cinco tripulantes traidores a sus órdenes, Pedro se vio capitán por primera vez. Ninguno de los tripulantes conocía bastante el mar ni tenía antecedentes que les hicieran temer a aquel capitán joven y sin oficiales. La docena de criaturas negras en la cala era también un peligro. Podían unirse a los tripulantes si éstos se sublevaban o propagar alguna enfermedad. Pedro tenía que hacer allí de todos los oficios. Los tripulantes vieron recular la tierra y luego virar por avante, y no sabían con qué fin. Pedro se armó de látigo, cuchillo y pistola, y guardó las llaves del castillo de popa, donde almacenaba las armas. Tenía el propósito de navegar al sur hasta encontrar algún negrero al cual vender los negros y seguir luego a alguna factoría pasado Sierra Leona. Sabía que al sur de esta colonia, en algún lugar impreciso, había algunos factores españoles y portugueses. Joseph le había dado aquella referencia vaga. Joseph sabía que unos marineros de un barco náufrago se habían establecido allí y vendido negros a un barco danés, pero nada más. Aventurarse a América con aquella tripulación y sin bastantes víveres era imposible. A los mulatos les dijo que iban a un puerto fijo, donde tenía un amigo, e inventó un nombre geográfico. Por segundo escogió a uno de los más bragados y le prometió una buena comisión. A los demás les repartía aguardiente, y puso uno a guisar. Cada vez que veía a dos juntos tenía algo que mandar a uno de ellos. Aquel modo de mandar, decidido y rápido, desconcertó a los mulatos, que llevaban malos proyectos, y dieron en mirarse, y sus ojos parecían decir: parece que nos hemos equivocado de hombre. Matando al capitán y devolviendo el barco al mongo –le dirían que los había sacado engañados– tendrían buena recompensa. O, acaso, pensaban llevarlo ellos mismos a alguna factoría de la costa. Pedro comenzó a hacerles promesas gradualmente, dándoles buen trato, pero envolviéndose en el misterio y asomando siempre los colmillos de las balas y la lengua del cuchillo.

Pero luego todos los ojos se volvieron al exterior y el peligro de fuera hizo desaparecer el de dentro. A la altura de Sierra Leona descubrieron una vela que navegaba hacia el lugre y pronto largó el gallardete con la cruz de San Jorge. Pedro mandó cerrar las escotillas y metió su gente a las maniobras, pero no les dio armas. Sería inútil. Los esclavos quedaron sueltos en la cala y se oían sus gritos sordos. El viento soplaba de nordeste y favorecía al crucero. Pero el lugre era ligero como el viento y Pedro se desvió de la ruta a todo trapo, proa a occidente. Pedro abordó entonces, uno a uno, a sus hombres. Cada mulato solo, frente a él, tenía que sentir lo que en él había de capitán. Una terrible alegría de mando lo embargaba por primera vez. Repartió ron y prometió dos esclavos a cada uno. La promesa hizo camino al corazón de la gente.

El buque siguió abatiendo al oeste, deslizándose como un albatros hasta entrar en la noche. Luego cargó un poco las velas y viró al sureste con la luz de bitácora apagada. El cúter lo había acosado por el nordeste; a la puesta del sol le hizo una descarga, pero estaba demasiado lejos y perdía ventaja. El lugre huía bajo bandera portuguesa.

Al levantarse el día el cúter había desaparecido; pero el viento amainaba de tal modo que Pedro no tuvo duda de lo que iba a pasar. Se calló, sin embargo. Al calcular su posición se encontró a la altura de Cabo Palmas, a cien millas de la costa. Había que navegar de bolina y con poco viento. A aquella altura y a comienzos de la estación seca eran frecuentes las calmas. Éstas traían a veces chubascos como heraldos, y sobre el lugre comenzó a parir una nube gorda. Pedro hizo saltar la escotilla y descendió a la cala, de donde salían lamentos, látigo en mano. Pensaba sacar a los negros a cubierta a que los bañara el cielo, y se quedó frío. De los doce habían muerto tres, y dos más morían. Pedro corrió a la cabina a buscar un suero para inmunizarse, y calló. Distribuyó los mulatos, cuatro a los remos y uno al timón, y aguardó la noche. De noche se acercó a un negro sano con un tazón de aguardiente y un espejo y le habló en susú. Entonces llamó a popa a los cinco mulatos, en consejo. Al soltar los remos el lugre quedó parado. Luego se sintieron unos chapoteos, como el choque de cuerpos contra el agua. La gente creyó que eran tiburones.

Pero al día siguiente la viruela había tumbado dos negros más y el pánico cundió por el barco. El mal se desarrolló rápidamente. Pedro vació el suero que llevaba en los tripulantes. Esto los calmó un poco, pero daban vueltas en torno a él y miraban su pistola. Según se acercaban a la costa iban echando más negros al mar, y Pedro prometió a los tripulantes pagarles en géneros. Los doce negros habían desaparecido antes de ver tierra. Al principio, los mulatos abandonaban los remos y Pedro tenía que atacarlos uno a uno con los ojos y mostrarles la pistola y el cuchillo.

A vista de tierra el peligro era mayor. Pedro se había pasado tres días durmiendo a sorbos, de pie, andando, barajando los hombres. A veces se arrimaba a la borda, caía en un sueño y partía a dar órdenes, durmiendo con los ojos abiertos. El látigo había servido sólo de respeto –como madera de respeto–, y Pedro sabía que el peligro estaba en usarlo. La tierra la avistaron al anochecer y se pusieron a la capa. Era evidente que los mulatos intentarían algo contra él de noche. Pedro dio en barajarlos, pero inevitablemente se juntaban junto a la toldilla, junto al castillo, en todas partes. Pedro se quedó espiando al más audaz y fingió no darse cuenta de nada. Abrió la puerta del castillo y aguardó de espaldas, como embebido en el cielo, a que pasara por allí. Al pasar el mulato, Pedro se volvió como un gato y lo metió para dentro, y se metió él. Allí pasó algo callado. Pedro salió con calma y vio a los otros hurgando con los ojos en busca del cabecilla. Pedro dio en pasearse en silencio, con algo de fantasma en sí. La rapidez con que había desaparecido el cabecilla los desconcertó. El silencio del capitán, y aquel silencio en la noche, tenían un sentido siniestro. El balanceo del barco, tras la desaparición de los doce cautivos, acabó por meter en fuga todo el valor de los tripulantes. Al amanecer, dos canoas de krumen vinieron a recibirlos, y guiaron el lugre a la embocadura del río Sulima, al sur de Sierra Leona.

–¿Vienen consignados al señor Burón? –preguntaron los krumen.

–Sí –dijo Pedro.

Pedro no sabía quién era el señor Burón.

–¿Qué hay, compañeros? –dijo a los mulatos–; ¿vamos a refrescar a casa de mi amigo Burón?

En el estuario de este río habían comenzado a formarse unas factorías pobres, sostenidas por unos náufragos, la mayoría españoles, que pagaban tributos a los reyes negros y les compraban algunos esclavos. Burón era un capitán negrero que había naufragado en la costa. En toda la costa de África se encontraban entonces aventureros tímidos o escrupulosos que morían de fiebre con la idea de llegar a ser ricos y no llegaban nunca. Burón y otros factores de aquel lugar hacían un comercio honrado como intermediarios entre los reyes y los negreros. En la costa tenían telégrafos de humo y algunos barcos fondeaban allí para completar su carga. Además, comerciaban en productos vegetales con Freetown. En el río había una balandra que salía al día siguiente para aquella ciudad. Pedro pagó a los cuatro mulatos restantes en libras facilitadas por Burón a cambio de mercancías y los puso a bordo de la balandra.

—Desde allí podréis volver al Pongo y saludar al mongo de mi parte —les dijo.

Aquel blanco tenía el demonio en sí. Aquel viaje había sido como una pesadilla.

—¡Adiós! —se despidió Pedro.

Burón no tenía negros por el momento. Llevó a Pedro a su casa y metió la mercancía en el almacén. La casa era una choza, a cien metros del agua, ante dos barracones vacíos. Burón fumaba un habano y una negra les servía vino en la terraza. De trecho en trecho se levantaba una factoría similar, de aventureros timoratos, acosados por las tribus de la selva, que languidecían protegidos por algún jefe próximo, que vivía de su comercio. Burón tenía un socio portugués. Cada uno tenía su choza y su mujer negra. En torno habían comenzado a sembrar boniatos, ñames y otros frutos menores. Pero el negocio no les daba mucho. Había que someter a las tribus, y aquello, dijo Burón, sólo podía hacerse con mucho dinero y mucha gente. Los gallinas, mendes, goras y otras tribus eran poderosos mandingos y estaban enconados contra los blancos. Pedro escuchaba a Burón y esperaba la noche. Al caer ésta, montó en una lancha, fue al barco y regresó a dormir en un local que Burón le hizo en su choza. A las pocas horas, los krumen dieron la alarma de que el lugre ardía. Pedro asomó a la terraza y vio la llama que comunicaba al cielo lo que sólo el cielo podía saber.

—Me pasma tu serenidad —le dijo Burón.
—¿Dónde buscaremos el incendiario? —dijo Pedro.

A los pocos días apareció por allí un crucero en busca del lugre, pero pronto levó anclas. Pedro le mandó una canoa preguntando si podía servirle en algo.

—Yo creo que vamos a levantar esto —dijo a Burón.

Luego se metió a explorar. Lo primero que hizo fue entrevistarse con una tribu gallina, al sur del Sulima, instando al jefe a emprender cacerías. Fue a él con regalos y le pintó cielos para los negros en América. Usted ganará y los esclavos también.

Este rey había logrado formar un ejército para defensa del territorio robado a las tribus vecinas y Pedro comenzó por querer conquistarlo a él. Pero las tribus vecinas también eran fuertes y difíciles de cazar. El rey se quedó con los regalos y dio la palabra de surtir de esclavos los barracones de Burón. Aquello tardaba, con todo.

Burón tenía una balandra comprada en Freetown y Pedro exploró la costa en ella, deteniéndose en la embocadura del río Gallinas. Este lugar, donde había ya alguna factoría pobre, le impresionó a primera vista. Era un lugar desolado y laberíntico. La trata, pensó, sería cada día más perseguida y los persecutores fijarían sus bases de operaciones en lugares estratégicos y propios para el cultivo y el fomento de poblaciones. En el estuario de Gallinas nada de eso era posible. Era una boca ancha, sembrada de cayos, formados por sedimentos de aluvión venidos de la selva. Luego comenzaba a ambos lados la selva salvaje, donde se emboscaban unos negros fieros como panteras, que habían olvidado sus luchas interiores para unirse contra los blancos intrusos. Aquellos negros picados eran la puerta oscura en la cabeza de Pedro. Varias veces visitó los cayos y habló con unos pequeños factores sin factoría, españoles, franceses y portugueses. A veces cambiaban mercancías a los naturales por pieles, aceite y marfil y a veces por esclavos hechos por delito. Todos los negros que salían de la región eran delincuentes. Unos eran fratricidas, otros ladrones, otros brujos. Todos eran negros fieros, peleadores y no se emborrachaban. Pero no tenían ninguna organización en grande.

—Mal lugar es éste —dijo Burón, que acompañaba a Pedro.

Éste no hacía más que revolotear en torno a aquellos cayos. Sólo embarcaciones de poco calado podían adentrarse entre ellos, y en la tierra en derredor se levantaban algunas tetas, desde donde escudriñar el horizonte. A cada lado de la embocadura del río había ya como un fuerte natural. Los cayos eran como celdas en una fortaleza.

Pero al barracón de Burón no habían acudido sino dos docenas de esclavos, y Pedro miraba ya por un barco español o portugués en que embarcarse. Así, en frío, no se le ocurría hacer nada en tierra.

—¡Hay que seguir en el agua! —dijo a Burón.

Las mercancías se habían vendido y gastado en parte. En parte seguían en el almacén. Pedro mandó entonces una canoa a Nueva Sestros, unas millas al sur, donde se encontró un negrero español, y le vendió las dos docenas de negros. Luego se enroló en el mismo barco como maestro de jarcia. En manos de Burón dejó dos mil espejos, mil fusiles y un barril de pólvora. Además, el encargo de que se mudara para Gallinas. El lugar le obsesionaba y dijo a Burón que pensaba volver pronto por allí.

El *Veloz* iba mandado por un mallorquín llamado Planas y había cargado en varios lugares. En el Congo lo había perseguido un cúter, echándolo hacia el norte. Los cruceros partían a veces de Cape Colony y acorralaban a los negreros hacia Sierra Leona, donde había otros negreros al acecho. El capitán del *Veloz* había sido negrero antes y después de la abolición y decía que la trata comenzaba entonces. La gente que lo rodeaba pensaba como él. Él la había reclutado y enseñado a piratear cuando se terciaba. Una vez se había batido con dos cruceros en unión de dos corsarios yanquis. El *Veloz* había sido fabricado en Baltimore y era muy velero. Al principio, Planas miró a Pedro con frío en los ojos.

—Usted parece hombre de tierra —le dijo.

Lo decía con desdén. Aquel ensimismamiento y frialdad que vestían a Pedro lo desfavorecían a los ojos del pirata.

—¿Qué haría usted si mandara este barco y viera venir una flotilla de cruceros por avante? —dijo el capitán.

—Lo entregaría —contestó Pedro.

El *Veloz* seguía navegando hacia el norte y a los cinco días la flotilla se presentó a los vigías. Eran tres, formados en ángulo, y avanzaban francamente contra el *Veloz*. El capitán mandó cargar los cañones y repartir los fusiles. Debajo, los negros comenzaban a bramar y los guardianes batían látigos. Luego se cerraron las escotillas y todo el mundo se dispuso a resistir. El capitán repartió ron y fue de hombre en hombre a intimarles sus órdenes. Pedro aguardó a que llegara a él, y se irguió contra aquel suicidio, dijo, de resistir. Al ponerse el sol los cruceros estaban aún a cuatro millas y se habían desplegado en tres direcciones para impedir la fuga del negrero.

—Todavía podemos salvar el barco —dijo Pedro. Luego fue alzando la voz, tajando con ella la locura del capitán. La tripulación, encendida por el alcohol, gritaba y pateaba. Sólo el capitán podía calmarla—. Destruyamos la prueba; son tres: es vano resistir.

El capitán cogió estas palabras y dio en pasear por el puente con ellas dentro de sí. Pedro lo seguía, pertinaz, con un nuevo valor que desconcertaba al capitán, armado y resuelto, pero frío. Con los últimos lampos de luz se vieron girar los cañones del crucero más próximo y llegó una voz demandando que se rindieran. El capitán contestó con la bocina diciendo que no eran negreros y que no se rendirían sino a nado. Lo dijo en mallorquín. Los ingleses no entendían y volvieron a comunicar.

—¡Piratas! —dijeron.

Los cuatro barcos se mantuvieron a la capa, con las luces apagadas, viéndose a la luna. *Veloz* no podía huir sin batirse, y la gente ardía en deseos de pelear.

—Con gente así se puede hacer lo que se quiera —dijo el capitán.

Éste había reunido a los oficiales en consejo, y Pedro se abrió paso a la brava hacia ellos. Los negros bramaban abajo. Los marineros pateaban sobre las escotillas. Eran marineros de distintas naciones, quemados de ron por dentro y con ganas de pelear, sobre setecientos negros hechos una sola brasa en el vientre del buque.

—¡Es una locura! —decía Pedro.

Sus palabras caían como latigazos fríos sobre los oficiales e iban cobrando ascendencia. Destruida la prueba, la presa no sería buena y el barco estaría salvado. El capitán saltó de pie y miró a las escotillas y auscultó el pulmón del *Veloz*. Este barco hacía el primer viaje y tenía la misma construcción y armamento que los corsarios yanquis. El capitán vio que al primer cañonazo los negros romperían el puente y manarían sobre él como lava. Los oficiales apoyaban a Pedro. Éste avanzó a la cabeza de ellos hacia el capitán y éste vaciló. El capitán podía disponer de la marinería y oponerse; pero en Pedro había ya un principio de rebelión. No era así.

—Si hay que pelear, entonces pelearé; pero no es necesario —dijo.

Aquel arranque de prudencia llevaba dentro una brasa cruel que dio miedo al mismo pirata.

—¡Sea! —gritó el capitán.

Planas seleccionó unos cuantos marineros y les dio cabos y cadenas. Bajar al entrepuente con aquel mar negro y desesperado debajo era tanto como hacer frente a los cruceros.

—El primer blanco que baje bajará al infierno —dijo el contramaestre.

Los marineros se quedaron a raya y el capitán miró a Pedro. Abajo se había formado un ejército con su jefe. Pedro metió un tubo por la escotilla y habló con los negros, empleando palabras en inglés y portugués, que algunos entendían. Les dijo que arriba había habido una guerra con unos piratas que querían comerlos, y que los habían vencido, y que ahora todos serían libres. Los gritos se calmaron un poco. El contramaestre proponía abrir la escotilla y bajarles cubos de agua con ron; pero aquello provocaría lucha entre ellos. Doce marineros con doce gatos de nueve colas rodearon entonces la escotilla. Pedro dijo a los negros que les iban a abrir, pero que no se precipitaran, porque allí había aún enemigos. Los demás marineros se aprestaron con cabos, esposas y cadenas. Al abrirse la escotilla los bramidos llegaron a los cruceros ingleses, que comenzaron a maniobrar.

—¡Manos a la obra!

Los negros dieron en manar a borbotones. Ya arriba, los marineros los enlazaban y los iban arrimando a la borda. La gritería y la peste se extendían a varias millas. Los domadores recorrían la ringlera con los gatos, y detrás de ellos iban dos marineros con un balde de agua y ron, calmando a los desesperados. Algunos sangraban, otros apenas podían tenerse. Los cruceros maniobraban rápidamente al abordaje. El capitán mandó pasar la cadena por debajo del manguito del escobén, tendiéndola en derredor del buque, fuera de la cinta. Los negros fueron ligados a la cadena por medio de cabos. Algunos marineros bajaban al entrepuente y salían hacia atrás arrastrando cuerpos muertos, como mastines que los sacaran de la manigua. Muchos de aquellos muertos habían sido asesinados por los demás. Las mujeres llevaban alfileres escondidos en el pelo y los habían clavado en las sienes de algunos. Otros habían arrancado tablas con los dientes y las uñas y habían matado con ellas. Había como cuarenta muertos. Ahora había arreciado un tanto el viento y la mar abría bocas y bembas de agua para recibir a los muertos. El capitán se puso en la punta de los pies y mandó bajar el ancla. Los ingleses la oyeron bajar. Oyeron el grito común de los negros amarrados a la cadena, el choque con el agua hirviente, el gorgoteo de las olas que trepaban por la borda. Luego unos espumarajos sangrientos y una selva de cabezas que se hundía y asomaba a la luz del amanecer. En el mayor del *Veloz* ondeaba la bandera blanca y los marineros bebían echados sobre la jarcia.

El caso se había repetido otras veces y los ingleses no necesitaban visitar el buque para saber lo que había pasado. Los cruceros maniobraron a juntarse para tomar acuerdo y el *Veloz* esperó. El capitán cogió la bocina y los invitó a subir; pero en sus maniobras vio algo sospechoso.

—¡Todo ha sido inútil! —dijo el capitán.

Pedro miró espantado a los puntos del horizonte, como en busca de algo imposible. Los oficiales se habían reunido en torno al capitán y la marinería formaba motas sobre el puente. Pedro se quedó solo, sitiado por las miradas de todos. Los ingleses se disponían a hundir el *Veloz* sin visitarlo —puesto que sabían que ya no hallarían la prueba, ya que era preciso hallar negros a bordo— y todo había sido en vano. Durante las maniobras los cruceros habían dejado una puerta franca hacia el sur y el viento roló al noroeste. Sólo la velocidad, si algo, podía salvar al negrero. Pedro saltó en medio del grupo que rodeaba al capitán y éste aprobó su decisión. Era ya tarde, sin embargo. El *Veloz* metió todo trapo al viento, pero los cruceros lo siguieron de cerca. Las balas comenzaron a silbar. El mastelero de mesana se vino abajo. Los cañones del *Veloz* contestaron, sin efecto, en la fuga. Entonces fue lo de los corsarios yanquis y el holandés.

Estos barcos veloces, armados de grandes colisas y brava marinería, se reunían a veces en flotilla en los centros de trata —el Calabar, Gran Popo, Ajuda, el Congo...— para defenderse cuando olfateaban muchos cruceros por la costa. Como a la hora de comenzar la caza del *Veloz* vieron asomar tres velas en andana por el sur; Pedro dio un hurra. El *Veloz* pareció responder al grito, que resonó la marinería y los oficiales a impulso de una racha, pero detrás de la racha venía un viento manso y caliente. El *Veloz* perdió velocidad y los cruceros estaban sobre él. En el mayor largaron un gallardete de contraseña para los otros negreros, y éstos maniobraron —se veía— en su auxilio. Sólo que ya tarde. Las descargas de los cruceros troncharon el mayor, que aplastó a varios marineros. Luego cayó el trinquete, y el barco, con varios boquetes, quedó sin gobierno. Pedro y el piloto seguían empeñados en gobernarlo por medio de una vela y un mastelero colocado a proa. El capitán dirigía el contraataque. Todo inútil. El barco quedó a merced de los cruceros y todo el mundo se había rendido. El capitán seguía gritando órdenes de defensa. Sabía que los ingleses, con tripulaciones negras enardecidas por el alcohol y la filantropía de las bolsas de libras colgantes de las vergas como premio, no perdonarían vida. El *Veloz* estaba ya más debajo que sobre el agua. La bodega estaba anegada. Las descargas por tres bandas arreciaban a medida que los cruceros se aproximaban. El capitán mandó los botes, y los marineros se agolparon a ellos cuchillo en mano. Algunos cayeron con la hoja en el cuerpo. Los oficiales los siguieron. Los ingleses habían cargado las velas y trataban de rematar el casco antes de que llegaran los corsarios. Los botes se dirigieron hacia éstos. Al frente venían los dos yanquis y detrás un holandés, todos cargados de negros. Una descarga cerrada de los cruceros mandó al *Veloz* como una bola entre espumarajos. Allá iban Pedro, el capitán y algunos oficiales. Pedro reapareció lejos, sobre el agua, cuando ya los yanquis habían pasado hacia el norte, siguiendo a los cruceros, que trataban de huir, sin duda, por falta de balas. El holandés avanzaba rápidamente, y al pasar gritó el contramaestre:

—¡Voluntarios para salvamento!

Habían visto a Pedro rompiendo el agua, gritando: «¡A mí, a mí!», y le tiraron un cabo. El barco viró por avante y vino a situarse a corta distancia. Los cruceros se veían mondos sobre el horizonte, al este, y al norte los corsarios. El sol había iluminado un escenario limpio.

–El agua todo lo borra –dijo el capitán, el del negrero holandés.

El otro, el del *Veloz,* se había borrado también. Pedro estaba en cubierta, medio desnudo, sofocado, echado en la obra muerta, rodeado de marineros.

En el negrero holandés, Pedro se hizo pasar por capitán del *Veloz* y ocultó todo lo demás. Sin duda estaba atrasado en la lucha con los cruceros. Aquel método había sido bueno al principio, pero ya no lo era. El holandés se llamaba *Dirk I* y llevaba seiscientos cautivos bajo el puente, procedentes de Elmina, rumbo a la Guayana. La oficialidad era también holandesa, y fumaba en pipas de a metro, y tomaba café y ron. Los negros subían a cubierta dos veces al día, iban bien nutridos y eran muy vigorosos. Todos los días el médico examinaba el rancho, el agua y el pulso de los negros. Entre la marinería iba un inglés sordo, que lo tomaba todo con una sonrisa amarga y trabajaba por señas. El sordo leía en los ojos de Pedro la admiración de cómo los holandeses cuidaban y alimentaban a los negros.

–No crea usted nada; todo eso es falso. ¡Ya verá usted, ya verá usted! –decía el sordo.

Era ya viejo. El capitán era un gigante y llevaba un sombrero como un paraguas, y una levita larga y el pecho al aire, y un chaleco bordado. Caminaba con las piernas muy abiertas, una mano en el bolsillo del calzón, dando bordadas con el cuerpo. Todos los marineros temblaban al verlo. Pedro vio que el capitán trataba peor a la marinería blanca que a los negros. El sordo decía que Jarl solía colgar de las vergas a sus marineros y Pedro vio andar el gato de nueve colas sobre las espaldas blancas. Parece que en los barcos holandeses las sublevaciones lo eran casi siempre de la marinería. El sordo decía que si hubiera quien los comprara a ellos, a los blancos, Jarl los hubiera vendido también.

—¡No grupos! —gritó Jarl.

Pedro pasó a ayudante del cocinero de la negrada y tenía que trabajar dieciocho horas en dos turnos.

—En malas manos has caído —le dijo el cocinero, un portugués—. ¡Listo o te hago leña!

Los holandeses hacían lo mismo con el portugués.

Jarl, dijo el sordo, solía llevar marineros enemigos entre sí, divididos por grupos, para evitar motines. Todos los gavieros eran de una nacionalidad y todos los guardianes de otra, por ejemplo. Jarl se quedaba con una mayoría holandesa y mandaba dar tralla. En las factorías iba en persona a escoger los negros con el médico, y portaba siempre hércules, que le costaban lo mismo que los enclenques. Los negros de Jarl se vendían a los precios más altos, y él mantenía grandes relaciones con las autoridades en África y en América.

Los yanquis se habían perdido de vista. Al avistar la costa de la Guayana el capitán preguntó a Pedro:

—¿Qué piensa usted hacer al desembarcar?

El *Dirk I* necesitaría gente para un segundo viaje, pero Pedro esperaba la salida de algún barco para las Antillas. Desde Paramaribo partían mercantes con frecuencia, y otros marineros llevaban el mismo propósito. Estos marineros rara vez hacían dos viajes en el mismo barco. Eran perpetuos emigrantes en busca de oro, que no encontraban nunca, y encontraban la muerte en cualquier parte. Al retirarse Napoleón sus hijos se habían dispersado por la tierra y no encontraban la paz en la tierra ni en el mar. Entre la marinería del *Dirk I* descubrió Pedro un joven seco, alto, de ojos muy vivos, que le habló en un castellano plácido. Era un español. Llevaba mucho tiempo de marinero y había pasado temporadas en África. Martínez había enganchado en el holandés con el propósito de pasar a Cuba. Los dos se hicieron amigos antes de tocar tierra, y cuando el barco hubo fondeado frente a Paramaribo, salieron juntos ciudad adentro. El sordo los acompañó unos días por la ciudad, todavía, dijo el sordo, con las cenizas frescas sembradas por los franceses, y dio en hablar consigo mismo. Los tres fueron a una posada del puerto para marineros. La ciudad era una quinta de recreo, solamente manchada por las cargazones de negros que pasaban Surinam arriba a las plantaciones, de noche —por el día los veía la ley—; la ley dormía allí de noche.

—La ley duerme aquí día y noche —dijo el sordo.

Este inglés había trabajado en una plantación a orillas del Nickerie y contaba lo que había visto. Martínez sonreía.

—Cuenta lo que ha leído —decía éste.

Lippman llevaba un libro en su cofre de la ropa y lo leía a solas. Su sordera lo hacía solitario y receloso. Los tres fueron a sentar plaza en una balandra que partía dentro de tres días rumbo a Cuba. Pedro vestía un traje que le había dado Martínez. Jarl y su gente se dispersaron. Algunos pasaron al interior a trabajar en la manigua o a chapear cimarrones. En la posada, los tres se quedaron de noche en un chiquero, con camadas de sacos y luz de aceite. A aquella luz se quedaron en silencio, mirándose a los rostros de fósforo.

—*Well* —comenzó Lippman—, *I think you, fellows*. —Martínez no sabía inglés. Lippman comenzó a hablar con pausas. Pedro traducía—. Aquello fue antes de que yo me echara a nadar, y no pudiera salir más nunca del agua, y el agua lo sorbe a uno, y es como si las olas fueran muros para nosotros los marineros. Y antes de que nos envolviera aquella borrasca, y el rayo me apagara el oído... Bien: no hablaré de eso. Mi cuento se refiere a la colonia del Nickerie. Yo caí allí y no sé todavía cómo. Había venido a Jamaica, y luego estuve en Virginia, *old Virginy*, y al fin caí allí, en la plantación de un holandés, y fue la experiencia más grande de mi vida. Yo no trabajaba realmente en la plantación, sino en el cafetal de un judío, a pocos kilómetros. Yo entraba en la colonia, a ver, los domingos. En el cafetal yo era mayoral.

El judío era un amigo de mi padre, que también lo tragó el mar, como nos tragará a todos algún día. Córdova se apellidaba el judío, y muchos de los judíos que yo he conocido en Surinam llevaban nombres españoles, y muchos eran corredores de esclavos, y armadores ellos mismos. Tan crueles como los holandeses. Yo creo, *fellows*, que las tierras hacen a los hombres, y ésta es una tierra de cangrejos y mangles y mosquitos y altezas como aquel holandés de la colonia. ¡Alteza! O algo así. *Edele Achtbaar Heer*, le decía el mayoral. Noble, respetable señor. Para mí que este hombre había sido vendedor de pescado o algo así en su tierra. Aquí se hizo noble él mismo, con la cruz blanca de su cuerpo contra el fondo negro de la negrada, y sus tráillas de servidores, y harenes de octoronas que los ingleses le mandaban de las islas de Sotavento. Muchos ingleses vivían allí de eso. En aquellas islas tenían criaderos de aquellas criaturas bellas para los harenes holandeses. Tenían granjas de hombres de simiente escogidos, de ojos azules y cuerpos como palmas, y los cruzaban con mulatas, también escogidas, y salían aquellas sirenas. Yo creo, *fellows*, que los ingleses son gentes cínicas y que a veces hacen cosas extrañas. Yo los odio, pero es así. Estos monarcas holandeses venían aquí, y el Gobierno los protegía, y les daba tierras, sobre todo a los judíos, y luego se hacían seres extraños, enfermos y crueles, como aquel que yo conocí. Entonces había en la Guayana muchas holandesas, y algunas enviudaban hasta seis y aun siete veces. Mujeres lobas. Resistían más que los hombres y vivían muchos años. Algunas heredaban a muchos maridos y se quedaban con espesas servidumbres de negros escogidos. Harenes de hombres disfrazados. Yo supe que la ley castigaba duramente a las mujeres infieles con blancos, pero que se hacía la vista gorda cuando el ama fornicaba con sus esclavos. Así pasaba aquello. Los hombres, pasmados por el clima, buscaban el zumo de las mulatas, y las blancas enloquecían de celos. Así, el ama de aquella colonia. Era una mujer alta, de ojos verdes y senos erguidos, como cocos. Por las mañanas asomaba al portal de su casa y miraba al señor recostado en su hamaca, en la plaza, con su sombrero de castor y pipa larga, tomando café y ron, que le servía una muleca cuarterona. La señora recorría la colonia montada en un caballo blanco, espiando en los ojos de las esclavas el amor de su hombre. Yo creo que a veces veía lo que no había. La señora tenía una servidumbre de esclavas completamente desnudas, y todos los días palpaba sus barrigas, recelando algún crío de ellas. La preñez, decía, las hubiera deformado, y estando desnudas se les vería enseguida el síntoma. Yo he visto flotando en el río a una de sus cuarteronas, boca abajo, con un crío muerto en sí, y las manos atadas a la espalda. La señora mataba a sus esclavas a vista de las demás, porque los esclavos no podían ser oídos por los tribunales. A veces las mataba a latigazos, por el pecho y el vientre, hasta que se les veían las tripas. Mujer infernal aquella. Hacía aquello por celos y por faltas menores. Cuando montaba en el caballo revistaba las esclavas del campo y a veces le entraba la rabia de ver una bella. Con mis ojos la he visto calentar un hierro, en la plaza, y quemar a una en las mejillas y las tetas, por celos, y cortarle el tendón de Aquiles, y aun otras cosas. Jamás he visto alma más salvaje, ni aun en Haití, ni en las Carolinas. Unos hombres blancos de otra colonia la vieron una vez matar a una esclava y la denunciaron, y el gobernador la multó con cincuenta libras. El señor la dejaba y parecía no verla, ni ver nada en el mundo, al no ser su vanidad, de esqueleto pasmado, que apestaba a azufre. En la mañana salía a un pozo que había en un tinglado, en la plaza, rodeado de doce esclavas que vertían agua en sus manos y le refrescaban la cara con un paño mojado. A esto llamaba él tomar el baño. Luego venía el mayoral, aquel hombre condenado, todavía peor que el amo, con las cuentas, y detrás el contramayoral con los esclavos que había que castigar. El amo daba sus órdenes y se iba a pasear al río, en su barca, con un cuerpo de remeros lustrosos y desnudos, como las doncellas de la señora. No que a él le diera pena ver azotar a los negros: era que ya no le interesaba. Él iba a la manigua a ver un raso donde colgaban algunos negros, con un gancho clavado debajo de las costillas, o los descuartizamientos sobre una cruz acostada y con piernas, o un negro atado por los pies y el cuello a las sillas de dos caballos que partían en dirección opuesta, espoleados por los jinetes. ¡Todo eso lo he visto yo con estos ojos de tierra, y aun más! ¿Comprenden por qué decía que era mentira lo del barco? Sí, sí: estas gentes alimentan bien a sus esclavos, los revientan a trabajo de jóvenes y luego, cuando van para viejos, los matan o los queman, accidentalmente. Luego los amarran a un árbol en la manigua y los dejan allí a que los coman las hormigas. ¿No lo creen? Mi vista no miente. Aquel monarca del Nickerie echado en la hamaca, perfumado y abanicado por cuarteronas mientras tomaba la siesta (creo que la siesta la transmitieron los españoles a los holandeses), murió por eso. Yo vi al que lo mató. Era un negro que habían azotado varias veces en la plaza. A cada latigazo pedía perdón, diciendo: *Dankee, masera, dankee, masera*, gracias, mi amo; gracias, mi amo. Los esclavos solían huir a la manigua a juntarse con los demás cimarrones, que formaban tribus con los amerindios y algunos culíes chinos, o se suicidaban en los tachos de azúcar, el azúcar los comería de todos modos, y antes se vengaban de los amos, algunos. La señora había matado a la mujer de un koromanti y éste se vengó matando al señor, atándolo a un árbol, desollándolo a latigazos y dejándolo luego en carne viva a las hormigas. Éstas apenas encontraron carne en él y se metieron por entre los huesos a buscarla. Y por eso, *fellows*, yo huí de allí, y aquí estoy, y el mar será el mar, pero es nuestra tierra. Moriremos en él y nos matarán las balas de los ingleses, o las galernas de Dios, o los cuchillos de otros piratas, y nos encerrarán tal vez en un ataúd de plomo y nos tirarán a las olas, y las olas, *fellows*, sean lo que sean, no son hormigas.

Así habló el sordo Lippman.

Pedro y Martínez escucharon en silencio. La voz del sordo se apagaba en las paredes y luego todo quedó hueco. En aquel hueco metió Martínez una carcajada. Martínez había deslizado la mano y sacado el libro que Lippman tenía debajo de la cabecera. Él no sabía leerlo, pero sabía que todo lo que decía el sordo lo había sacado del libro. Eran las memorias del capitán Stedman.

La *Carla* era una honrada balandra de La Habana, mandada por un mulato liberto. Antes de tocar en la capital hizo escala en Santiago. Luego dio la vuelta a la punta de Maisí y demoró unos días en Matanzas. Pedro y Martínez se habían enrolado en ella por el pasaje. Pedro se quedó en Matanzas y mandó a Martínez a La Habana a hablar con Carlo y otros armadores. En este viaje de vuelta habían nacido en él nuevos proyectos. Pedro dio instrucciones a Martínez. Éste dio a Pedro unos cuantos duros. El sordo, después de haber sentado plaza en la *Carla,* se arrepintió y se quedó con Jarl. Se despidió de los otros diciendo que no los vería más.

—*I'm an old man* —dijo.

Marchena encontró a Pedro aguardando en la sala, entre Magda y la madre. Pedro partió de sí como de una potencia, diciendo que tenía una factoría en África. Marchena había ganado en influencia. Era amigo del capitán de partido y del teniente gobernador. Pedro habló de introducir cargazones por la costa, y le entregó al teniente un código de instrucciones. Marchena lo acompañó hasta el camino real y le prestó un caballo para llegar a La Habana. Magda lo envolvió en el limo de sus ojos. El joven pirata debió de ser para la joven neurótica un caballero de las novelas. En él había mucho más de militar que en su hermano.

Los armadores de La Habana habían recibido cartas de varios factores en África, en las que se hablaba de Pedro. Martínez se había presentado encomiándolo, como cosa suya. Dijo que era el más experto y valeroso traficante, que conocía bien la costa y hablaba idiomas indígenas. No hablaron para nada del desastre del *Veloz*. Comenzaban a escasear los capitanes a quienes pudieran confiarse expediciones. Algunos eran buenos bandidos y malos traficantes; otros, lo contrario. Las tripulaciones se sublevaban a las veinticuatro horas de navegación, robaban el dinero y hundían los barcos en algún cayo. Allí se hacían filibusteros.

Un buen capitán negrero de la época tenía que ser jefe de bandidos por conquista, honrado para con los armadores, traficante experto en África y marino muy hábil. Esto no se encontraba reunido casi nunca en un hombre y los armadores lo vieron en Pedro.

Martínez, con instrucciones de Pedro, había rodado por La Habana averiguando cosas, sentándose en los cafés, arrimándose a los mostradores de las bodegas y tomando en compañía de los tenedores de libros de los almacenes de víveres de las calles Oficios, Mercaderes y San Ignacio. Éstos tenían secretos y el ron abría puertas. Los armadores de La Habana eran comerciantes honorables, que, además, secretamente, se metían en aquel juego. Martínez fue recogiendo los modos de operar de aquellas gentes. Un tenedor de libros de la calle Mercaderes le hizo un cuento lejano, como que se lo habían hecho a él unos armadores. Esta sociedad había vendido acciones por ciento cincuenta mil pesos para una expedición que sólo costaba veinticinco mil. Cuando el barco negrero asomó a la vista de Cabañas, los vigías del armador no le hicieron señal, dejándolo llegar a la costa para que lo apresaran los cruceros ingleses. Otras veces los armadores daban por naufragadas a sus accionistas expediciones que no habían salido. Otras vendían los negros y no rendían cuentas a los accionistas.

El señor Carlo era el primer accionista de una expedición que estaba ultimando en un barco nuevo: diez cañones, muchas balas y onzas de oro para la trata. El barco saldría con destino a Puerto Rico y volvería con negros como procedente de aquella isla. Carlo tenía negocios con las autoridades de Puerto Rico, que expedían papeles falsos a los negreros que regresaban de África. La *Tomasa* podía cargar ochocientos negros. Carlo dio el mando a Pedro y éste largó el pabellón blanco en demanda de tripulación, puso a Martínez de segundo y se hizo a la vela con una marinería de bandidos, mulatos, portugueses y españoles, escogidos entre los más bravos. Muchos de aquéllos rodaban por el puerto con nota de sublevados y criminales, y los armadores ponían sobre aviso a los capitanes. Pedro juntó a todos los mal afamados.

—Es un peligro, usted no va a poder con ellos —le dijo Carlo.

Pedro sabía que éste había vendido acciones por más del doble de lo que costaba la expedición, y se calló. El italiano lo llevó luego a su casa y le habló en secreto, sin hablarle claro.

—Yo lo estimo a usted; yo quiero que usted obtenga lo que se merece; la trata es un juego que usted, tan buen jugador, sabrá explotar. Pero yo quiero jugar limpio con usted. Si la expedición llega completa a salvamento observe usted mis instrucciones: acérquese a la costa de Cabañas y allí se le hará la señal de recalada. Pero si no, si no trae usted el barco bien cargado de buenas piezas, disponga de la armazón por su cuenta. Usted sabrá hacerlo. La consigna de los armadores era dejarlo acercar a la costa y denunciarlo a las autoridades. Yo no quiero hacer eso. Nosotros hemos cobrado ya las ganancias. ¿Entendido? Conque... ¡al avío! —dijo Carlo.

La *Tomasa* salió fuera con los accionistas a bordo y allí se festejó y se bebió al buen éxito de la expedición. Carlo brindó por el gran capitán Pedro Blanco.

—Lo que no lograra él —dijo— no lo lograría nadie. Y el contramaestre Martínez.

La marinería flotaba por allí, mirando de reojo a aquel

capitán joven, de quien no sabían sino algunas leyendas. El piloto era de Cádiz. Pedro le clavó unas cuantas palabras como cuchillos, y lo mismo a los demás. Al anochecer, los accionistas regresaron en lancha y la *Tomasa* largó trapo a África. Ni aun Martínez conocía los propósitos de Pedro.

Éste dio en revisar la marinería y en dar órdenes directas a cada uno, como tanteando sus murallas. Su táctica tenía que empezar por imponer a cada uno su grado, por mostrarle con palabras y actitudes su autoridad. El peligro estaba al día de navegación, y Pedro, que había colgado el barrilete con las onzas en su cámara a la vista de los marineros, se hizo confiado, sin separarse por eso del cuchillo, la pistola y un bulto misterioso que llevaba en bandolera. En las palabras, en los tonos, en el ritmo que reinaba en el interior del barco se sentía el preludio de la sublevación. Cuando a su ver se acercaba el momento, Pedro mandó reunir a toda la tripulación en el puente. La *Tomasa* navegaba apaciblemente, con brisas del noroeste. Era a mediados de la estación seca, tiempo en que los negreros navegaban al oeste y al noroeste. Un barco que partiera de la altura de Nueva York con rumbo directo hacia el sur se encontraría con distintos negreros, hacia distintos puertos, desde Charleston a Río de Janeiro. Pedro tenía esto en cuenta. La tripulación de la *Tomasa* tenía en sí valor y sed de dinero. Era lo que Pedro iba a pedirle y ofrecerle en esta reunión. Comenzó a arengarlos tocando sus lados flacos, identificándose con ellos, prometiendo dar siempre el primer paso. Tocar en África era más peligroso y menos productivo.

—El barco —dijo— era de ellos y lo que resultara se repartiría en proporción.

Los marineros, con un poco de alcohol en sus cabezas, dieron vivas al capitán. Éste dio el grito de guerra, un grito pirata, y ordenó prácticas de abordaje y defensa. Con esto estaba ganada la marinería. El capitán la había conquistado, y los oficiales, que habían comenzado a temblar, quedaron mudos. Por entonces Pedro conocía dos medios de ganar batallas: ofreciendo al enemigo más de lo que perseguía o dándole lo que perseguía. Lo demás era jugar a la vida y esto gustaba también a los marineros. La *Tomasa* iba cruzando y, pasado Puerto Rico, se puso al pairo.

La *Tomasa*, fabricada en Estados Unidos, tenía toda la apariencia de un crucero de guerra, y sobre el puente aparecieron sus hombres en uniforme de la Armada británica. Pedro entre ellos. Estos uniformes se hacían en La Habana y se vendían en las trastiendas de las bodegas del puerto o en casa de los proveedores. Pedro calculó las distancias sobre la carta y aguardó con una gente en ascuas. El viento era galeno. Las rutas de regreso sólo podían calcularse por aproximación. Sin descender mucho, Pedro mandó maniobrar en busca de negocios posibles. De vez en cuando animaba a su gente —no había que dejar amortiguar su ardor—. Cada marinero llevaba ya todas sus armas. Aquella confianza que el capitán depositaba en ellos los desarmaba. Por las noches cantaban y bailaban danzas piratas a la luna. El cocinero ponía buena mesa y el tonelero agua fresca con ron. El vigía tenía orden de no cantar vela hasta haber dado la noticia al capitán. Éste quería preparar bien a su gente.

El vigía cantó vela a un atardecer, cuando la gente acababa de matar el gusanillo —esta vez de calor, no de frío— y bailar una danza pirata en el puente ante el capitán. Éste mandó largar el pabellón de guerra inglés y poner proa hacia la vela. A primera vista se vio que era un negrero, y Pedro dio el grito de guerra, pero mandó aguardar en orden a los no uniformados bajo el puente hasta probar la estratagema. Al acercarse al negrero gritó en inglés, con la bocina, mandando que se entregaran. El capitán del negrero contestó en portugués que no entendía. La *Tomasa* se aproximaba y el negrero viraba al sur. Pedro llamó entonces a uno de sus oficiales en uniforme, presentado como intérprete, el cual conminó al negrero a rendirse, en portugués, en nombre de su Majestad Británica. El capitán portugués largó todo trapo al viento y contestó con un cuerno y unas patadas en el aire que significaban pedos. Era al acostarse el sol, ya sin tierra a la vista. La *Tomasa* —convertida previamente en el *Sir Francis* por obra de la brocha— recibía el viento de popa, y las velas llenas llevaban el casco sobre las olas como ánimas en pena un mortal. El portugués era más pesado, pero llevaba buena marinería. En la caza la gente de Pedro sin uniforme no pudo contenerse más y saltó sobre cubierta. Esto hizo comprender al portugués el fraude de los uniformes y la bandera, y viró rápidamente por avante para sorprender al pirata de costado. Pero el *Sir Francis* estaba a cinco metros al cerrar la noche y el abordaje a cinco minutos. La marinería de Pedro gritaba, pateaba. El portugués inició el ataque, tumbando el mastelero del trinquete al pirata. Sólo la luna iluminaba la acción. En el vientre del portugués bramaban los negros, y su peste engordaba el aire. Los gritos de las marinerías chocaban y se cruzaban como puñales. El viento calmó un tanto al cierre de la noche. El portugués llevaba más cañones. Pedro vio que su ventaja estaba en su gente, en el cuerpo a cuerpo, y mandó maniobrar al abordaje. El portugués había maniobrado a alzar la amura de babor, para evitar el abordaje por aquel lado; pero el pirata hizo una maniobra rápida, y con el viento de popa cruzó como una flecha la proa del portugués y lo cogió por estribor. Nadie podía esperar esto, por otro lado muy difícil. Los hombres de Pedro tiraron sus ganchos y cayeron a oscuras sobre el puente del negrero como langostas rabiosas, aullando. Los portugueses aullaban también. Los marineros de Pedro gritaban en cinco lenguas —español, inglés, portugués, francés, italiano— y los del portugués aún más —danés, alemán, noruego, holandés—. Pero los cuchillos no herían por lenguas, sino por barcos —o sea, patrias—. En la noche los marineros de Pedro se distinguían por sí mismos por los pañuelos blancos atados a la cabeza y la blusa amarilla, que Pedro había comprado adrede. Martínez dirigía y peleaba, y Pedro fue el primero en saltar a bordo con el cuchillo en la mano. Su gente lo siguió enloquecida. Los cuchillos brillaban en la sombra. Los gritos de los piratas se cruzaban con el bramido sordo que salía del vientre del negrero. La negrada sentía la pelea arriba como una guerra de dioses. Los negros, de distintas tribus enemigas, no podían pensar lo mismo de lo que pasaba sobre ellos; pero todos pensaban en romper el cascarón donde los habían metido. Las escotillas, cerradas, no dejaban pasar el aire. Los mismos combatientes necesitaban aire. Se oían sus pulmones y sus hojas y los lamentos de los que caían. Los hombres de Pedro habían enloquecido. No era ya posible detenerlos ni dar cuartel. Habían caído como langostas y se habían vuelto tigres, y los del portugués no tenían escape ni tiempo de acudir al fusil. Sólo el cuchillo decidía. Algunos se tiraban al agua, pero los tiburones habían seguido el barco de Pedro como oliendo carnada y pululaban en derredor. Debajo estaban los tiburones, y luego la negrada, y luego los piratas de Pedro, y encima la noche y el cielo. Al cabo de tres horas la pelea amainó. En cubierta había una alfombra de cuerpos, algunos medio vivos, algunos de los de Pedro. Los medio vivos —hasta los suyos— gritaban contra el capitán de la *Tomasa*, y los vivos de pañuelo blanco los remataban. Martínez se había retirado a la *Tomasa*, llevado por un marinero a lo largo de un cabo que enlazaba a los dos barcos, herido en un costado. Pedro, herido en el cuello, restañaba la sangre con una mano y trataba de parar la matanza. En vano; el mismo capitán portugués estaba herido y sólo tres hombres le quedaban vivos. Pedro mandó arrojar los cuerpos al agua y pasar los cuatro portugueses a la *Tomasa*.

Los dos barcos quedaron pareados, arriadas las velas, con la luna plana en las puntas de los palos. Los cuerpos caídos al agua parecían amortiguar allá abajo el contacto de los dos barcos. Los negros que había en el interior del portugués sentirían el choque de aquellos cuerpos contra el casco. Pedro se amarró un pañuelo al cuello, reanimó a su gente y a las pocas horas comenzó a revisar la negrada —los únicos enemigos que quedaban, los cuatro portugueses, estaban en la enfermería. Al amanecer, las escotillas del negrero comenzaron a manar cuerpos flojos, abatidos, y sus ojos se encontraron con nuevos amos. La cubierta quedó llena, de extremo a extremo, y el mayordomo contó ochocientos entre todos. La marinería superviviente bailaba de alegría. Pedro mandó dar a los negros agua con ron, plátanos y galleta. El cocinero de la negrada preparó un gran rancho. Todo era poco. Los cautivos habían sufrido demasiado por falta de aire en un largo viaje desde el Congo y Ambriz. Pedro pensó que aquel estado les restaría valor o que acaso se les declarara alguna epidemia. Martínez estaba repuesto y Pedro conferenció con él. Entonces montó a los portugueses en su barco, entregó la *Tomasa* a Martínez y los dos partieron. Martínez cogió parte de la tripulación –pagada con las onzas de oro– y puso proa al África con orden de recalar en Gallinas y aguardar nuevas órdenes de Pedro. La *Tomasa* iba en lastre y con los víveres necesarios para llegar a África.

La gente que se quedó con Pedro le sería incondicional hasta el fin. Pero quedaban otras cosas. Había que perfumar los negros, disponer de los portugueses, burlar los cruceros en la costa de Cuba, las autoridades en tierra y luego vender la armazón. Faltaba lo más difícil. El barco portugués, el *María Grande*, era ya un casco viejo, poco marinero, aunque bien acondicionado dentro para la cargazón. Pedro buscó sobre la carta la isla más próxima donde perfumar y rapar la negrada. A su lado tenía ahora un segundo improvisado. El capitán portugués, a pesar del veterinario, se moría. Pedro lo miró morir. Hasta entonces no se había dado cuenta de quién era aquel hombre.

—Me muero, Blanco –dijo el portugués–. ¡Maldito seas, traidor!

¡Era José Cruz Gómez, el último hermano de la negrera!

Cruz murió a las pocas horas de largar velas y Pedro mandó meterlo en un arca oblonga, donde llevaba sus prendas, con seis balas de cañón por lastre. Luego aguardó a que la marinería estuviera entretenida y él mismo lo dejó caer por popa.

Hacer escala era peligroso, pero Pedro llevaba credenciales para un agente de San Juan con orden de recalar treinta millas al oeste de la ciudad. Este agente era un cafetero que cobraría tres piezas de indias por conseguir de las autoridades de San Juan papeles que hicieran proceder la cargazón de allí. Pedro asomó a la costa, largando el pabellón de contraseña, y de noche vio las fogatas que le mandaban recalar. Al tomar el pulso a los negros había notado su ritmo anormal, y se apresuró a echarlos a tierra de noche, abrigando el barco en una rada de la costa y echando abajo los masteleros para no ser visto por los cruceros que pasaran. La negrada avanzó dos horas tierra adentro por un manigual y fue a amanecer a la hacienda de don Gonzalo Calvo, el dueño. Pedro dio instrucciones a los guardianes de que se quedaran a bordo con los prisioneros portugueses. Don Gonzalo vio en aquélla la anunciada expedición del señor Carlo, la cual, dijo Pedro, era preciso perfumar antes de llevarla a La Habana, donde, con los papeles que un empleado de don Gonzalo había ido a buscar a San Juan, podría entrar legalmente.

La hacienda tenía espaciosos barracones, y los esclavos de don Gonzalo fueron a visitar a los bozales. En ninguna parte estaba mejor el esclavo que en Puerto Rico. El cafetal no era nunca tan rudo como el ingenio –aunque siempre peor que la servidumbre urbana–. Don Gonzalo brindó a Pedro sus sabanas para pasear la negrada y darle nueva vida. Pedro mandó raparlos, darles buen rancho, les permitió bailar tambor y luego les ungió la piel con aceite de coco. Por cerca de un mes tuvo allí a sus ochocientos negros con una docena de marineros. Entretanto habló con don Gonzalo. Éste era un alma de cera que se esforzaba en ser de acero y no lo lograba. Era rico. A veces se ponía serio y su voz tenía truenos de mando; por debajo poseía un diablo húmedo y maligno que le hacía soltar de pronto una sonrisa.

—Usted es un capitán valeroso, pero debe usted retirarse; es usted joven y el oficio peligroso. ¡Véngase a mi hacienda y haremos algunos negocitos con menos riesgos! —dijo a Pedro.

Don Gonzalo admiraba a todos los hombres valientes. A Pedro le dio un bohío de tablas con sirvientas negras y lo llevó todos los días a su mesa, rodeada de mujeres. Aquel hombre era viudo y no había hecho más que hijas. En torno a la mesa se juntaban nueve iguales. Aquellas hijas no podían ver al viejo; pero éste las elogiaba ante los demás.

—Usted deje la trata y véngase acá —volvía a decir.

Pedro contraía el rostro. En él se leía ahora al pirata rehecho, duro y audaz. Nada de su melancolía anterior.

—Mis hijas —decía el viejo— están tan solas aquí...

Las jóvenes se volvían para escupir:

—¡Fo, qué viejo!

Eran criaturas como ángeles perdidos. Todas las semanas montaban a caballo y se iban a San Juan.

Don Gonzalo cobró sus servicios. Pedro rompió los papeles una vez que reanudó el rumbo con los negros perfumados —esto es, revitalizados por la escala en tierra— a bordo, hacia Cuba —no a Cabañas, sino a Matanzas—. A bordo llevaba el gallardete de contraseña convenido con Marchena, que los vigías del corredor, encaramados en los árboles, verían con los telescopios. El corredor tenía por temporadas un vigía en el cayo de las Piedras, pero los filibusteros hacían también escalas allí y solían desplazarlo. Pedro gobernó a avistar el cayo, y en la primera noche vio la señal de irse por la vuelta de afuera —mientras el vigía montaba en su lancha y enfilaba un espacio de costa pelada al sudoeste de Cabo Hicacos a avisar al corredor—. A los tres días el negrero navegó próximo a la costa, y la fogata, de noche, le dijo que podía entrar. Al pasar cerca del cayo de las Piedras, el vigía del negrero vio también allí unas pequeñas fogatas, nidos de filibusteros. Casi todos los marineros que iban con Pedro habían sido también filibusteros y vivido en los campos. El que Pedro había puesto de segundo comenzó a temblar.

—Yo sé qué clase de gentes son —dijo.

Pedro repartió armas, cargó las colisas y fue entrando con la sonda en la mano.

—El peligro no está en el cayo, sino en tierra —dijo otro marinero.

A la orilla aleteaban unas pequeñas llamas, según lo convenido. Bajada el ancla, los marineros dieron en parecer indecisos.

—¡Por ahí anda el Ñato! —dijo uno.

El Ñato era un ladrón de esclavos que, se decía, tenía negocios con las autoridades. Mandaba una cuadrilla y recorría la costa como un capitán militar. Cuando hacía una buena presa mandaba un buen regalo al teniente gobernador.

—¡Lo conozco bien! —dijo otro marinero.

Las lanchas del corredor rodearon el barco y las del barco bajaron al agua. Los negros comenzaron a bajar, amarrados por parejas, y se fueron alineando a lo largo de la playa. El corredor traía tres hombres consigo. Los cuatro permanecieron erguidos detrás de la negrada, contra la manigua negra, mientras los marineros iban echando hombres fuera. Todos permanecían callados. Sólo sonaban los remos en el agua, las respiraciones, las olas contra el casco. A los negros se les advirtió que por allí había ladrones blancos que querían comérselos y que debían callar. Silencio recomendado por el corredor contra la posibilidad de bandidos emboscados. Pedro sacó a tierra cuanto de valor había en el barco y armó a sus hombres hasta los dientes, pero miró en derredor. El corredor no había llevado carretas ni escolta para meter la armazón tierra adentro hasta aquella hacienda próxima a Camarioca.

—No he podido reunir a mi gente y no tenía carretas por el momento —dijo el corredor.

Pedro colocó a sus hombres en guardia. Éstos miraban

en derredor como tigres escamados en la noche. A media noche apareció una hoz de luna en el cielo. Pedro mandó meter en un matorral varios objetos sacados del barco y ordenó la marcha. En la caravana iban los tres marineros portugueses curados, a los cuales Pedro prometió sueldo igual a los otros. El corredor se paró y dio en tartamudear algo:

—¿No da usted un barreno al barco? —preguntó a Pedro.

Un marinero buscó la oreja del capitán para decir:

—Ésa es la señal.

Pedro lo presentía. A los negreros viejos que traficaban fuera de la ley se los incendiaba o se les hacía volar con dinamita después de la descarga. Pedro dejó a un marinero con el encargo de prender la mecha dos horas después y metió la gente en la manigua. El capitán pensaba despistar a los asaltantes dando la señal con retraso, pero éstos tenían otras señales. Uno de los hombres del corredor se escabulló a la manigua y disparó la tercerola. Pedro comprendió. El primer paso fue tumbar al mismo corredor. La negrada pensó entonces que eran los corredores de gente que se acercaban y trató de huir por entre los fusiles y los cuchillos de los hombres de Pedro. Éstos la contuvieron al principio. Los hombres del corredor huyeron también a la manigua, y enseguida se sintió como una ráfaga que arrastrara hojas hacia la caravana. En el primer intento los hombres de Pedro mataron algún negro y ahora aguardaban en una vereda de la manigua, imponiendo silencio al resto, obligándoles a permanecer agachados. Hasta aquel momento los marineros permanecían por dentro al lado y bajo Pedro. Los bandidos avanzaban. A veces parecían alejarse en la noche de la manigua y volvían a acercarse. Sin duda no se habían encontrado aún con los hombres del corredor. Luego uno de los marineros gritó:

—¡El Ñato!

El valor de aquellos piratas se evaporó ante la figura de su antiguo jefe. Un oscuro atavismo, el terror impuesto a su sangre en el pasado, resurgía en ellos. No era miedo. Ellos no tenían miedo a perder la vida. Era un viento viejo que se les filtraba en los huesos como un fantasma. Pedro se impuso a su gente, pero comprendió que todo estaba perdido. Los marineros le obedecieron temblando. Los primeros bandidos que asomaron al raso cayeron y Pedro avanzó luego contra los siguientes. Pero sus hombres habían desaparecido, y los negros se lanzaban, atados por parejas, a la maleza. Una bala rozó un hombro de Pedro. Entonces buscó también defensa en la sombra. La manigua se fue tragando a todos los negros. Pedro oyó decir:

—¡Ya pararán!

Fue lo último que oyó. Su carrera se parecía a aquella de la noche del Julieta. Al mediodía siguiente pasó cerca del ingenio, camino de Matanzas.

—¡Me has traicionado! —dijo a Marchena.

—¡Lárgate enseguida! —gritó éste a Pedro.

El código anterior, con sus señales, quedaba en pie. Pedro se puso un traje que le dio Marchena —Magda le había curado el hombro— y puso pies hacia La Habana.

Pero parece que Marchena era inocente. Había sido el corredor, que lo había traicionado a él, y temía que estuviese de acuerdo con el gobernador.

El señor Carlo recibió a Pedro con alegría.

—Gran capitán, gran capitán; pero la suerte lo abandonó a usted —le dijo.

Pedro le contó la verdad.

—Tenía gana de hacer algunas onzas; la tierra me quiere mal —dijo.

—Por no haberme consultado a mí, le estuvo bien —le dijo Carlo.

Pedro se pasó una semana rechazando el mando de expediciones en preparación, pensando en cómo ganar dinero más rápidamente.

—¿Usted dice que se hace cargo en tierra? ¿Usted se atreve a armarme un barco nuevo? —preguntó a Carlo.

Carlo siguió rumiando aquello. Pedro volvió a rodar por el puerto y a tantear la marinería.

—Tengo un proyecto para la próxima estación —dijo a Carlo. Éste había quedado deslumbrado por la hazaña de piratería perdida en tierra y reunió una junta de armadores. En el puerto había entonces dos goletas nuevas dispuestas para la trata. Casi nunca se compraban barcos nuevos para esto, ya que no hacían sino un viaje; pero muchos capitanes, en vista de los riesgos, se negaban a mandar cascos poco marineros. Los cruceros los cazaban con facilidad, y en Cuba abundaban ya los aprendices, emancipados o ingleses. Muchos de aquellos aprendices servían como esclavos después de muertos. Los amos a quienes los encomendaban, cuando se les moría un esclavo, daban por él un aprendiz y esclavizaban a éste. Así había muchas gentes interesadas en que cazaran a los negreros en la costa y ayudaban a los ingleses. Pero los armadores y corredores dominaban también su oficio.

Carlo volvió de la junta de armadores con la seguridad de que la expedición sería bien dirigida y protegida a la vuelta.

—La goleta está a su disposición —dijo a Pedro.

Pedro mandó armarla y se puso a seleccionar los oficiales, los técnicos y la marinería. Esto tuvo que hacerlo rápidamente. A La Habana llegó el parte del teniente gobernador de Matanzas reclamando a Pedro. Como siempre, la goleta iba con carga para Puerto Rico. Después de seleccionar por el puerto a parte de su tripulación, Pedro largó el pabellón blanco en demanda de tripulación y comenzó a meter gente. Sólo Carlo estaba enterado de lo que se proponía. Para los demás accionistas era una expedición como otra, un juego como otro. El italiano había vendido más acciones de lo que costaría la expedición y el sobrante se empleaba en armamento y sueldos —medio sueldo por adelantado— de tripulantes. Nadie en La Habana se hubiera explicado tantos hombres en un negrero, casi cuádruple tripulación, pero Pedro tenía su imaginación. Carlo también la tenía. El estado mayor de que se rodeó el capitán lo formaban marineros vascos, gallegos y mallorquines, y la marinería era escogida entre los más bravos hombres de mar.

El *Ciclón* llevaba doce colisas y tiros en abundancia. Pedro llevaba tres segundos, tres pilotos y un hormiguero de marineros crudos, con los ojos secos por los cantos y encendidos en el medio. En el barco no había cámaras para los oficiales y había que tender toldos y dormir en cubierta. Pedro expuso su plan a los oficiales y éstos, reunidos, dieron varios hurras. El barco estaba anclado en el puerto. Las lanchas de la comisión inglesa daban vueltas preguntando, espiando. De día se cargaron bultos y algunos volvieron de noche a tierra. Otros eran de fusiles, pistolas, cuchillos, pólvora y balas. De noche, Pedro fue llamando uno a uno a los marineros. No les dijo el plan, pero dio en meterles miedo.

—Doble sueldo si sale bien —les dijo.

El marinero que oía pensaba lo peor.

—Figúrese usted lo peor, siempre con un oficial al frente —decía Pedro.

Todos los marineros aceptaban. Pedro se echaba para atrás en un sillón de mimbre, tiraba del cuchillo sobre el vientre y del veguero del chinchal y comenzaba a preguntar la historia del marinero:

—¿Ha tomado usted parte en algún abordaje, en alguna sublevación de negros o tripulación, en el saqueo de alguna factoría? ¿Ha pasado usted alguna calma, algún ciclón, alguna epidemia, algún naufragio? Figúrese que todo esto puede pasar, y aun más: un encuentro con los ingleses.

En su plan había también premios, pero éstos sólo se ofrecerían en el momento crítico, pues había que tener siempre algo que ofrecer. Al fin, algunos marineros se rajaron y volvieron al puerto hablando del capitán Montoya —así se llamaba ahora Pedro—. Se dijo que era un pirata, y el rumor llegó a enlazarse con el parte del gobernador de Matanzas. Pero cuando pasó esto ya el *Ciclón* estaba mar afuera y el señor Carlo juró que el capitán Montoya era un marino honrado, que nada tenía que ver con Blanco. Carlo tenía influencias y buena fama. Luego llegaron algunos marineros que habían acompañado a Pedro en la piratería, los del barco portugués entre ellos –otros se habían unido al Ñato– y Carlo los recibió en su casa.

–Vuestro capitán no ha aparecido, debe de haberlo tragado la manigua o se habrá colgado de una guásima con cabuya y sebo.

El capitán metió a su gente a bordo y salió como una racha con sol en las velas. El viento lo acompañó, favorable, hasta la Guayana. Entonces puso proa al sur, con brisa del oeste, manteniéndose alejado de la costa para evitar los cruceros. El barco parecía ya cargado. Pedro celebraba conferencias con los oficiales, intimándoles instrucciones, y éstos ordenaban maniobras y simulacros de combate. El oficial más próximo a Pedro era un mallorquín llamado Juan. Era un marino joven que había pirateado ya en el Pacífico y tenía una historia semejante a la de Pedro. Este hombre hacía temblar a las marinerías con sus puños y su humor de tigre. Pedro sabía que a bordo iban algunos marineros que se habían amotinado en un barco en que Juan era contramaestre, y que éstos difundirían su fama entre los demás. Pedro puso en circulación su propia fama, transmitiéndola por escala desde los segundos a los grumetes, y la historia, siempre abultada, de cada uno de los de su estado mayor. El *Ciclón* iba bien provisto y navegaba de intento a poca velocidad. El propósito de Pedro era dar a los marineros tiempo para despertar en ellos sed de riquezas y grabarles bien los grados de las categorías y la disciplina. Ninguno comprendía para qué iba tanta gente a bordo. Para abordar otro barco no haría falta tanta. Algunos decían que Pedro llevaba la intención de saquear Sierra Leona. Todas las noches reunían los contramaestres a la marinería y le daban aguardiente. Luego se formaban corros y se ejecutaban danzas. Pedro tenía en la cabeza varios cantos piratas y las danzas que se ejecutaban eran danzas piratas. La comida era buena y abundante. Mientras los marineros se distraían por la noche, las figuras de los oficiales cruzaban de un lado a otro como sombras teatrales, como empeñados en grandes planes, con son marcial, por donde les daba la luna. Los marineros los veían y sus figuras se quedaban en ellos. Esto ocurre así. Pedro sabía que la disciplina consistía en grabar la imagen de un hombre sobre la que otro tiene de sí. Luego queda allí grabada y el subordinado no se puede ver si no es al través de la imagen del otro.

Otro segundo era un vasco de hombros anchos que había mandado negreros y caído una vez en las garras de los ingleses. El otro era un gallego, Muiño, que había navegado con el padre y el hermano de María Cruz y naufragado dos veces. Los tres eran expertos y podían mandar barcos. Pedro mandó que cada uno formase su cuerpo de oficiales y técnicos y que estuviesen dispuestos.

El *Ciclón* navegó al sur hasta la altura de Ambriz y allí viró al este. A bordo llevaban una pequeña falúa. El tiempo era bueno. Pero la ruta era extraña. No se habían encontrado un barco en el camino ni visto la isla de Santa Elena. Y luego, de pronto, el *Ciclón* se ponía al pairo cuando la tierra era todavía una nube vaga sobre el mar. Sólo entonces se comunicó a la tripulación el plan. Pedro mandó destacar las tres tripulaciones con sus oficiales sobre cubierta y les dio instrucciones.

La falúa bajó al agua. Este barquichuelo fue tripulado por un patrón y tres marineros y se dirigió a la costa en busca de negreros. El *Ciclón* aguardó su regreso, hirviendo. La falúa tenía que asomar a la costa a ver si había negreros y averiguar con los krumen cuándo salían. Éstos informaban al patrón si había negros en las factorías, negreros en los puertos. El patrón les decía que su barco estaba por la vuelta de afuera, cien millas más al norte o más al sur, porque entre los krumen había espías de los ingleses. El patrón era un antiguo negrero y conocía bien la costa.

En Ambriz, le dijeron, no había negros. Se los habían llevado todos los negreros portugueses que habían ido a completar su carga a la boca del Congo.

La falúa regresó a todo trapo y el *Ciclón* puso proa al norte sin acercarse más a la costa. A la altura del Congo volvió a ponerse al pairo la goleta, y la falúa proa a la costa. Los marineros quedaban formando sobre el puente con las armas dispuestas. Sus vibraciones resonaban en la goleta nueva como en la caja de un violín. Aquella madera nueva y seca, los cabos tirantes, donde silbaba el viento, y una tripulación triple bailando danzas piratas era una caja donde resonaba el delirio. Pedro revistaba la gente. Los cañones estaban cargados; las pistolas, los cuchillos y los fusiles, repartidos. Además, un balde de ron preparado en manos del tonelero. Cuando vieron la falúa de vuelta vieron la buena nueva en su forma de navegar. El viento le era contrario y los marineros venían a los remos. La falúa dijo que, según un krumen, un negrero portugués venía cargado Congo abajo. El krumen dijo que era un barco de tres árboles, unas alas muy grandes, un pico muy largo y que traía muchos negros; que había habido una guerra entre los cabindas y los musorongos. La noche cerró sin que se descubriera vela; la falúa permaneció en el agua, y cuando asomó *O Explorador* se puso a resguardo detrás del *Ciclón*.

O Explorador mostró las velas poco después del amanecer y navegaba con viento sureste. Pedro mandó largar la bandera española para no asustarlo, y el portugués se fue acercando confiadamente. Entonces salió la falúa a tenerle el camino con el encargo de preguntarle si había cruceros por la costa. El portugués cargó las velas y contestó que no, pero que allí no quedaban negros.

—¿No podrían vendernos un timón? —gritó la falúa por la bocina—. Lo llevamos averiado.

O Explorador viró suavemente y se fue acercando al *Ci-*

clón, y desde éste se vio una mujer a bordo. La marinería dio en rugir. Los fusiles y las pistolas estaban bajo la lona, al alcance de la mano, en espera de la orden del capitán. Pedro tuvo que imponer orden. Tuvo que imponerse a la marinería para que no asustara al portugués con su número. Pero ya lo había hecho. La capitana portuguesa vio tantos hombres en aquel barco y las bocas de las colisas abiertas hacia ella y mandó virar. Todos sus hombres cargaron sus cañones y buscaron los fusiles. Desde el *Ciclón* se oían las voces de mando y se veía a la mujer con pantalones, botas altas y un pañuelo rojo atado a la cabeza. El *Ciclón* largó el pabellón negro con calavera y huesos cruzados y comenzó la caza. El lugre navegaba detrás.

Pedro tenía el propósito de no dañar el barco, y las colisas apuntaron a los lados. Las balas de los fusiles caían certeras sobre la marinería portuguesa, que se batía en retirada. De cuando en vez su segundo buscaba con el anteojo algo a bordo del pirata. Como siempre, los negros bramaban debajo. Entonces el viento voló al norte y a mediodía se quedó dormido. El segundo del negrero vio que con la brisa débil el pirata ganaba campo por segundos y gritó:

—¡Es Pedro, el pirata español!

El *Ciclón* estaba a cincuenta metros y dio en girar en derredor del negrero. El fuego cesó de ambos lados. La capitana se movía rabiosamente, animando a su gente, sacudiéndola por la ropa, pero los marineros quedaron desalentados ante el pirata, su gente y sus colisas. La gente de Pedro rabiaba por ir contra el negrero, pasar a sus marineros y coger viva a la capitana. ¡Una capitana negrera! Nadie lo había visto nunca. Los oficiales tuvieron que desarmarlos. Los del negrero se habían puesto en facha con la bandera de capitulación. El segundo del negrero pasó a bordo del pirata y volvió a comunicar a la capitana las condiciones del pirata.

—Quieren el barco con la negrada y nos dan botes para volver a tierra.

La marinería del negrero dio vivas al pirata y bajó los

botes al agua, llenos de provisiones, a la vista del oficial mandado por Pedro. Éste era Juan, el mallorquín. La capitana se paseaba, hablando sola.

—Le arrancaré el corazón, lo acuchillaré, caerá en mis manos —decía en portugués.

Juan sonreía. Cuando todos los marineros hubieron bajado a los botes mandó bajar a la capitana con su segundo.

—¡Quiero ver al pirata! —gritaba ella.

Pero el pirata no hizo más que asomar a la borda y verla allí abajo con los puños crispados.

—Mataste a mi hermano; ahora te llevas mi último barco. ¡Ten cuidado, pirata, que nos volveremos a encontrar!

Su bote se alejó, y María Cruz vio de lejos cómo parte de la gente del pirata se pasaba a su barco y cómo los dos largaban velas rumbo al norte. Los botes de su tripulación marchaban en andana hacia la costa. En el último iba la capitana con su segundo, José Poza. ¡Si les saliera un crucero! José Poza se formaba la idea de un crucero lanzado como un perro detrás del ladrón y su presa. María había quedado estancada en sí, con las manos cerradas bajo la barbilla, sentada a popa, mientras remaba su segundo. Los marineros en los botes bebían ron, triscaban galletas y cantaban barcarolas. El sol poniente les daba de canto y la costa se tendía delante. Una jauría de canoas salió a recibirlos y a llevar la noticia a las factorías del Congo.

El *Ciclón* y *O Explorador* se detuvieron a la altura del cabo Palmas, lejos de la costa. Los cautivos subieron a cubierta y los grumetes les echaron baldes de agua. Entre las dos goletas quedó la falúa. Juan iba de capitán de *O Explorador* con una tripulación completa. De noche se celebró la presa.

Al amanecer, la falúa se disparó de nuevo hacia la costa como una flecha. Desde cerca del cabo Palmas los de la falúa vieron asomar por el este una vela negrera, según se advertía por el gran tamaño del aparejo. A continuación, persiguiéndola, venía un crucero. La falúa viró como una pluma y llegó junto a los dos barcos con las velas hinchadas por el viento y la noticia. Pedro se comunicó con el mallorquín y cada uno transmitió nuevas vibraciones a su gente. Enseguida se metieron los negros abajo y las marinerías comenzaron a maniobrar rumbo a la costa. La gente pateaba de alegría. Ahora la echarían con el crucero. Los dos barcos se unirían al perseguido contra el crucero y luego lo capturarían a él. Era la consigna. Al día siguiente asomaron a cuarenta millas de la costa, al noroeste del cabo Palmas, y no vieron nada. No se sabía qué rumbo habrían tomado. Los dos procuraban mantenerse a corta distancia y en la noche se pusieron al pairo. Hasta el tercer día. El crucero había dado caza al negrero durante todo aquel tiempo. El negrero había gobernado al sur y luego al norte y resurgía ahora mar afuera, al sudoeste de los barcos de Pedro y el mallorquín. Éstos aparecieron a los otros como salidos de la costa. El negrero huía bajo bandera española, pero era francés, y el crucero le pisaba los talones con la cruz de San Jorge pintada en las velas. De cuando en vez el crucero hacía algún disparo, pero su pieza le llevaba gran ventaja. Las tripulaciones de Pedro bramaban. En los picos de los mayores largaron entonces los pabellones de contraseña que algunos capitanes negreros usaban para significar alianza, pero el francés pareció no entender, y Pedro gobernó a su rumbo.

—¡Ah, del negrero —gritó en la bocina—, salud!

El francés viró rápidamente, cargando las velas, y se puso al habla. El crucero se había detenido en el sur. El barco mandado por Juan había gobernado a cortarle la retirada por aquel rumbo y el de Pedro y el francés ponían proa hacia él. La gente gritaba y daba hurras, que repetían los franceses a coro.

—¿Cuántos negros lleváis? —preguntó Pedro al capitán del francés.

No llevaban sino quinientos. El crucero lo había sorprendido cargando, obligándolo a levar el ancla a medianoche. Era un negrero de Burdeos. El capitán, llamado Jacques, deliraba de alegría, diciendo que harían trizas a aquellos «cochones» ingleses, que escupirían en las velas y que envolverían los cadáveres de los oficiales en ellas. Pero lo había dejado adelantarse y se veía ahora al crucero describiendo unos giros extraños y el barco de Juan tratando de vencer la resistencia del viento, que soplaba del norte, desfavorable para él y favorable para el crucero. Pedro no tenía interés en hundir a éste. Había tomado consejo con sus oficiales y transmitido directamente la orden a sus marineros. La orden era: si el crucero resistía, apuntar los cañones a los masteleros y los fusiles a las velas, a fin de espantarlos y que no hicieran daño al francés. El viento roló entonces al sur y detuvo al francés y al *Ciclón*. Favorecía a *O Explorador*, pero éste había quedado varias millas al sur del crucero y cerraba la noche. Los tres dispararon a la vez contra el crucero, y éste contestó, pero era demasiado pequeño para vérselas con tres piratas y cuatro tripulaciones. Al cerrar la noche, el crucero se deslizó al este con la luz apagada. Al otro día había desaparecido. El barco de Juan había navegado al norte, acercándose al francés, que quedaba ahora en el centro de la tenaza con una tripulación delirante y el capitán con los puños crispados por la fuga del crucero. Era al amanecer, y en los picos de los mayores no había ya pabellones de alianza, sino pabellones piratas. El francés describió un círculo en el agua, como si un gigante hubiera cogido su mayor entre el índice y el pulgar a modo de peonza. ¡Nada podía hacer! Las colisas nuevas del *Ciclón* y las más gruesas aún de *O Explorador* le mandaban que se rindiera. El francés quedó indeciso. Su marinería gritaba, pateaba. El capitán alzaba y bajaba los brazos. El barco parecía un circo. La gente trepaba a los palos, como buscando una salida por ellos hacia el cielo. Los piratas hicieron girar sus cañones y le dieron con las bocinas media hora para rendirse.

—¡Conozco a ese francés! —dijo Juan—. ¡Cuidado!

Pedro vio subir la bandera de capitulación y desaparecer

al capitán, y mandó a Muiño a bordo con orden de que todos los franceses bajaran sus botes con provisiones y se hicieran hacia la costa. La orden de Muiño iba respaldada por las colisas. Los tres se habían quedado al pairo, a cien metros uno de otro, en ángulo. A Juan le sorprendió la rapidez con que los franceses bajaron sus botes y montaron en ellos, braceando insultos. Muiño quedaba en el puente con tres hombres y debajo rugían los negros.

–¡Cuidado! –volvió a gritar el mallorquín.

Éste fue en persona con la nueva tripulación a bordo del francés y registró la santabárbara. Juan reapareció en cubierta con los ojos hinchados y en la mano una mecha encendida que había cortado con el cuchillo. Diez minutos más y el barco hubiera volado.

Los negros del francés iban sanos, pero casi ahogados y hambrientos. Algunos habían muerto y los tiburones aguardaban abajo. Pedro mandó a su médico analizar las vituallas del francés, pero aquel médico no sabía hacerlo.

–Me he embarcado por necesidad, pero no soy médico –dijo–; en mi tierra era capador.

Nadie a bordo sabía hacerlo, pero el tasajo y el agua olían a arsénico. Hubo que sacrificar un negro para probarlo y luego fue todo al agua.

Pedro vio entonces que, escaso de víveres, sólo una gran suerte podía ayudarlo a terminar su plan. Le faltaba otra presa para cargar su barco. Muiño mandaba al francés.

El vigía de Muiño fue el primero en dar vista a una vela que navegaba de este a noroeste a la altura de Cabo Verde. Era una vela negrera, y en cada uno de los tres barcos estallaron hurras. Era un negrero español. Sin pérdida de tiempo, los tres se desplegaron en plan de ataque con sus pabellones piratas. Al atardecer estaban a menos de una milla de su presa. Pero la suerte comenzaba a fallar.

Las tripulaciones francesa y portuguesa habían llegado a la costa con la alarma. En Sierra Leona había siempre escuadrillas de guerra prontas a largar las velas. El negrero español vio los tres pabellones piratas pregonando su cabeza y trató de aprovechar la distancia y el viento de noroeste. Todavía le quedaba una puerta abierta hacia la costa. Pero en la costa caería seguramente en las garras de los cruceros. Pedro vio que el capitán de aquel barco prefería entregarse a los ingleses antes que a los piratas. El *Ciclón* era el más próximo. Pedro vio al capitán con la bocina en la boca y oyó su grito:

—¡Eres Pedro Blanco, te conozco!

Era Ricardo Salaverry.

—¡Soy Salaverry! —dijo.

Los tres piratas lo siguieron varias horas, pero la proximidad de la costa era peligrosa y habían abatido varias millas hacia el sur, adonde Salaverry trataba de llevarlos. Al amanecer vieron todavía su vela, pero trataron de virar. Los negros del barco portugués comenzaban a languidecer. Aquella tripulación, que sabía pelear, no sabía cuidarlos y la demora en la zona templada era peligrosa. Juan mandó un bote al barco de Pedro con la noticia de que habían muerto ocho y que temía que la oftalmía estuviese a bordo. Los del francés se habían recobrado y había síntomas de sublevación entre ellos. Muiño comunicó a Pedro que había tenido que hacer ya algún escarmiento. El mensajero que mandó a Pedro dijo que Muiño les había hecho comer tripas de un negro muerto a los demás y que a aquél lo había matado con el látigo. Pedro no hizo caso. Aquel marinero era pariente de Muiño y por eso le tenía rabia.

Pedro resolvió que Juan y Muiño navegaran rumbo a Cuba con sus cargazones. Él iría a Gallinas, al sur, pero a la puesta del sol asomaron tres velas por tres puntos del horizonte. Al cerrar la noche, sus luces se acercaban como estrellas sopladas por el viento. Pedro vio que al amanecer tendrían que rendirse. Tres cruceros veloces y bien armados serían irresistibles. En la noche sonaban bocinazos lejanos. Pedro se comunicó con sus capitanes y se pusieron de acuerdo. Había que salvar algo. Había que montar en el *Ciclón*

—el más marinero— la mayor cantidad de negros posible y tratar de huir. De noche se trasegaron calladamente a él los del francés y luego algunos de los más sanos del portugués. Los demás quedaron en el sollado. El *Ciclón* cargó vituallas. Al amanecer vieron que a los anteriores se había unido otro crucero. El viento soplaba del sudeste. Era vano combatir. Pedro montó a toda la gente en el *Ciclón* tal como había ido, y largó trapo al noroeste. Atrás quedaban sin gobierno el barco francés y el portugués. En éste quedaban seiscientos negros solos, algunos enfermos. El viento hacía describir giros extraños a aquellos barcos abandonados, con las velas desplegadas. El viento era fresquito. Los barcos abandonados entretendrían a los cruceros, y esto daría tiempo a la fuga. Pedro iba triste, erguido sobre el puente, con las manos en el cinto y los ojos clavados en las velas que quedaban al sur. Al ponerse el sol vio las velas locas por última vez. El *Ciclón* estaba a salvo por la distancia.

Pero ésta era una cadena de accidentes, una de aquellas cadenas relatadas por los diarios de a bordo de los negreros de Nantes, Lisboa y Liverpool. El frescachón azotó al barco durante dos días, obligando a mover las bombas. Luego se produjo una calma relativa. El cielo apareció limpio, y sobre el horizonte aparecieron unas nubes amarillas, que corrían en dirección contraria al viento, se acumulaban hacia el primer cuadrante y se elevaban en arco. A esto siguió una calma chicha. Durante aquel tiempo la oftalmía se manifestó a bordo. Los negros del portugués habían contagiado a los otros. Había diez muertos. La marinería comenzó a gruñir, errante por el barco, ladinando los ojos a los oficiales y negándose a bajar al sollado. Los mismos oficiales, salvo Juan y Muiño, temblaban. Pedro y su estado mayor trataron de levantar los ánimos con las armas y con promesas. ¡Había que salvar la armazón! El producto se repartiría, mitad para el estado mayor y mitad para los marineros. Juan preparó medicinas y tomó a su cargo la negrada, con ayuda de algunos marineros. Los lamentos salían por las escotillas como de un infierno. Eran gritos fatuos, como si pasaran por los huesos de un cementerio. Los marineros parecían resignarse, pero habían perdido los ánimos. Muiño mandaba la maniobra, y vio que no había tiempo que perder. Las señales anunciaban ciclón. Estaban a principios de octubre y a unas cien millas al sudeste de las Barbadas. Enseguida mandó aferrar todo el aparejo, quedándose sólo con el contrafoque. El huracán rompió por el nordeste, llevando una gran masa de agua que bañó los palos. En cubierta había un balde de ron. Los marineros se pegaron a las bombas. De pronto el huracán saltó al sudeste y cogió el barco atravesado, pero el contrafoque le obligó a hacer cabeza y correr de nuevo a popa. Así navegaron durante doce horas. Los marineros tomaron ron y comieron galletas. Los lamentos de los negros danzaban ahora sobre el ciclón, aparejo arriba. De cuando en vez se echaba un cuerpo al agua. Las voces de la tripulación iban a sonar lejos, en las ráfagas. Los marineros se movían automáticamente, y el barco parecía tripulado por fantasmas. Pedro iba rígido, con los nervios aferrados en sí, como el aparejo. Juan decía que todos los días se morían cinco negros. ¡Llegaremos sin ninguno!

—¿Habrá alcanzado el ciclón a los cruceros y los barcos locos? —dijo Muiño.

Dos marineros contagiados se fueron con los negros. Quedaban otros enfermos, uno grave, en el castillo de proa. El grave deliraba. A veces se levantaba e iba por cubierta con los brazos extendidos, los ojos cerrados, preguntando por la puerta del cielo. Otras había visto a los negros resucitar en el fondo del mar, acarrear blancos en los barcos hundidos de un país a otro del mundo y venderlos como esclavos. Muiño se estremecía.

Esto era cuando el ciclón había pasado. Al fin cayeron densos chubascos, el huracán rodó al sur y terminó soplando bonancible del sudoeste. El mal seguía adelante. Murieron cuatro marineros más y más de cien negros en una semana. Pedro había infundido su valor y fatalismo a la gente. Les hablaba en voz firme y cordial. Por otro lado, los oficiales no se separaban de las armas. Gracias que llevaban agua y víveres en abundancia. El barco iría a Cabañas. Pedro pensó en sacar el resto de la cargazón a algún cayo de la costa norte antes de Matanzas; pero el temor a los piratas les obligó a seguir adelante. En el sollado quedaban trescientos sanos. El mal se había detenido en ese número.

En Cabañas tocaron en una playa baja, al este de la bahía, y la negrada marchó tierra adentro guiada por la gente de un corredor puesto allí por Carlo. La marinería cobró su doble sueldo en la playa, de noche. Los trescientos negros no darían tanto; pero el corredor tenía orden de pagarles así. El *Ciclón* había hecho la señal convenida —tres cañonazos con siete minutos de intervalo entre uno y otro— y el corredor prendido, triple fogata en la costa. Éste llevó la negrada hacia una hacienda interior y entregó a Pedro unos papeles para que pudiese llevar el barco a Cabañas. De allí partió Pedro a pie hacia La Habana, seguido de la marinería, que marchó en grupos sucesivos. Los oficiales y Pedro iban sin cobrar. Carlo les enviaba una nota para que fueran a arreglar cuentas. Los oficiales seguían automáticamente a Pedro. Ninguno se había lanzado nunca a una empresa así, y el haber salido ilesos de ésta parecía ser ahora su recompensa. La experiencia los habilitaba para hacer algo en grande. Los dos capitanes, Juan y Muiño, caminaban uno a cada lado de Pedro.

Los marineros hicieron circular el relato de la aventura, que llegó hasta Marchena. Se hablaba del pirata andaluz, sin dar nombre. El teniente se dio cuenta de quién se trataba y escribió a Pedro a La Habana aconsejándole que saliese pronto de Cuba, pues se le buscaba. Magda le escribió por su cuenta, hablándole de su temor por aquella vida aventurera. Luego le confidenciaba sus impresiones del país —no le gustaba— y lo que hacía. Magda tenía una sala con muchos espejos, y allí, para consolarse, escribía poesías, comía dulces y recibía algunas amigas.

—Me estoy muriendo —comentaba—, de soledad a pedacitos.

La vieja se pasaba el año en la terraza acarreándose y echándose fresco. Había engordado y se le había agriado la sangre, y los ojos se le apagaban. El teniente montaba a caballo y se iba por la costa al frente de su pelotón. La sociedad de Matanzas estaba formada por serecillos cándidos y vanidosos. Magda estaba muy sola, muy sola. Decía la carta. Pedro se la encontraría en La Habana.

Ahora les había anochecido en el campo. Algunos marineros se dispersaron, tal vez a formar alguna cuadrilla o a unirse a otra formada. Pedro y sus oficiales se echaron a descansar junto a un arroyo, a la luna. Los jejenes se levantaban de los rellanos húmedos del terreno y formaban nubes brujas sobre ellos. Algunos bajaban con fiebre en los picos, con pólvora que metían en la sangre. Los árboles quietos dormían de pie. Entre ellos pasaba, llorando, el silbido de la lechuza. Los hombres despertaron y siguieron su marcha, mirando hacia atrás. La manigua es completamente irreal y el marino teme eso. El marino ve el misterio detrás de cada cosa, y por eso se agarra como un tigre a las palpables, no por ellas, sino porque sólo así cree salvarse de su naufragio de adentro.

—He perdido dinero, pero pagaré a ustedes su sueldo —dijo el señor Carlo.

Se habían reunido con él en la trastienda, y tomaban café y fumaban vegueros. En otras mesas cabeceaban otros marinos. No se veían sino sus rostros de pizarra a la luz de un candil de grasa.

Eran hombres de todos los países, que habían caído cautivos de la trata. Carlo dijo que eran los hombres de Cojimanco.

La historia de Cojimanco es agria y sabrosa. Carlo vio en los ojos de los tres marinos ganas de ella y se puso a contarla.

—¿Creen ustedes que todos los marineros, esa chusma abigarrada que encuentran siempre en el puerto, dispuestos siempre a enrolarse en cualquier aventura, cae aquí, por obra del Espíritu Santo, como las peras de un peral? —dijo Carlo—; nuestro dinero nos cuesta a los armadores.

Cojimanco era uno de los que amontonaban marineros en los lugares de trata. Vivía de eso. Era el que llamaban vendedor de hombres, negrero de blancos. Era un filósofo cínico, nacido en Galicia y criado en el mar. De joven había tenido varios naufragios y le habían amputado un brazo y una pierna. Luego se los puso de hierro. El brazo era un arpón y la pierna una cañería cuadrada con rayas de lima. En ésta afilaba el cuchillo y con el arpón se sostenía en las tempestades al subir a los palos o lo clavaba en algún hombre. Llevaba una gorra sucia, una barba amarilla. Cuando se emborrachaba izaba el pabellón pirata. Nadie le hacía caso. Conocían su barco por varios puertos de América y lo sabían inofensivo. Era un dos palos ventrudo y lleno de remiendos, con una cangreja pintada de rojo. En el mar era un ave rara. Se llamaba el *Invencible*. Cojimanco no cargaba sino pasajeros y mercancías de poco bulto. Se iba por tabernas y mesones de Baltimore, Charleston y Nueva York y allí aguardaba a que le pidieran tripulaciones los armadores de algún puerto antillano —éstos las pedían con anticipación, y pagaban sus pasajes a Cojimanco. Cojimanco buscaba entonces a los borrachos y perdidos y les pintaba villas. Cojimanco había comenzado mintiendo desde niño y sus mentiras parecían verdades. Su forma de hablar mal todos los idiomas le daba un aire ingenuo y niño. Cuando no bastaban los voluntarios, Cojimanco echaba mano de su cuerpo de raptores. Éstos cogían a los borrachos de las tabernas y los metían a bordo, de noche. Cuando despertaban se encontraban en alta mar, y muchos no eran marineros. Había pastores y protestantes y hombres de carrera. Si tenían algo encima se lo robaban los ladrones de Cojimanco. Éste los miraba luego desde el puente, mesándose las barbas con el arpón, y se ponía a afilar el cuchillo en la pierna. Aquellos hombres caían en un puerto extraño, sin dinero ni papeles, y no tenían más remedio que enrolarse en algún negrero, por cualquier sueldo. Cojimanco acababa de soltar una gran redada en La Habana.

Carlo y sus socios preparaban otra expedición. El velero estaba al ancla y sólo faltaban por vender algunas acciones. ¡Pero no más aventuras, no! Ofreció a Pedro el mando y prometió otros a Juan y Muiño.

—Esperen, esperen —les dijo.

Juan y Muiño se fueron al otro lado de la bahía, a La Habana Vieja, a ofrecerse a otros armadores, o tratar de armar ellos mismos alguna carraca a base de acciones.

En el puerto Pedro se encontró con Salaverry, que tenía allí su bergantín pirata disfrazado y preparaba otra expedición. Los cañones, dijo, estaban en la cala. El barco tenía más de diez capas de pintura, unas sobre otras, pertenecientes a diferentes disfraces. Salaverry y Cojimanco eran amigos, porque el viejo surtía también al pirata de tripulación. Pero Cojimanco conocía su oficio. Su mercancía se dividía en tres clases: primera, segunda y tercera, que él llamaba trinquete, mayor y mesana. La de trinquete era escasa y costaba cara. Se componía de tigres de mar, hombres desesperados y sin alma, que sólo servían para piratas. Los hombres de mayor eran los que servían para barcos medio negreros y medio piratas, los que iban a comprar negros y no tenían escrúpulos en robarlos a otros cuando la ocasión se presentaba favorable. Los de mesana sólo servían para negreros honrados. Salaverry invitó a Pedro a trabajar con él.

—Te nombraré mi segundo —le dijo.

Salaverry sabía bien que Pedro no sería nunca más segundo de nadie, pero así desahogaba su envidia y le parecía humillarlo.

Antes de partir, Pedro recibió carta de su hermana. Clara, decía, estaba próxima a la muerte. El padrastro era una bestia, que no se ocupaba de ella. Ella, Rosa, sola como siempre. Ahora trabajaba con una modista. Los demás huían de ella. Se pasaba el año hablando poco más que con su madre, con su gata y consigo misma. La ciudad entera la tenía sitiada. Le habían inventado coplas, que los mozos cantaban en las tabernas. Había envejecido un poco, pero seguía siendo bella.

Pedro llevó mucho tiempo la carta en el seno. Mientras aguardaba a que terminara de armarse el barco escribía a su hermana, en un rincón de la trastienda del señor Carlo. Un gatazo azul se iba a sentar sobre su mesa y le desviaba la pluma con el pie. Pedro no corregía el rasguño. «Estos rasguños me los ha hecho hacer un gato que viene a verme aquí», ponía entre paréntesis. Luego se quedaba como dormido sobre los papeles. Iba amontonando cartas y no ponía ninguna en el correo. Al fin las rompió y se fue a ver al piloto de un barco mercante que tocaba en Málaga. Este piloto conocía a la familia de Pedro.

—No les escribo —dijo éste—; diles que me has visto, pero no que te hablé de ellos.

Cuando despertó de aquellas cavilaciones, que le chupaban energía, fue para lanzarse al mar, a ciegas. Ni siquiera reparó en la clase de tripulación ni en la clase de barco. Sus papeles decían con destino a Puerto Rico, pero el señor Carlo dejó de su cuenta la meta. Los factores no acababan de mandar aviso, y Pedro dijo que él se encargaría de cargar el barco. Pero esta vez no podría ser pirateando. El barco era ya viejo y no llevaba sino una colisa y unos cuantos fusiles. Además, la tripulación, lo vio pronto, era de mesana. Cojimanco fue a despedir a Pedro al puente y allí se apareció también el teniente Marchena, que había bajado a La Habana a un asunto oficial. Marchena, dijo, pronto acabaría con todos los bandidos de la costa y Pedro le prometió de nuevo mandar o llevar expediciones negreras a desembarcar por allí, con lo que el teniente y sus socios corredores ganarían.

Cojimanco dijo a Pedro que era un sentimental. Nadie

más se lo había dicho nunca. Cojimanco reía cínicamente.

—Usted es como una fiera herida, que huye, y arrasa con lo que encuentra. Nada más peligroso; pero usted no es un pirata de ley. Piratas de ley, Salaverry y yo: no hay otros en todos los mares —dijo Cojimanco.

Pedro navegaba rumbo al África, después de haberse hurtado a un negrero frente al canal de Barlovento.

—Estos malditos galgos marinos acabarán por apestar todos los mares —dijo el segundo.

Éste era un vasco. Los cruceros eran cada vez más numerosos. Los había ya también yanquis y franceses, y en La Habana el delegado inglés trataba de imponer normas al capitán general.

Entre los marineros que Pedro llevaba ahora en su *Conquistador* algunos habían sido llevados a Sierra Leona en barcos portugueses y españoles. En Sierra Leona saqueaban el negrero, libertaban a los negros, deshacían el casco, soltaban a la tripulación y mandaban a los oficiales a sus respectivos países para ser juzgados. La ley española los condenaba a Filipinas. En Sierra Leona se amontonaban las tripulaciones, y no les daban sino una dieta de hambre que, dijo el segundo, no hubiera alegrado a un pollo de tres días. El segundo había estado allí. En el barco iban buenos marineros, pero ninguno buen peleador ni ambicioso. Carlo los había escogido así. Con aquella gente y sólo un cañón, únicamente podía pensarse en huir.

El segundo había mandado una expedición y no había querido mandar más. La gente se le había sublevado y su segundo había tenido que asumir el mando por su cuenta. Los marineros reían.

—Yo no sirvo para matar —dijo el segundo.

El piloto era un aragonés, y cantaba cantos de su tierra. Los marineros lo rodeaban y batían palmas y bailaban cada uno los bailes de su país, al son de la misma música. Aquellos bailes no tenían nada que ver con la música, pero los marineros oían la que llevaban en sí. El viaje resultaba bueno, y el barco no llevaba peste, puesto que era su primer viaje de negrero. Esto evitaba que los marineros vieran malos presagios. El viento los favoreció hasta Cabo Verde. Allí roló al sudeste y tuvieron que navegar dos días de bolina. Al fin el viento sopló calmoso, y el *Conquistador* avanzaba perezosamente, pero el agua se conservaba fresca. Así que los marineros seguían viendo buenas señales o no viendo ninguna. Jugaban a la baraja y bailaban. Como no llevaban dinero –la media paga por adelantado la habían dejado, como siempre, en tierra–, se jugaban cosas fantásticas. Una vez se jugaron la libertad de Napoleón –que había muerto algunos meses antes, pero que ellos suponían vivo–. Otra la cabeza del príncipe de Gales. Otra la santidad del Papa. Otra la perpetuidad de España en América. Otra la bota del zar. A veces se jugaban barcos. Otras se repartían el mundo, que se perdía por una mala jugada. Algunos tenían mujeres abandonadas por el mundo, se las jugaban y, por varias noches, otros se acostaban con ellas. Cuando se llegaba a jugar el honor, la sabiduría, el valor y las mujeres de alguno, la broma se tornaba seria, y los marineros sacaban sus facas, y el segundo tenía que recurrir al capitán para apaciguarlos. Lo demás no les importaba perderlo. La travesía era amena.

Una noche vieron a sotavento como un esqueleto de barco, casi inmóvil, con las velas hechas trizas y plagado, dijeron los marineros, de fuegos de San Telmo. La noche era serena, pero sin luna. Pedro mandó gobernar hacia él y enseguida se advirtió que dentro no tenía vida. Era un negrero pirateado. De las vergas pendían los esqueletos de sus tripulantes, y los negros habían desaparecido. Las aves se habían comido la carne de los marineros, que ahora eran como huesos de frutas pendientes de las ramas de un árbol. De los esqueletos salían fuegos fatuos. Los tiburones pululaban todavía en derredor, esperando que alguien se cayera al agua.

–¡Esto me da mala pata! –dijo el segundo.

Los demás quedaron mudos y Pedro mandó gobernar para alejarse del casco muerto. Nadie supo qué barco era, pues no tenía letrero y había sido saqueado. Pero era un barco español o portugués. Los marineros, que trataban a hombres de todas las naciones, dijeron conocerlo en los esqueletos. El viento fresco empujó al *Conquistador* hacia Gallinas.

Pedro no podía piratear con este barco, no podía ir al Pongo, donde estaba su enemigo Ormond; no podía aventurarse a la Costa de Oro, donde abundaban los cruceros: no le quedaba sino ir a Gallinas, a dos pasos del centro de represión. Gallinas no había llamado aún la atención como fuente negrera. Además, allí estarían Martínez y Burón. En realidad, lo que ocurría era que en Pedro se había aflojado alguna cuerda o cabo. En cualquier otra ocasión hubiera flechado su proa entre una descarga graneada.

–¡Has adelgazado! –le dijo Martínez.

El *Conquistador* remontó la barra y bajó el ancla frente a la factoría de Burón en un cayo del estuario. Burón había gastado las mercancías de Pedro, y Martínez las suyas comprando esclavos, de los que sólo había cien en los barracones. Los reyes del interior les hacían la guerra, y las factorías estaban cerca de la ruina. Burón recomendó a Pedro que fuera a la Costa de los Esclavos, pero éste llevaba intención de quedarse. En su cabeza se había formado una niebla espesa, y los nervios se le habían aflojado, y las velas abatídose, y en sus ojos había un cerco negro. Burón y Martínez –el barco que había llevado éste estaba allí, medio desarmado– le debían mercancías y así se apoderó de sus cien esclavos y los montó en el *Conquistador*. Los otros no protestaron de frente. Pedro ni siquiera les pidió permiso. Sacó a tierra la mercancía que llevaba –géneros, bujerías, tabaco, pólvora, fusiles, aguardiente– y algunas onzas de oro y fue con su gente a los barracones. Nadie sabía lo que pensaba. Los cien negros apenas darían para pagar a la tripulación, supuesto que llegara a salvamento. Pedro montó al segundo sobre el puente y le dio el mando y un pagaré para los armadores por la diferencia en mercancía.

Cuatro años más tarde –escribe el capitán Canot– envió a sus armadores el importe de aquellas mercancías, haciendo grandes negocios por su cuenta.

Libro tercero

> En un islote más alejado tenía su residencia, donde no entraba jamás otro blanco que una hermana suya, que compartió algún tiempo con don Pedro aquel dominio solitario y siniestro.
>
> Capitán Teodoro Canot

Con una lancha de cabotaje procedente de Sierra Leona llegó a Pedro aquel mismo día el relato de la muerte de Napoleón. El patrón había estado en Santa Elena durante el suceso, y Pedro fue a bordo de su embarcación a oírle la narración. Una cábala de fechas había enlazado sus viajes con los del emperador, y la noticia de su muerte en el momento en que se disponía a quedarse en África debió de tocar lo que en él hubiese de superstición, lo que había dejado en todo marino a vela. El patrón, un inglés, había seguido, además, la historia del corso y sus campañas, y Pedro estuvo con él hasta más de media noche. Entonces se retiró a una choza que le prepararon Burón y Martínez.

Martínez y Burón vieron quedarse a Pedro e irse las velas del *Conquistador* con temor y ansiedad. Pedro iba, sin duda, a dominarlos, pero por otro lado ya ellos lo estaban, y el hombre traía algún capital. Había otros factores en el estuario, pero todos pobres, y la mayoría de sus numerosos islotes estaban deshabitados. A Gallinas no podían ir sino bandidos o náufragos. La barra era peligrosa, los islotes desolados, bajos y esponjosos; los nativos, belicosos y crueles. Pero Pedro era a la vez náufrago y bandido y en sí llevaba lo que no había llevado ningún otro factor de la región. En él se había manifestado de golpe una vivazón espiritual. Hasta entonces había sido soldado, y de mala fortuna; ahora quería ser rey. La carta de su hermana era decisiva. Cualquier otra tripulación que no fuera la pacífica del *Conquistador*

201

le hubiera robado la mercancía y las monedas o se hubiera burlado de él por mandar el barco a casa, a través de la línea de vigilancia que los cruceros ingleses mantenían, como una cadena tendida, de África al Brasil, y con sólo cien negros a bordo. Pero aquella depresión sería pasajera. Era en el primer cuarto de 1822. Pedro tenía unos veintisiete o veintiocho años. La esclavitud continuaría en alguna parte de América —Brasil— hasta 1888.

El estuario de Gallinas era una fuente de esclavos desde 1813, pero los factores españoles y portugueses caídos allí eran de una madera blanda y su comercio irregular. Los negreros no tocaban allí sino cuando no podían entrar en las costas de Oro y de los Esclavos; la inseguridad de encontrar cargamento y la carestía de los esclavos eran dos dificultades. Los factores dependían de las guerras feudales de las tribus interiores y a veces llegaban caravanas de prisioneros y no tenían con qué comprarlos. Estas caravanas estaban formadas por negros emigrantes de la región de Vey, que habían avanzado desde el sur, fundiéndose en parte con los gallinas establecidos en clanes aislados en los diferentes brazos del río. Al norte estaban los bullón —mampúas—, también en clanes rivales, y los gallinas formaban expediciones contra ellos o iban a comprar sus prisioneros de guerra. La selva tenía veredas, especie de túneles que sólo penetraban las caravanas a pie que partían al norte y al sur de las márgenes de los ríos, especialmente el Cestos, el Gallinas y el Sulima.

Los cayos del estuario de Gallinas estaban poblados especialmente por la «raza» de pescadores. Había tres clases de gentes: los krumen —*crewmen*, tripulantes, boteros—, procedentes de la Costa de los Granos y desparramados por toda la costa; los *fishmen* —pescadores— y los *bushmen* —silvestres—, que cazaban y cultivaban tierra adentro. Los silvestres mediaban entre los factores y los jefes del interior y los boteros entre los factores y los negreros. Los pescadores eran buenos para los trabajos de las factorías.

Pedro encontró varios islotes libres, en los que sólo

había chozas de pescadores, que veían con gusto que se establecieran allí los blancos, que daban trabajo y riqueza; pero antes era preciso comprar el permiso al jefe del clan con ricos presentes, y los factores establecidos, rivales entre sí, influían con el jefe para que no dejara establecerse a nadie más. Burón tenía dos cayos. En uno tenía su casa, donde vivía con tres mujeres, el barracón y el almacén. En otro, en una barraca de tablas, tenía su oficina para tratar con los negreros. Los factores tenían empleados fijos y accidentales, y en aquellos islotes cada uno venía a ser un señor feudal pobre. Burón cedió a Pedro el pequeño islote donde tenía su oficina y se retiró al otro, mayor, donde tenía su factoría, ahora en sociedad con un portugués.

El islote donde primero se estableció Pedro estaba en la embocadura del estuario y dominaba la entrada. Era uno de los más altos. En él no había sino dos o tres chozas de pescadores pertenecientes a una tribu de la orilla. La barraca de tablas era un edificio triangular, a modo de proa de barco, y tenía un solo departamento. Burón se llevó todo lo que había allí, y Pedro, con Martínez por auxiliar, se estableció en ella con sus mercancías. Entre los dos hicieron una mesa de tablas y estibaron al fondo los barriles de pólvora y de aguardiente, las cajas de tabaco, bujerías y fusiles. Entre la mesa y el almacén tendieron las hamacas, hechas de las velas del barco varado a la orilla. La mujer de un pescador fue, al principio, a hacerles la comida. Luego se les colaron en casa otras mujeres de otros pescadores, que se enamoraban de los espejos y se daban a los hombres blancos. Los pescadores fingían no saber nada, pero las mujeres pedían ron y tabaco para ellos. Aquellas gentes, dijo Martínez, eran como todas las demás. Martínez se había hecho un alma astuta, un cínico experto y hábil. Pedro vio cuán útil podía serle.

Pedro y Martínez construyeron detrás de la barraca un largo barracón de tablas sacadas del casco del barco y dos más pequeños a los lados del almacén –uno para el alcohol y el material de guerra y el otro para los géneros y abalorios–. Los pescadores y algunos blancos náufragos los ayudaron por poco, y antes de que cayeran las lluvias los edificios estaban terminados, con sus techos de tablas y adobe. Sobre el adobe crecía después la hierba.

El estuario se iba aquietando. El último cargamento de la estación había salido. Los krumen varaban sus canoas y se retiraban a sus chozas a tocar, bailar tambor, beber y cantar. Pedro visitó a todos los factores del estuario y algunos jefes de tribus. El factor más importante era un tal José Ramón, español. Después venía otro español llamado Vicuña. Después otro, llamado Gume Suárez. Luego un portugués y, finalmente, Burón y su socio. Pero había varios traficantes menores estilo gitano. Todos vieron con recelo y temor la entrada de aquel joven seco, del cual se corrían historias extrañas. Se sabía ya, por algunos marineros, que era quien pirateara el barco portugués y luego hiciera aquella redada –Pedro supo, a su vez, que los ingleses habían llevado los barcos abandonados a Sierra Leona y que los negros habían muerto casi todos–. En Gallinas había entonces media docena de marineros de aquellos barcos, que Pedro había puesto en botes hacia la costa.

–Eso te favorece; pero hay que andar con cuidado –dijo Martínez.

Pedro vio pronto que tenía que entrar invadiendo. Los factores establecidos allí eran gentes resentidas, con amor a la grandeza, y cada uno tenía un pequeño sultanato en su islote con su serrallo pobre y su servidumbre. Pero eran gentes tímidas para el oficio, enemigos de arriesgar mucho.

Vinieron entonces las lluvias, estación monótona y triste, en un paraje desolado y salvaje, cuando el río manso se enturbia y se hincha y los cayos quedan casi sumergidos como boyas náufragas. No asoma ninguna vela, salvo la de algún barquichuelo de cabotaje, ni se ve el sol. Durante este tiempo, Pedro y Martínez, encerrados en aquel cascarón de la entrada, miraban al mar y maduraban sus planes.

Los jefes de Gallinas cobraban peaje a las caravanas

cuando no eran mandadas por ellos. Ellos vendían a sus delincuentes, acusados de robo, violación o brujería. La brujería estaba reservada a los sacerdotes y sacerdotisas oficiales, que habitaban en antros de la maleza. Entre todos, había una que dominaba a la mayoría de los jefes anunciando hecatombres o prometiendo dichas. Para llegar a ella había que enviarle antes ricos presentes y cruzar un espeso bosque al sur del río. Martínez dijo a Pedro que fuera a ver a esta bruja, pero Pedro no hizo caso.

–Hay que estar bien con ella; Burón pudo establecerse aquí gracias a que le hizo un buen regalo, y la bruja anunció que el nuevo blanco traería la buena suerte a todos los de la región –dijo Martínez.

Esta negra no mostraba jamás su rostro ni su cuerpo, y nadie sabía si era joven o vieja. Vivía sola en una topera y guardaba sus tesoros bajo tierra. Se decía que había comido muchos blancos. El último –decían– había sido un factor portugués medio arruinado, un hombre joven que se había ido a consultar con ella.

La bruja aparecía siempre bajo un hábito de pieles y hierbas que la cubrían de la cabeza a los pies, y hablaba todos los idiomas.

Dos veces durante las lluvias tocaron allí dos balandras de cabotaje procedentes de Freetown, propiedad de judíos. Por medio de ellas echó Pedro a volar la noticia, que llegaría a los negreros que tocaran en algún otro lugar de la costa, de que para la siguiente estación habría esclavos en abundancia en Gallinas, que en el interior se habían desatado guerras y que los negros serían baratos. Luego se entrevistó con un jefe de la margen sur que solía mandar expediciones contra los kpwesi y sus caravanas volvían cargadas. Todo el clan de este jefe se dedicaba a la caza de hombres. Tenía una aldea de chozas amuralladas de tierra y un cuerpo de mujeres y hombres adiestrados para el oficio. También para llegar a él había que ir precedido de ron, tabaco y pólvora; luego admitió también objetos de lujo. Pedro lo encontró sentado en un trono de troncos de árboles forrado de pieles al fondo de su choza. Llevaba un sombrero y una guerrera de almirante inglés, con entorchados, y las piernas desnudas. Pedro entró deslumbrándolo. Se rodeó de un cuerpo de marineros armados y mandó delante un negro con regalos y un intérprete. Le dijo que iba a llevarle riquezas, no a usurpar dominios, y contrató el primer cargamento de esclavos que el jefe aportara a principio de estación. Martínez calculó que las mercancías alcanzarían para comprar aquel cargamento de cerca de mil esclavos, deducidos los gastos. En el tiempo que faltaba ambos trabajaron en la factoría, asegurando los barracones con planchas de hierro viejo, que modelaban en una forja, cosiendo hamacas de lona y dividiendo los edificios con tabiques. A Pedro le irritaban aquellos trabajos, y terminó por abandonarlos a Martínez, que, dijo, tenía alma de cerrajero. Él se puso a estudiar el idioma del país y a indagar los nombres de las tribus cercanas —Mende, Gora, Bussi, Kpwesi, Gibi, Sikong—, sus territorios, supersticiones, feudos y organización. Sus ojos estaban vueltos hacia el sur, pues era seguro que los ingleses avanzarían a su vez desde el norte hacia él.

Al sur estaba todavía la tierra de nadie. Un mulato yanqui, que trabajaba en un barco de cabotaje de Sierra Leona, fue con Pedro a su islote y durante una noche le estuvo hablando de lo que había visto por la costa. En Cabo Mesurado, dijo el mulato, acababa de verter la American Colonization Society un cargamento de negros y mulatos libres, en combinación con la tribu Dê del país.

—¡Deportados! —añadió el mulato—, esos negros manumisos tienen derecho al voto y por eso los deportan y vuelven a la esclavitud; vienen a trabajar ahí, a las órdenes de unos blancos, y vuelven a ser esclavos en su tierra.

Eran las simientes de la futura república que tres años más tarde bautizó el reverendo Robert Gurley con el nombre de Liberia. Los negros del país odiaban a los veegee —negros americanos— más aún que a los blancos, y los llamaban *blan-*

cos. Aquellos negros civilizados iban allí, pensaban, a darse importancia de blancos, sin ningún derecho, decían, y a humillarlos. Los Dê los habían admitido a fuerza de regalos a los jefes, pero pronto se volverían contra los deportados, dijo el mulato.

Luego habló de Sierra Leona. Los ingleses habían hecho allí un revoltijo imposible.

—¡Gentes despreciativas! —dijo el mulato—. Desprecian a mi raza y a todas las razas oscuras, y por eso se expansionan sobre ellas, para despreciarlas. No se mezclan con ellas y gozan viéndose rubios y azules contra un fondo negro. A Sierra Leona trajeron primero los negros leales, que habían peleado por ellos. Aquellos negros se pusieron de parte de los amos y los amos los deportaron luego a África, antes lo habían hecho a Nova Scotia, porque no sabían qué hacer con ellos. Lo mismo que a los cimarrones de Jamaica, parte caribes y parte negros, echados también a Sierra Leona. Y ahora esos cruceros que llevan redadas de todas las partes del África al mismo lugar y los llaman *willifoss niggers*. Antes habían traído también una redada de prostitutas de Londres. ¡Sí, *boys!* [Martínez y Pedro]. Y luego los colonos suecos y holandeses y las gentes del país, los timmi, bullon, mende, susu. ¡Todos mezclados! ¡Una raza nueva, *by Jove!*

Los factores del estuario vieron que en aquel pequeño islote se levantaba un enemigo terrible. Martínez había aprovechado la estación de las lluvias para emplear a marineros hambrientos abandonados allí o venidos de Sierra Leona en su fortificación y en terminar el almacén y el barracón. El edificio primitivo lo echó abajo y en su lugar levantó otro en forma de *bungalow*, haciéndolo confortable, con mesas, tapices de pieles y hamacas. En el ángulo que avanzaba hacia la barra, donde en un barco hubiera estado el bauprés, levantó un torreón de tierra y ladrillo y emplazó allí un cañón sacado del barco. El cañón lo limpiaban todos los días con ceniza, y cuando vino el sol le quitaron la lona que lo cubría y se desparramó en destellos todo alrededor. Pedro saludó el primer día seco con un cañonazo que hizo temblar el islote. Antes había recibido a los patrones de las barcas de cabotaje, aparentando como si les comprara grandes cantidades de mercancías. Era obra de Martínez. Pasaban bultos y cajas de las barcas al islote y las reembarcaban de noche. Era un medio de asegurar el crédito y la confianza ante los naturales y los demás factores. Por otro lado, Pedro se rodeó de una guardia de corps formada de marineros españoles y portugueses armados. Todos los factores sabían que Pedro obtendría las primeras cargazones de esclavos de la temporada. Las caravanas habían partido ya al interior.

Pero la bruja vio un mal presagio en todo aquello. A ella llegaron los ecos y los regalos de algún factor, y comenzó a vaticinar secretamente grandes calamidades a las tribus del río. Ni Pedro ni Martínez se enteraron por de pronto. Pedro había salido en una de las barcas de cabotaje a explorar la costa. Las velas negreras comenzaban a asomar al horizonte, se oían los cañonazos de señal y los boteros se lanzaban a recibirlos en sus canoas, diciéndoles si había negros y si la costa estaba limpia de cruceros, y regresaban cargados de cosas robadas, como abejas de miel. Una noche, antes de regresar Pedro al islote, Martínez despertó entre llamas. La bruja había movido a un jefe de la tribu a incendiar la factoría, y el fuego había entrado por los cuatro costados. Martínez tuvo que envolverse en ropas mojadas para cruzar las llamas y se arrojó al río. Todos los negros que habitaban en el islote habían desaparecido y tres marineros blancos ardieron. Otros se arrojaron al agua como Martínez y dos quedaron ciegos. A los pocos minutos de haber abandonado Martínez el islote reventaron los barriles de pólvora y ron y todo quedó en cenizas. Los factores de otros islotes contemplaban las llamas desde las puertas de sus chozas. Burón estaba sentado ante su casa fumando. Los negros danzaban y tocaban tambores. Sólo quedó el cañón en su pedestal de ladrillo apuntando al mar. Martínez nadó hasta un islote vecino, donde había factores en pequeño, y se refugió en la choza de un español llamado José. Los marineros salvados cayeron también allí. Al otro día hallaron a los ciegos, casi en carne viva, arrojados a la orilla, quejándose. José los recogió y les devolvió poco a poco la vida. José era un hombre solitario.

—¡Hay que cazar a la bruja; ha sido la culpable!

Pedro no pensó en eso; además, era peligroso. Las caravanas llegarían pronto y ya no había con qué comprar un solo esclavo. No tenían siquiera qué comer, salvo lo que les daba José. Pero éste tenía algún prestigio y buscó unos cuantos factores en pequeño para fletar una barca. Era el último recurso de Pedro: ir a ver a Cha-Cha, su antiguo jefe, y pedirle un empréstito. Entretanto, Martínez, ayudado por dos factores en pequeño, volvió al islote y comenzó a escarbar en las cenizas.

Ninguno de los factores mayores pensaba en que pudiera operar aquella estación. Sin embargo, vieron salir a Pedro en la barca a toda vela y se quedaron intranquilos. Burón fue a despedirlo y a darle el pésame y a indagar adónde iba. Muchos pensaron en que iría a dar aviso a los ingleses, pero cuando lo vieron navegar hacia el sur nada pudieron suponer. De lo que no había duda era de que pretendía seguir allí, ya que Martínez había vuelto a clavar tablas en la tierra.

Cha-Cha seguía siendo el príncipe de los negreros. Al ver de nuevo a su antiguo contador se tiró de su silla y fue a recibirlo. Da Souza había logrado corromper, decía, a cuantos se habían acercado a él, menos a aquel joven cetrino de alma dura y misteriosa. Por eso lo respetaba. El príncipe carfuzo venía de presenciar una cacería montado en una silla llevada por cuatro esclavos fornidos. A un lado hacía cabriolas un bufón blanco y al otro traía una sirena rubia. Esta zorra, importada recientemente de América, jugaba con su oreja y le daba besos al oído. Delante marchaban los músicos y detrás y a cada lado los escoltas. Cha-Cha cogió a Pedro del brazo, lo llevó a su palacio y pasó aviso a los capitanes de negreros para que fueran aquella noche a celebrar la fiesta en honor del huésped.

Pedro sabía por dónde había que atacar al príncipe. Cha-Cha era perverso, refinado y cruel con sus lacayos; pero se asombraba ante un hombre como Pedro, capaz de hablar idiomas, recitar en latín, llevar cuentas, mandar piratas y pasar a cuchillo una tripulación entera. La fama de Pedro había llegado hasta él por boca de los marineros. Pedro se encaró con él y le contó lo sucedido.

—No puedo esperar ni una hora: necesito dinero o mercancías. Hay dos mil negros camino del estuario, y mis enemigos me acechan —dijo—. ¡Pagaré doble!

No iba a pedir ni a lamentarse. Era casi una orden. Cha-Cha quedó cortado. Nadie se le había presentado con aquella impetuosidad; pero el saber que daba combustible para que unos hombres se pelearan con otros y que se trataba de un pirata que él había tenido a su servicio, arrancó su voluntad. Inmediatamente mandó cargar su barca de mercancías. Pedro insistió en llevar armas y explosivos y esta preferencia garantizó a Cha-Cha que se trataba de un asunto serio. Durante cuatro horas los obreros de Cha-Cha estuvieron acarreando fusiles, pólvora y plomo hacia la barca. Entretanto, Cha-Cha llevó a Pedro a visitar su serrallo, donde iban dominando las mulatas, y las blancas, y luego a la residencia sagrada de sus hijas. Elvira, la menor, había crecido y parecía tallada en caoba. Las hijas estaban en una sala tapizada y alfombrada, con grandes lámparas y candelabros, echadas en acúbitos de pieles y envueltas en amplias batas de seda. La guardiana dormitaba y las dos hijas se arreglaban los cabellos ante grandes espejos sostenidos por mulecas. La entrada a este palacio, se decía, sólo la habían logrado algunos capitanes de las armadas inglesa y portuguesa y algún explorador. Pero Cha-Cha, que guardaba las llaves, no dejaba jamás a ninguno a solas con sus hijas. Los portugueses de la factoría decían que un degenerado como Da Souza sería incapaz de guardar dos vírgenes en aquel encierro y que las tenía por mujeres. Sin embargo, no era así. Pedro vio que Elvira abría mucho los ojos ante él y se acercó para saludarla, pero Cha-Cha se interpuso.

—¡Hasta que seas rey!

De vuelta a la barca, Pedro pasó entre el laberinto de edificios construidos por Cha-Cha detrás del fuerte, escoltado por lacayos del príncipe armados de lanzas. El patrón lo tenía todo preparado y la barca puso proa al norte con viento de popa. Iba cargada. El mismo Cha-Cha no sabía el valor del cargamento. Su contador se había encargado de hacer firmar a Pedro un pagaré en libras. Pero todo sin más garantía que su fama de bandido y el carácter que Pedro llevaba en sí.

En Gallinas vieron llegar la vela temblando. Martínez había logrado improvisar una barraca para vivir y un barracón con dos partes: una para los esclavos y otra para las mercancías. Pero éstas llenaron ellas solas el barracón y la barraca y en los días siguientes se emplearon muchos hombres en reconstruir la factoría. Como todos los negros que habitaban en el islote habían huido —según la bruja, el islote estaba maldito—, el terreno era suyo. Pedro entró en son de guerra.

José y tres pequeños factores más se unieron a él con sus pobres recursos. Estos factores sirvieron de intermediarios entre Pedro y otros del estuario para el trueque de mercancías. Las caravanas se habían retrasado y no llegaron aún. En tres semanas el islote quedó convertido en una factoría fortificada, con una guardia de ronda permanente y capacidad para un buen cargamento de esclavos. Pedro reunió unos cuantos de aquellos marineros extraviados que vagaban por la costa y bajaban de Sierra Leona procedentes de los negreros apresados y de ellos sacó un pequeño ejército con sueldos y grados.

Pedro volvió a visitar al jefe expedicionario, ratificando el trato. Sin embargo, las tribus estaban todas recelosas. La bruja había propagado que aquel blanco llevaría calamidades al país, y a Pedro no le quedaba sino usar la fuerza. El jefe se negaba ahora a venderle esclavos y sólo accedió al ver los soldados armados que rondaban el islote. Pedro le dijo por medio del intérprete que estaba al recibir otro barco cargado de armas. Cuando asomó el primer negrero de Cuba, todos, hasta los mismos factores, creyeron que era suyo.

Este negrero iba de Matanzas, consignado a él por recomendación de Marchena. Esto lo ató definitivamente a su primo. El teniente le enviaba una larga carta, en la que Magda y la señora Amalia le escribían unas líneas; pero Magda le escribía también por su cuenta, con gran admiración por el pirata que había en él. Por esta carta supo Pedro que su cabeza estaba pregonada en Matanzas y que las autoridades habían tenido preso un mes al señor Carlo por creerlo cómplice.

El negrero iba mandado por un hombre sin experiencia en la trata, y Pedro mandó con él a uno de sus marineros, que había sido llevado dos veces a Sierra Leona. El capitán había obtenido del gobernador de Cabo Verde un permiso para arbolar la bandera portuguesa, según indicación de los armadores, que creían que Gallinas estaba al sur de la línea donde aún era lícita la trata para Portugal. Cuando iban a hacerse a la vela desde Cabo Verde, un marinero que había observado la maniobra se fue a ofrecer al capitán para pilotear el barco a Gallinas, pues el piloto que llevaba tampoco había pasado nunca de aquellas islas. De vuelta, el negrero obtendría papeles en Puerto Rico para entrar sin cuidado en Matanzas.

Por medio de este negrero envió Pedro aviso a los armadores de La Habana, diciendo que para la siguiente estación su factoría tendría negros en abundancia. Llevaba cartas redactadas por Martínez con un espíritu mercantil y propagandista. En ellas se garantizaba a los armadores la seguridad de los barcos en la costa de África y detallaba una organización fantástica en combinación con el rey Cha-Cha y en connivencia con muchos cruceros británicos. Martínez no escribió sino una carta. Las demás eran copias con el lugar del nombre del destinatario en blanco. El marinero que las llevaba averiguaría el nombre y las señas de todos los armadores posibles y él mismo escribiría el sobre y el nombre imitando la letra. Martínez mandó escribir infinidad de circulares así para enviar a los armadores de Europa y América por los barcos que tocaran allí o en otros puntos de la costa, adonde las llevaban los de cabotaje.

El *Estrella* había zarpado ya con quinientas piezas de Indias, las primeras que salieron de Gallinas a aquella estación, dejando onzas de oro, tabaco y aguardiente a cambio. Con un administrador como Martínez, Pedro se dedicó a visitar los jefes de tribus río arriba, tratando de deslumbrarlos o atemorizarlos, siempre con una escolta personal de tres o cuatro marineros. En aquellos meses nadie sabía nunca dónde encontrarlo. De golpe se presentaba en casa de un jefe, hacía brillar las armas ante sus ojos y desaparecía. Era un modo de sorprender a las gentes, grabando en ellas su imagen y envolviéndose en un misterio donde trabajaran la superstición y la imaginación. De paso aprendía el dialecto del país con el intérprete, que se lo traducía al inglés. Su memoria retenía vivo cuanto aprendía una vez.

«Una vez», dice Canot, «ganó a sus empleados la apuesta de un esclavo recitando la creación dominical en latín y luego regaló el premio a un capitán negrero apresado por los ingleses.»

Después de aquel primer embarque, con oro y mercancías para comprar más, dio en visitar todos los puntos del río donde paraban las caravanas. Cuando olía la llegada de alguna se presentaba de repente con una lancha cargada de géneros chillones, espejos, pólvora y armas, que exhibía ante los jefes. Cuando compraba a uno una docena de cautivos, le mostraba mercancías por valor de ocho. Pero mucho de aquello era debido a la astucia de Martínez, que tenía algo de judío. A África se la podía conquistar por medio de los sentidos, el miedo o la religión. Martínez era maestro en deslumbrar. Pedro hacía lo demás, utilizando su experiencia de capitán en el agua.

En esta primera estación Pedro se movía entre enemigos blancos y negros, y las cargazones que logró embarcar fueron obtenidas a tirones, un poco por amenaza y un poco por deslumbramiento. Tuvo que pagar más caros los cautivos que los demás factores. Con todo, logró poner dos mil cuerpos sobre el agua rumbo a Cuba —dos cargazones a Matanzas y una a La Habana, las tres, esto era importante, a distintos armadores. En su pequeño islote quedaban provisiones para pasar las lluvias y aguardar la nueva estación equipados.

Pero en todos los islotes alrededor del suyo se establecieron negros venidos de otros y sucursales de los principales factores. La enemiga no se ocultaba ya, y pronto supo que los grandes factores habían formado una alianza para coaccionar a los jefes, a fin de que no le vendieran negros. A él llegó la noticia de que pensaban quemarle otra vez la factoría y no dejar salir a nadie del islote durante la conflagración. Los negros y blancos que se habían establecido en derredor estaban para matar a tiros desde lanchas a todos los que durante el fuego se echaran al agua. La bruja seguía anunciando hecatombes y acusando a Pedro de todos los malpartos, incestos, crímenes y encantamientos del país, y los principales jefes estaban contra él.

Los guardias de Pedro velaban noche y día. Terminados los embarques, fue a ver al primer jefe del estuario. Éste se negó a recibirlo y luego le envió una orden conminándolo a abandonar el país en el curso de la presente luna. Burón fue a ver a Pedro y le ofreció su ayuda, aunque él, dijo, nada podía hacer contra las tribus irritadas por la bruja y los factores celosos.

—Es mejor que cojas tus mercancías y busques otro apeadero —le dijo.

Pedro calló.

Estaba en el despacho de su *bungalow*, reconstruido detrás del cañón, y por la ventana se veían las canoas en número de cien remontando la barra. El conjunto de sus nuevos edificios de tablas —un almacén, dos barracones, dos casas de viviendas y el despacho– daba la forma exacta de un barco. El despacho era la proa, y el cañón, el bauprés. Entre el almacén y los barracones en ángulo que formaban la popa había clavado un alto mástil con una garita en lo alto, a la cual subía un vigía negro agarrándose con una cuerda. Era el primer puesto de vigilancia que establecía. Pedro sabía que Burón no quería hacerle daño, pero que estaba igualmente celoso, y su visita le demostró la inminencia del peligro.

Entre los marineros parias eligió Pedro empleados de confianza. Sólo su vista aguda de capitán podía elegir entre aquellos hombres los más útiles, los mejores soldados, o sea, piratas, por su bravura y mala fama. Lo primero era dejarles ver posibilidad de botín, después de imprimir en cada uno su propia estampa de capitán, cerrada, dura y misteriosa. Gran parte era natural en él, no efecto buscado; pero él no perdonaba tampoco ningún recurso, fuera el que fuera, para sacar partido así de blancos como de negros.

Ahora el primer enemigo era la bruja. Un día, durante las lluvias, se rodeó de una guardia de blancos armados y un negro cargado de presentes y marchó selva adentro al anochecer. La luna asomaba a trechos, vertiéndose entre los árboles, y la vida de su cuarto menguante era la vida de Pedro en Gallinas. El negro avanzó hacia el antro con la cesta llena de regalos y el aviso de que el capitán de un negrero quería consultarla –pues si decía que era él no lo recibiría. Cuando la hechicera asomó a la boca de su choza, cuatro manos la asieron por los hierbajos que la cubrían y le taparon la boca. Eran dos marineros vigorosos. La selva en derredor zumbaba ese ronquido misterioso, fuera de espacio y tiempo. Frente a la choza había un raso, y las aldeas de tribus alrededor parecían dormir. El tambor de guerra situado a la puerta hubiera levantado las aldeas en un minuto; pero nadie sospechaba que alguien se atreviese a violentar la sibila sagrada mayor –había otras menores–. El prestigio de una sibila dependía del número de sus aciertos y de su trascendencia. Ésta había anunciado y fomentado guerras y el incendio de la factoría de Pedro.

Martínez hubiera preferido desprestigiarla por algún arte –por ejemplo, dando vomitivos a las víctimas que ella sometía a la prueba del veneno, el *saucy-wood*–; pero ni Martínez se enteró del hecho hasta que la bruja apareció en la factoría con el rostro descubierto. En Gallinas no se había dado nunca escándalo igual. Al día siguiente, todos los tambores resonaron a la vez, y los negros de los islotes y la ribera rodearon la factoría en canoas, aullando. Pedro montó guardias y sólo permitió la entrada a los jefes de tribus. Frente a su despacho, en un raso, amarrada a un poste y rodeada de soldados armados de mosquete, había una figura extraña. El cuerpo y la indumentaria eran los de la sibila, pero el rostro era blanco y barbudo.

–¡El portugués que se comió la bruja! –resonaban los tambores.

Pero era el portugués quien se había comido a la bruja. Este factor, arruinado, conocedor de la lengua del país, había entrado en el antro, matado a la bruja, la había enterrado bajo su boabal, y ocupado su puesto. Como nadie le veía nunca el rostro, nadie podía haber descubierto el truco. Muchos capitanes negreros que le habían ido a consultar se habían pasmado al oír que la bruja hablaba sus idiomas europeos. Aquello la había hecho más famosa y sagrada. Martínez –que en su espíritu taimado admiró hasta el delirio el juego del portugués– sospechó que don José Ramón, Burón y otros factores conocían la trampa y que transmitían órdenes secretas al impostor. Pero no era prudente entrar de plano contra ellos.

El jefe Rana, que había dado orden a Pedro de abandonar el país, fue a su despacho a pedirle el portugués para quemarlo y a ofrecerle todas sus cargazones de cautivos que llegaran a su dominio en lo sucesivo. Le ofreció la ayuda de sus esclavos y mujeres para el serrallo, todavía por establecer. Pero tampoco era prudente entregar un blanco a los negros. Ningún negro debía atreverse a poner sus manos sobre un blanco. Los factores se retiraron en silencio, corridos. Los tambores seguían aullando y en todas las orillas se veían negros armados de lanzas danzando danzas guerreras y gritando.

Junto al islote había varada una barca vieja abandonada allí por un cabotero, con la popa hundida en el agua y el fango y el palo mayor erguido, formando una enorme cruz con la verga. Cuatro marineros llevaron al portugués a bordo y, echando cabos sobre la verga, comenzaron a tirar. Los tambores ahogaron los gritos del reo. Éste, con el nudo corredizo al cuello —esos nudos gordianos que sólo saben hacer los marineros—, comenzó a ascender con los brazos abiertos por una entablilladura que se le había puesto hasta la verga, con los ojos y la lengua fuera, enfundado el cuerpo en el mismo traje con que había engañado al pueblo. Allí vieron todavía su esqueleto, como ejemplo, un año después. Las aves metieron el pico por entre los hierbajos, en busca de la carne.

La nueva sibila sería favorable al más fuerte. Tocada la primera cuerda religiosa de los naturales, había que tocar su carne. Pedro aprovechó aquella excitación general para filtrarles su ácido. El alcohol tomado en medio de una orgía guerrera, cuando los cuerpos están porosos, se va filtrando hasta los huesos. Hizo poner en una canoa tres barriles de aguardiente y mandó a sus marineros a repartirlo por las orillas de los otros islotes, donde las gentes bailaban y cantaban. Algunos arrojaban flechas, que quedaban clavadas en el cuerpo del ahorcado como rayos temblantes de un sol muerto, donde silbaba el viento. Todos los jefes del estuario brindaron al ajusticiador su amistad y alianza. Y ganar a los naturales era también ganar ascendencia sobre los factores. Pedro les mandó una nota diciendo que su propósito no era arruinarlos a ellos, sino levantar allí un centro de trata donde todos pudieran ganar. Su factoría era aún pequeña; pero río arriba había muchos más islotes sin factorías, que los jefes le brindaban por poco.

El primer negrero de Cuba que logró salvar el cordón de los cruceros en la siguiente estación llevó a Pedro una carta del segundo que había mandado el *Conquistador*, de vuelta con los cien negros, y otra del señor Carlo, quejándose de su mal comportamiento. Carlo decía que de los cien sólo habían llegado noventa a salvamento, y que la venta no había alcanzado para pagar el equipaje. «¡He perdido más de quince mil dólares con usted y un mes de arresto!», le decía. Pero el mensajero que había mandado con las circulares regresó con cartas de varios armadores nombrando a Pedro factor oficial. La carta del segundo relataba el viaje, que había sido malo. Había pasado, decía, por todos los grados del viento —galeno, ventolina, bonancible, fresquito, fresco, frescachón, duro, muy duro, temporalado, huracanado—, hasta caer en huracán deshecho a la entrada del golfo de México. Un crucero les había dado caza durante tres días, a la altura de Cabo Verde, y, finalmente, habían tenido que sofocar una rebelión con agua hirviente y hierepiés a la salida de Puerto Rico, en la que habían muerto los diez negros y tres marineros. Además, a la llegada, el segundo había tenido pleito con los armadores, pues había querido cobrar el sueldo de los marineros muertos, como hacían otros capitanes, y no se lo habían querido pagar. «Creo que voy a retirarme de la mar; me han ofrecido una plaza de mayoral en una plantación de Santa Clara», terminaba la carta.

En esta segunda estación sólo tocaron allí negreros de Cuba y el Brasil; pero desde Freetown llegaron cartas de armadores de Liverpool, Bristol, Nantes, Burdeos, Cádiz, Lisboa, Charleston y Baltimore, anunciando que en la próxima mandarían expediciones a Gallinas. Todas aquellas cartas iban dirigidas personalmente a Pedro. Él había pagado a varios marineros para que difundieran la fama de su factoría, abultando su importancia. Los armadores quedaban así cogidos en una tenaza, que formaba la leyenda de los marineros y las circulares de Martínez.

Los cruceros habían emprendido una gran cruzada en

toda la costa noroeste, donde grandes factorías no había ya sino dos: la de Ormond y la de Da Souza. La región del Congo la monopolizaban los negreros portugueses y brasileños. Así, la noticia de una nueva factoría importante situada bien al norte —lo que para los negreros de las Antillas y Norteamérica equivalía al ahorro de un largo y peligroso viaje al sur—, dirigida por un famoso pirata —esta palabra la susurraban los marineros entre sí y a las orejas de los armadores—, había de llegar al alma. En el enorme manantial de esclavos que era y había sido siempre, desde John Hawkins, la costa noroeste, decían las circulares, no quedaban ahora sino tres grandes señores. Un capitán negrero español preguntó a Pedro dónde estaba su señorío, y Pedro apuntó a la selva. El capitán no veía sino unas tablas verticales en la cabeza de un hongo y un cañón fanfarrón a guisa de bauprés y el río. Pedro permaneció serio. Aquella selva era una de las más densamente pobladas de África. Los naturales no estaban aún vaciados por los europeos —es decir, no eran aún ladinos, no habían adquirido malicia—, ni vinculados a ningún gran rey. Esas dos cosas estaban por hacer, y se harían. La existencia de muchos clanes rivales les impedía unirse. La falta de una religión los hacía más penetrables a la corrupción. Todo esto lo había estudiado Pedro y lo consultaba con Martínez.

En la siguiente estación no salieron más esclavos que en la primera; pero bastaban para afianzar la factoría. En el antro de las brujas había aparecido otra, que antes era la mentora del jefe Rana. Martínez hizo llegar a ella embajadores con presentes. Pero las *razzias* del interior eran todavía tímidas. Los capitanes negreros se admiraban de que Pedro insistiese en cobrar sus cargazones en armas, explosivos y alcohol —aunque los negros tenían ya alcohol en la palmera. Lo principal era corromper a los jefes y luego darles armas —puesto que las armas crearían la guerra—. El jefe Rana, que habitaba en la margen sur y había surtido a Pedro de esclavos en la segunda estación, era a propósito para ponerlo de modelo a los demás. En torno a su feudo vivían numerosos grupos gallinas, mezclados con veyes que mandaban caravanas cazadoras. Antes de ir Pedro, Rana era jefe de uno de aquellos grupos, pero luego comenzó a destacarse. En el lugar de su choza de adobe Martínez mandó un cuerpo de carpinteros a fabricarle un estrambótico palacio de tablas: era una especie de capilla, en forma de rana, parapetada en una plataforma de tierra, dominando las chozas de sus súbditos, cercadas ya por una muralla de adobe. En el lugar de la puerta principal estaba el trono, al que se pasaba desde dentro por una puerta secreta. Este trono era un gran sillón de madera forrada de paño rojo, con una serpiente —la piel rellena de tierra y cocida— enroscada a un asta que salía del espaldar. La serpiente era el dios de la tribu, y su cabeza asomaba por encima de la del jefe cuando éste se sentaba en el trono. A cada lado había bancos para su mujer e hijos. Martínez comprendía que aquella altura daría al jefe cierto delirio y amor propio. Por dentro la casa formaba un solo recinto, y dos edificios oblongos formaban las ancas de la rana. El jefe tenía tres o cuatro mujeres, pero no harén, y aquellas ancas eran los moldes —a dividir en alcobas— que le invitarían a ponerlo. Crear moldes para que los llenaran los reyes era la pasión de los nuevos factores, que comenzaron atacando primero un ala del río para luego atacar la otra. Los pequeños jefes de la región vieron que el que se había arrimado a Pedro había ascendido como por milagro, y dieron en afluir a su factoría ofreciéndole mujeres y pidiéndole armas para armar expediciones en la siguiente estación.

Una goleta de cabotaje cargó todas las mercancías que quedaban en el almacén, y Martínez partió a cambiarlas por material de guerra a la isla de Orango, de las Bisagos, donde había factorías portuguesas. Pedro quedó solo en su despacho. La patrulla de marineros rondaba el islote. Algunos negros reparaban goteras del almacén y los barracones. Un francés cocinaba para Pedro y su estado mayor, comprando aves, arroz y pescado a los indígenas. José, unido a él en calidad de contramaestre –las jerarquías y funciones eran todas de mar–, inspeccionaba los trabajos. La lluvia caía muerta y el río se arrastraba perezosamente, cubierto de un vapor hediondo, restregando el lomo como un gatazo a las faldas de los islotes. Pedro miraba por las ventanas que daban a sotavento y a barlovento del bauprés, que apuntaba al Brasil por encima del mar bullente y techado de nubes espesas y bajas. Sobre su mesa tenía un sobre para su primo el teniente, otro para su prima Magda, otro para su hermana Rosa, otro para su factor Carlo y otro para Cha-Cha. A éste le prometía pagar pronto su deuda.

Durante las lluvias, el estuario era un cementerio, por donde se arrastraban formas tristes y pensativas. La selva, en derredor, callaba; los indígenas se recogían a sus chozas, y los factores se pasaban los días y las noches en sus casas, sin un libro ni una diversión, a no ser sus mujeres y los cuentos fantásticos de algún marinero –cuentos de borrascas, naufragios y monstruos marinos–. Sólo se oían los golpes amortiguados de los obreros reparando los barracones vacíos –cuando no sobraban negros o cuando se daba la libertad a los que sobraban, por no poder mantenerlos–. Los libertados –que en otros lugares se mataban– vagaban por la orilla, hambrientos, y, si llegaban sanos a la nueva estación seca, se les volvía a apresar. El río arrastraba algunos cadáveres.

Pedro visitó de nuevo a los demás factores, y Burón se derritió en homenajes. Pero aquélla no era aún la hora de proponer alianza; antes tenía que dominar en la selva y mostrar su poder. Ahora descubrió que los naturales lo llamaban Ahorcado, por el portugués pendiente de la verga.

Al volver a su casa dio en pasear por el piso de tablas, tratando de sacudir la modorra de la estación. La tristeza honda de aquel lugar desolado, en medio de la monotonía de la lluvia, lo dominaba. Luego pensaba que su único fin era pelear contra cuantos lo rodeaban, y el otro hombre, el formado por su carrera, renacía.

En la siguiente estación tocaron allí barcos ingleses, españoles, yanquis y hasta rusos. Con esto, los demás factores se beneficiaban; pero los barcos iban consignados a él y, cuando le faltaba con qué completar un cargamento, se dirigía a las factorías vecinas, donde obtenía esclavos con descuento. La idea era de Martínez. Pedro seguía pidiendo material de guerra a todos los negreros. Luego lo desparramaba entre las tribus, a cambio de cautivos, aceite, pieles y alimentos. Era un modo de hacer la guerra dando armas al enemigo. Los otros factores, que tras la tercera estación aceptaron un papel secundario, dieron en alarmarse. Vicuña, José Ramón y Gume Suárez fueron a verlo en comisión.

—¡Está usted haciendo una locura! Los negros, con armas, se volverán contra nosotros, a voluntad de cualquier bruja, y nos harán trizas. Déles usted ron, enséñeles a tener serrallos y esclavos; pero, ¡por Dios!, no les dé más armas. Usted está loco —dijo la comisión.

El lujo vendría cuando los *raiders* tuvieran medios de adquirirlos, cazando hombres y mujeres. Mientras tanto, los haría holgazanes. Las armas no iban a parar a cualquier mano. Pedro había recorrido con guías e intérpretes la región próxima al río, al sur, llegando hasta el corazón del Vey, y habló con los jefes más activos, haciéndoles regalos, animándolos a formar cuerpos expedicionarios y mostrándoles grandes riquezas. Al mismo tiempo visitaba a los brujos, que aprovechaban la ocasión para hacer exorcismos y anunciaban grandes males, a no ser que tal o cual tribu vendiera como esclavos a los miembros de otra.

Pero los verdaderos *raiders* estaban en aquellos clanes de veyes emigrados del sur y cruzados con los de Gallinas. Ambas razas eran casi iguales, pero tenían atavismos distintos, y los hijos salían gentes cazadoras, sin arraigo, guerreras y crueles. Poco a poco se fueron formando en el Gallinas y el Sulima pequeños estados, dedicados exclusivamente a la caza de esclavos, y la selva comenzó a desangrarse. Si no fuera porque en el medio estaba Sierra Leona, centro del poderío inglés en África del Norte y sede de la represión de la trata, Pedro hubiera avanzado al norte hasta encontrarse con Ormond.

Pero los cruceros habían descubierto ya que en Gallinas había un gavilán de cuidado, y durante la cuarta estación sólo dejaron cargar tres negreros, que cargó Pedro. Los demás factores gruñeron; pero el nuevo rival era ya demasiado fuerte para hacerle frente. Los barracones quedaron atestados, y al caer de nuevo la lluvia no se sabía qué hacer con los esclavos. Pedro propuso conservarlos, alimentándolos a ración. Delante de cada barracón había un tinglado, donde los cautivos cocinaban para sí. Dentro danzaban. Los *raiders* comenzaron a ver aquello con disgusto y a consultar a los brujos, a ver quién era el que había hecho el maleficio; porque todo lo que ocurría en el mundo, hasta la muerte, menos la que acaecía guerreando, era obra de magos y espíritus enemigos que habitaban en las cosas y en las personas.

—Ahora se verá el resultado de su locura —le mandó a decir a Pedro don José Ramón—; los negros se alzarán contra nosotros.

Tenían ya demasiadas armas y muchos sabían usarlas, aunque erraban siempre el tiro. Ponían una mano en la llave y otra en la culata, y separaban el fusil de sí. Algunos fusiles daban culatazos, y los negros los dejaban caer y huían espantados.

Pedro aprovechó esta estación para construir veinte puestos de vigilancia a lo largo de la costa, sobre árboles y torres de ladrillos, consiguiendo que los demás factores contribuyeran a sostener en ellos vigías provistos de telescopios. Estos vigías fueron elegidos entre los naturales de mejor vista. Los africanos tenían más larga vista que los blancos. Los ingleses los colocaban en las cofas de sus cruceros, con premios para los primeros que cantaran velas negreras. Pedro los puso para que cantaran velas de cruceros. Al mismo tiempo transmitió a los armadores un código de señales heliográficas y por medio de fogatas, para orientar a los negreros en la costa. Pedro había encargado a Alemania una docena de aparatos con espejo y telescopio, que enviaban los rayos del sol a muchas millas de distancia. En África nadie había usado aquellos aparatos, que ahorraban el trabajo de enviar canoas a informar a los negreros del estado de las costas y de que sus cañonazos los delataran a los cruceros. La clave de señales sólo la poseían los armadores, sus capitanes, los vigías escogidos y los factores. Cuando los espejos enviaban sus haces de luz hacia la selva, todas las gentes silvestres salían a verlos como un milagro. Los krumen, gentes de la orilla, se familiarizaron pronto con ellos; pero para los de la maleza, Pedro era ya el Gran Mago, más sagrado que los que habitaban en las chozas. Éstos se celaron, pero le temieron. Los vigías no confundían jamás un crucero con un negrero, y así sabían cuándo enviar las señales. Los pestañeos de los espejos tenían todo un alfabeto: si había negros, si había cruceros, si éstos estaban al llegar, si había tiempo de cargar, a qué hora podían hacerlo, de dónde era el negrero a quien iba consignado, qué mercancías llevaba, qué mercancías escaseaban, qué precio tenían los esclavos... Era el principio del sistema de vigilancia más perfecto que había tenido la costa. Pedro adquirió el nombre de Mago-Espejo-Sol.

Había llegado la hora de romper el cascarón del islote. Durante las lluvias echó abajo los edificios y construyó una sola casa grande en el centro, con techo cónico, y la rodeó de un ancho patio techado, con muchas puertas, que parecían formar una columnata. Frente al mar, detrás de una terraza, se abría un portal. El viejo cañón y todo lo demás pasó a un islote posterior, donde se levantaron los barracones. En otro comenzó a construir la casa de vivienda, y en otro más echó las bases de algo que no se sabía aún lo que sería. De todos, el de los barracones era el mayor; pero en el que pensaba construir su casa era el más solitario de todo el estuario. Era un hongo oscuro, densamente poblado de arbustos, que distaba más que ninguno de todos los demás, y lo habitaban unos pescadores pobres. De cualquier parte de la que se le mirara, parecía un náufrago lejano.

Al principio sólo se ocuparon tres islotes: en el primero estableció Pedro el despacho para recibir a los capitanes negreros, y la oficina. No lo habitaban negros. En el segundo puso el almacén y las casas de vivienda para él y su estado mayor. Y en el tercero, los barracones, las chozas de los empleados y la enfermería. El segundo lo fortificó, emplazando cañones por las cuatro bandas, y en el tercero colocó una guardia de portugueses y españoles a sueldo fijo. La organización entera era un barco, del cual él era el capitán, Martínez sobrecargo y José contramaestre. En la estación de los embarques, los krumen se contrataban por meses, que ellos calculaban por lunas, que iban marcando en una vara o en los mangos de los remos. El sistema heliográfico, combinado con espías colocados en Sierra Leona y a bordo de los cruceros, para conocer los rumbos de éstos, permitiría a veces aprovechar la hora que le faltaba a un crucero para llegar a la barra para poner quinientos negros a bordo de un negrero. Para esto los krumen no tenían precio. Sus piraguas, cargadas de cautivos, remontaban la barra por docenas y se deslizaban como flechas hacia la vela negrera. Muchos negreros pagaban ya en moneda, que servía para comprar cosas a los judíos de Freetown. Así, a veces asomaba una vela a la puesta del sol y al cerrar la noche largaba trapo, rumbo a América, cargada de esclavos.

A principios de 1825, Pedro hizo una visita a Cha-Cha, en una goleta propia, comprada a un portugués de Santo Tomás, llevando onzas de oro para pagar su deuda. De vuelta barajó la Costa de los Granos, desde el cabo Palmas a Gallinas, haciendo escala en Gran Sestros, Nefú, Settra Kru, Tradetown, Gran Basa, Cabo Mesurado y Cabo Mount. En todos esos lugares había alguna factoría, y la más importante era la de Tradetown. Éste fue un viaje desalentador. Los enemigos no estaban ya solamente al norte, sino también al sur. La redada de negros americanos soltados en Cabo Mesurado poco antes de establecerse él en Gallinas había fracasado; la tribu Dê, que había cedido el territorio, se levantó luego contra los negros blancos; los blancos que dirigían el establecimiento habían muerto; pero entre los negros deportados iba Eijah Johnson, que conservó las semillas de la colonia hasta 1823, cuando el reverendo Jehudi Ashmur le dio un nuevo soplo. En 1824, otro reverendo (Robert Gurley) bautizó la colonia con el nombre de Liberia, capital Monrovia. A Pedro no le gustó ninguno de aquellos nombres.

Por tanto, había que darse prisa. De vuelta a Gallinas se enteró de que en la región había estallado una gran guerra, que él no había fomentado, y mandó a los jefes de expediciones que prepararan sus redes, sin intervenir en ella. La guerra, dijeron, había comenzado entre dos jefes pequeños, pero éstos tenían tribus aliadas, que se lanzarían al pillaje contra amigos y enemigos. Cuando en África sonaba el tambor de guerra —un tronco vaciado en forma de barril, con cueros tensos por los extremos—, todo el mundo cogía las armas. Pero todos los jefes sabían ya que los enemigos cogidos vivos valían más que los muertos. Antes de la trata, las guerras eran más rápidas y sangrientas; en ellas lo único que importaba era matar. Después, importaba más atrapar al enemigo vivo, del cual se vengaban vendiéndolo. Pedro adivinó que aquella guerra sería larga.

Por entonces, se reducía a un delito a castigar; pero la selva estaba cargada, y la chispa era peligrosa. La historia rezaba así: «Un jefe de la ribera tenía hijas casadas con otros jefes del interior, al sur del río, y los distintos clanes emparentados se visitaban para conmemorar los muertos, los nacimientos y las bodas. El jefe de la ribera era ya viejo y tenía tres mujeres y algunos esclavos. Cuando Pedro sembró por derredor la fiebre de la caza de hombres, este jefe envió toda su gente hasta los confines de la región del Vey, con cuerdas y lanzas. Dos o tres veces su gente logró echar garra a algún negro suelto, y al fin rodearon a una tribu pobre y la trajeron ante su jefe. Aquella tribu hubiera podido defenderse, pero estaba hambrienta, y se dejó capturar y vender. Con ello el jefe pudo emplear más esclavos en cultivar su tierra y cazar más esclavos, y luego se sintió joven y deseoso también de una mujer joven. Durante semanas recorrió las tribus vecinas y observó a las jóvenes solteras y calló. Después avanzó un poco más hacia el sur y llegó hasta una tribu que habitaba cerca de otra donde el jefe tenía una hermana. El jefe de aquella tribu tenía muchas hijas y, sobre todo, la menor era joven y bella, y sus senos estaban llenos y duros y sus ancas redondas, y su cintura flexible, y su vientre caliente. El jefe se prendó de ella y la compró, y la primera noche se alojó con ella en casa de su hermana. El comprador tenía hijas mayores que la joven, y ésta fue llorando todo el camino hacia la ribera. Pero en casa de la hermana de su dueño vio a un sobrino de éste, y las pupilas de sus ojos se prendieron en él, y el joven quedó pensativo. "No pienses en ella, hijo mío, que es la mujer de tu tío, y nadie debe pensar en las mujeres de sus mayores", le decía la madre. Pero el joven dio en adelgazar, y andaba por las aldeas, y contaba a todos la desdicha de la joven y su amor por ella. No lejos de su tribu estaba la aldea de un poderoso jefe venido de lejos, de un lugar llamado Shebar, y el joven se encontró con él a la puerta de su aldea y le contó también su desdicha.

»Desde que las factorías de Gallinas dieron en atraer negreros, los tribus de la orilla se estaban enriqueciendo, unas mandando expediciones al interior y otras cobrando derechos de peaje a las caravanas o impuestos a los factores. Estas tribus habían fortificado sus dominios, y avanzado aun un poco hacia la selva, y las del interior quedaban sitiadas y deseaban también un puerto en el río para hacerse ricas. De todas las del interior, la del jefe con quien hablaba el sobrino del comprador de la joven era la más fuerte.

»Este jefe, llamado Amarar, deseaba abrirse paso hacia el río y prometió al joven ayudarlo si su tío trataba de tomar venganza, pues el proyecto del sobrino era raptar a la joven comprada. El joven se presentó un día en casa del tío y vio a la joven con los ojos llorosos y los senos erguidos, pues el comprador era anciano y no había podido desflorarla. El joven abrió de noche un agujero en la parte posterior de la habitación de la virgen y se la llevó a horcajadas sobre el cuello al través de la selva. Amarar lo recibió en su aldea y dio a la pareja una choza, varias cabras y gallinas y un pedazo de tierra para cultivar.

»Amarar mandó entonces una comisión a ver a Pedro para comprarle armas y aguardó. En la ribera, el anciano robado persiguió al sobrino hasta las puertas de Amarar, pero allí tuvo que detenerse y volvió a su casa burlado. Pero la gran sibila del río dijo que los hombres de la selva avanzarían a apoderarse de la ribera, y que lo lograrían si los de la ribera no liberaban a la joven raptada para devolverla a su dueño legítimo. El más poderoso jefe de la ribera era ahora Shiakar —puesto que Rana había muerto y su imperio se había desmembrado—, el más noble de todos. Shiakar juró devolver la raptada a su dueño, y todos los demás jefes de la ribera se aliaron a él. Por su parte, Amarar encontró aliados en la selva, que querían convertirse en tratantes de esclavos. Desde entonces, toda la región del Vey y la embocadura del río Gallinas quedó en guerra. Cuando estallaba algún conflicto, las tribus se hacían la guerra, aunque aquel conflicto no las afectara. Esta guerra entre Amarar y Shiakar prendió fuego a la selva, y este fuego no había de apagarse hasta que se apagara la vida de uno de ellos».

Y la guerra trajo la riqueza. En el fondo era una guerra por la riqueza, y el rapto fue un pretexto. La fiebre de combate se extendió río arriba. Los jefes de las tribus aislados en los brazos del río o rodeados de pantanos acudieron a los blancos del estuario en busca de armas y explosivos. Las armas de fuego les servían de poco, pero los fusiles creaban una superstición y daban a una tribu la seguridad de poder vencer a todas las demás, y se lanzaban contra ellas. Entonces fue cuando se vio que las armas que Pedro había regado por la selva daban su fruto. A ambas márgenes del río se habían ido formando estados expedicionarios, o sea, cuadrillas de bandidos cazadores de gentes, disciplinados y fuertes, que ya sabían manejar armas europeas, y aterraban a los otros. Pero estas cuadrillas de *raiders* no se mezclaban en el conflicto sino para atrapar grandes redadas de cautivos de ambas partes. Sin embargo, la guerra agitó y revolvió la selva, y desde entonces se abrieron paso hacia el río las gentes del interior con caravanas de prisioneros, y los enemigos en la selva pasaban atados codo con codo al entrepuente de los negreros. Con esto se acabaron los monopolios a los cazadores de gente todos dieron en cazarse unos a otros.

Pedro fue a ver a Shiakar para enterarse de la importancia de la guerra y volvió a sus cayos pensando en cómo dirigirla sin tomar parte en ella —los blancos no debían provocar la enemistad de una ni de otra parte—. Pero era preciso que los negros no se mataran. Para ello envió a los beligerantes un sistema de alambradas de su invención. Consistía en tender barreras de cuerdas —después encargó alambres puados a Europa— en el suelo por donde había de pasar el enemigo y hacerlas tirantes, amarradas a los árboles. Los que pasaban aquella barrera no podían retroceder y caían en fosos, detrás de los cuales se escondían los cazadores. Pedro enseñó a varias comisiones enviadas por Shiakar y por Amarar a operar el sistema de reconcentración en uno de sus islotes desocupados y dejó que se divulgara por la selva. Cada banda se creía poseedora exclusiva del secreto. Para animarlos, los factores les vendían aguardiente y les compraban las redadas; desde luego, a precios más bajos cuanto más abundaban.

Cuando la selva dio en producir en abundancia por sí sola, los factores pudieron consagrarse por entero a sus factorías y a los medios de dar salida a los cautivos que afluían a sus barracones. Cada vez apremiaba más aprovechar todos los recursos. La vigilancia de los cruceros era más estrecha cada día, y a veces se pasaban meses sin que abandonaran la entrada al río. Los barcos de cabotaje trajeron la noticia de que la guerra que los ingleses sostenían con los achantis había terminado con el triunfo de aquéllos. Esto demostraba que la campaña inglesa en África se intensificaba; pero, a medida que ellos cerraran más puertos negreros en la Costa de Oro, los barcos negreros afluirían en mayor número a Gallinas.

Y Pedro no era ya –1827– sólo el Mago-Espejo-Sol de las tribus circunvecinas, sino el señor de Gallinas para los demás factores, que medraban a su calor y trataban de no hacer nada que le desagradara. Burón, que ocupaba ya el tercer lugar, formó con él un tratado de alianza para ayudarse mutuamente a cargar con rapidez un negrero cuando fuera preciso, cambiar mercancías o completar un cargamento. Pedro había aumentado el número de sus puestos de vigilancia y escogido un cuerpo de los mejores krumen de la costa, obligando a los demás factores a pagar un tanto para tenerlos de reserva para casos de gran urgencia. Cuando los cruceros sitiaban la entrada al río y los cautivos no cabían en los barracones, se almacenaban en barcazas varadas junto a los islotes. Pero los cruceros levaban el ancla por falta de víveres o aguada, a veces sólo por unas horas –pues otros estaban en camino–, y en aquel tiempo había que dar aviso a los negreros que andaban por la vuelta de afuera y poner miles de esclavos en sus entrepuentes. Los aparatos heliográficos comenzaban a hacer guiños o las fogatas a hablar con sus lenguas mudas, y cientos de canoas con miles de remos remontaban la barra al son de cantos. Los krumen cantaban en su lengua o en inglés. Casi todos hablaban inglés, portugués y español, y se ponían nombres fantásticos, tomados de los ingleses. Se llamaban Foque, Príncipe de Gales, Agil, Tom Bartman, Chelín, Botella de Cerveza y otros nombres así. El cuerpo de krumen creado por Pedro cobraba un pequeño sueldo fijo todo el año y, además, por sus trabajos especiales en los meses de contrata. Los krumen rara vez pasaban a los negreros, porque eran indomables y creaban motines. Además, eran ladrones natos. Los factores les prohibían entrar en sus factorías, y vivían aparte, en islotes libres a lo largo de la playa. Pero sin ellos no hubieran pasado a América la mitad de los esclavos que pasaron.

Al principio de la prosperidad de Gallinas, cuando Pedro alcanzó el primer lugar, la mayoría de los demás factores tenía ya su pequeño harén, con una habitación separada para cada mujer. El único que no había cedido aún a la costumbre era Pedro, y Martínez se lo reprochaba.

—Es parte del negocio —decía.

Fue la primera discordia que tuvieron. Pedro no quería nada que oliese a doméstico, aunque esto fuese un serrallo. Pero la guerra entre Amarar y Shiakar lo ligó ya definitivamente al país y a sus costumbres. El aburrimiento y soledad de las lluvias lo acosaba, por un lado, y los jefes, empeñados en darle mujeres, por otro. La guerra creaba viudas, casadas y por casar que se refugiaban con los blancos. En Gallinas se habían establecido nuevos factores, y los que había eran, a pesar de todo, rivales. Había, pues, que contentar a los jefes naturales, comprándoles sus hijas para el harén. Si no se las compraban se ofendían. De sus cuatro islotes —aparte de aquel solitario, donde no había sino un mástil con bandera roja en señal de que estaba ocupado—, el más separado lo destinó a su casa y al harén. Su casa era un *bungalow*, y el harén, un amplio edificio chato, formado por una herradura de veinte habitaciones, apretadas en torno a un patio central. En el centro del patio estaba la habitación de la guardiana, una negra grande dentro de una bata roja. En cada habitación, tapizada de pieles, había un tocador con espejo y una cama europea. Los eunucos tenían una casa al fondo y dependían de la guardiana. A la entrada estaban la cocina y el comedor colectivo.

En cada habitación fue entrando poco a poco la hija de un rey, y no la de cualquier rey. Pedro selló un tratado de amistad con cada uno de los grandes jefes de la región del

Vey, con la admisión de sus hijas en el harén. Amarar le mandó una, y Shiakar, otra. Pedro dio a las hijas de los reyes enemigos la categoría de favoritas.

Los eunucos los compró a una goleta de Mozambique, que los compraba a los árabes de Zanzíbar, donde tenían grandes depósitos de ellos, cazados en la selva y castrados. La goleta era de un mulato, hijo de una señora feudal portuguesa, y se dedicaba exclusivamente a la venta de eunucos por la costa oriental y occidental, donde se los compraban los colonos y los factores. Este mulato, llamado Pombo, remontó la barra y amarró frente al serrallo de Pedro, enviado, según dijo, por Cha-Cha. Pedro lo hospedó una semana y le compró unos cuantos castrados.

Cada vez que se presentaba alguien procedente de un lugar lejano, Pedro lo hospedaba y lo convidaba a champán. La geografía lo obsesionaba, y su factoría era una caja de resonancia de la historia de Europa y América, al través de los cuentos de los marineros, que ahora caían allí como langostas, venidos de Sierra Leona. Por ellos supo de la expedición del capitán Owen, y a bordo de su barco mandó secretamente a un marinero inglés para que le informara de los detalles del reconocimiento. El mulato vendedor de eunucos venía de la costa oriental, que Pedro no había visitado todavía, y un visitante así era huésped ilustre. Pedro se encerró con él, goloso de saber algún secreto. Sabía que todos los que hablaban portugués hablaban en grande, y que Pombo no sería menos.

—Conozco el África desde el cabo de Buena Esperanza a los Pirineos —dijo Pombo.

Pero Pombo reía a carcajadas y no hablaba más que de sí. Era hijo de una de las colonias portuguesas que el Gobierno había mandado a Mozambique a ocupar tierras, a condición de que se casaran con europeos. En el mundo —decía Pombo— no se había visto cosa tan original, y sólo a los portugueses podía ocurrírseles.

Aquellas mujeres eran señoras feudales y formaban dinastías femeninas. Sólo las hijas podían heredar sus haciendas. Los hombres ocupaban un lugar subordinado y vivían de lo que las mujeres les daban. Así que ningún hombre importante se casaba con ellas, y las grandes señoras tenían que casarse con marineros o náufragos para conservar sus haciendas. Pero los hombres morían, como los caballos y los camellos, picados por la mosca tse-tse, y el sistema feudal femenino estaba a punto de derrumbarse. Había un gran número de señoras solteras con hijas e hijos, que no podían heredarlas. Entonces fue cuando el Gobierno decretó que podían casarse con africanos o asiáticos, pero sólo las hijas heredarían. Los hijos quedaban como bastardos y se hacían cazadores de negros y oficiales del ejército portugués de la colonia –los truculentos oficiales mulatos que nombran los viajeros–, y piratas, y negreros, y traficantes de eunucos, como Pombo.

Éste dijo que los ingleses tenían una tenaza en África, cuyas partes eran Cape Colony y Egipto, y que esa tenaza la cerrarían algún día, y que se alegraba.

La guerra de Amanar y Shiakar requería vastos mercados; pero todas las guerras posibles de la región no bastarían para abastecer los que había. Más de cien compañías de armadores habían escrito a Pedro nombrándolo armador y confirmando su código de señales –que pronto serían transmitidas desde doscientos puertos al sur y al norte del río–. Aquellos armadores se ponían nombres convencionales como razón social, detrás de los cuales se ocultaban grandes comerciantes y hacendados de Europa y América. Pedro tenía aparte una lista de aquellas firmas comerciales contra las cuales podía girar, y en manos de las cuales iba dejando siempre una reserva, diferencia entre el valor de las armazones de esclavos y el efectivo que le dejaban los capitanes negreros. Martínez manejaba aquello desde el puesto avanzado del primer islote. Pedro se ocupaba del gobierno de la colonia, de recibir visitantes en su casa, a pocos metros del harén, y de visitar el mismo harén. El estuario tenía ya un grupo de embarcaciones pequeñas, costeado por todos los factores, para facilitar el transporte rápido de cautivos del interior. Pedro obligó a los factores a sostener aquel servicio, el de los krumen y el de los semáforos, como si cada uno fuera un estado autónomo. Era una confederación obligada. Pero, en todo lo demás, cada factor traficaba por su cuenta. Pedro escogía a sus oficiales con ojo de buen marino. Ahora tenía en proyecto otro servicio, al cual obligó también a los demás factores.

Pedro tenía una goleta para uso propio, fabricada en Estados Unidos. En ella recorría a veces la costa, desde el Congo a las Bisagos, haciendo escalas en Ajuda, Elmira, Monrovia y Sierra Leona. La goleta arbolaba bandera española, matriculada en La Habana, pero en el pico del mayor flameaba una bandera que no pertenecía a ningún país reconocido. Era la bandera de su factoría: negro y morado. Poco a poco aquella bandera fue adquiriendo prestigio en la costa, y los mismos naturales la conocían. Dondequiera que tocaba su goleta hacía circular anécdotas –pues la anécdota es el manjar de los salvajes, y a ellos hay que atenerse– acerca de su riqueza, sus cañones –la goleta los llevaba ocultos y su factoría era fuerte– y sus hazañas. En torno a sus cuatro islotes había algunos lugres, barcas y balandras de cabotaje, abandonados allí por viejos; los marineros contaban por la costa que Pedro colgaba de sus vergas a los que violaban su harén –lo que hacían a veces algunos marineros borrachos– y que había matado a un hombre por negarle fuego para el veguero, etcétera. (Los marineros exageraban, pero algo había. A los pocos meses de implantar el harén, un marinero holandés, borracho, había entrado en él y desflorado a la hija de un rey, y aquello le había costado morir como el brujo portugués.) El prestigio del Mago-Espejo-Sol comenzaba a eclipsar al del mongo John, su enemigo al norte. La región del Vey era prácticamente suya.

Pero cada vez se veían más cruceros por la costa. La colonia de Sierra Leona ganaba terreno hacia el sur, y la de

Liberia, hacia el norte. Era necesario un servicio de cúters o lugres para vigilar el movimiento de los cruceros y recoger las señales que les transmitirían los espías colocados a bordo de éstos —los cruceros, a su vez, tenían espías en Gallinas, a los cuales Pedro colgaba también de las vergas cuando los descubría— y en Sierra Leona. Los demás factores vieron en aquello un gasto excesivo; pero nadie podía oponerse. El servicio fue creado y disfrazado de cabotaje, y con él se completaron todas las medidas posibles para burlar la represión. Cuatro barcos con bandera negra y morada vagaban por la costa y salían diez o veinte millas mar afuera a comunicarse con los negreros. A veces se pasaban semanas en Sierra Leona, donde los comerciantes ingleses y judíos admitían letras de Pedro sobre varios países y ciudades. En Monrovia ocurría lo mismo.

Este servicio llevaba un doble propósito. Entre sus oficiales de Gallinas tenía Pedro media docena de españoles y portugueses expertos, que pensó poner al frente de sucursales. En la Costa de los Granos había especialmente cinco lugares adecuados, por su situación, por las gentes que los poblaban y por haber llegado hasta ellos la fama de Pedro. En sus almacenes había mercancías suficientes para establecer en ellos nuevas factorías. Estos lugares eran Mana Rock, isla Sherbro, Cabo Mount, Nueva Sestros y Digby. José fue a isla Sherbro, y en cada uno de los otros lugares puso un factor semiindependiente de su confianza. Todos recibían órdenes y mercancías de Pedro y cobraban un tanto por ciento por cada esclavo que mandaban a Gallinas. Los demás factores vieron que Pedro utilizaba los barcos de vigilancia para transportar aquellos esclavos, y también establecieron sucursales. La costa que fue luego Liberia y parte de Sierra Leona quedó monopolizada por los traficantes de Gallinas.

Acabadas de establecer las sucursales, bajó del Pongo una barca con una noticia trascendental: John Ormond se había suicidado. Era en mayo de 1828. La historia del mongo era teatral y romántica. El capitán Teodoro Canot, que había sido empleado del mongo y tenía una pequeña factoría en el Pongo, partió un día en un negrero rumbo a Cuba, dejando su factoría a cargo de empleados. El negrero de Canot fue apresado por un crucero a poca distancia de la costa, pero sus oficiales le permitieron fugarse y volver al Pongo en un bote. Al llegar Canot a su factoría de Kambia se encontró con un negrero consignado a él, que, no queriendo confiar en sus empleados, se dirigió a Ormond para que lo cargara de esclavos. Pero Canot regresó antes de que el barco comenzara a cargar, y su capitán rompió el compromiso con Ormond y se dirigió a Canot. Canot ofreció a Ormond la mitad de la cargazón, y Ormond, picado, se negó. Las gentes del mongo, que con cada negro cargado en su factoría obtenían ganancias, se disgustaron, y las mujeres de su harén, con la guardiana al frente, se sublevaron y le echaron en cara todos los cuernos que le habían puesto y que le pondrían en el futuro. Las gentes todas dieron en gritar y en pregonar los vicios y las debilidades del mongo. Una de sus mujeres le dijo que era amante de Canot, a quien el mongo había querido envenenar. Ormond no pudo más. Trató de buscar alivio en las drogas y auxilio en los brujos; pero aquélla era la rebelión de las ovejas, y Ormond fue hasta su harén y allí se metió una bala en el corazón.

—Aquella bala —dijo el patrón de la barca— estaba envenenada, y parecía disparada por el oficial que facilitó la fuga a Canot.

Un rival menos para Pedro y Cha-Cha.

Ahora se presentó otro problema. En el país seguía la guerra, y un día u otro habría un vencedor. Como resultado, el vencedor crearía un imperio, y ese imperio sería peligroso. Martínez, con su vista de judío, vio lo que tenía que ocurrir. El vencedor monopolizaría la caza de gentes y querría que una de sus hijas fuera la esposa del señor de Gallinas, y no meramente favorita del harén. Si Pedro le rechazaba la hija, el emperador se disgustaría y la ofrecería a Vicuña, que también estaba soltero, José Ramón u otro factor —algunos estaban casados con mulatas traídas de Elmina—, y, por tanto, peligraría la hegemonía de Pedro. En varios barcos llegados de Cuba le habían llegado cartas de Magda. Pedro había comprado por mediación de Marchena, y a nombre de éste, pues la cuenta que Pedro tenía pendiente con la justicia impedía utilizar su nombre, una casa en La Habana y una hacienda en Matanzas, que su primo, ya ascendido a capitán, le administraba. Pero Magda se había cansado de escribirle cartas con ramilletes y corazones al margen y se había casado.

Pedro estaba y estaría ya siempre fuera de toda ley. Se había tornado lúgubre y fatalista. La sociedad de los blancos había llegado a serle odiosa. En su factoría sólo había náufragos, parias, descastados y bandidos, y éstos eran para él tipos perfectos. Salvo por su mayor cultura y genio militar, el espíritu diabólico de los mulatos Ormond y Da Souza se había apoderado de él. Toda la trata negrera fue obra de mulatos —fuese en el color de la piel, fuese en el color del espíritu—. Y Pedro era un mulato por dentro. Además, allá abajo estaba el poderoso Cha-Cha, con su Elvira, que también escribía cartas a Pedro. Éste había ido adquiriendo cada vez más ambición y ansia de poder. Sus seis factorías y cinco islotes marchaban bien, pero podían marchar aún mejor. Desde hacía dos años no recibía noticia de su familia en Málaga —Marchena no le hablaba nunca de ella—. La decisión vino a fines de 1828.

En esta fecha la guerra entre Amarar y Shiakar pareció acercarse a su fin con la victoria del primero. Shiakar había avanzado contra su enemigo con un numeroso ejército, armado de arcos, lanzas, fusiles, hachas y alambres, y sitió la aldea de Amarar. Era un esfuerzo supremo, y de su resultado, se creía, dependería el resultado del conflicto. Amarar, con el joven raptor por general, trató varias veces de romper el sitio. Las mujeres peleaban al lado de los hombres y el tambor de guerra resonaba noche y día. Pero las fuerzas y alambradas de Shiakar eran inexpugnables. Dicen que algunas mujeres de Amarar, que era mandingo, se dejaron arrancar tiras de piel para los arcos —pues no tenían cabellera—, y que algunos padres sacrificaron a sus hijos para proporcionar alimento a los combatientes. Pero las fuerzas y alambradas de Shiakar no cedían. Entonces Amarar llamó a su sacerdote y le preguntó si debía rendirse. El brujo se retiró a consultarlo con los espíritus de los muertos a su antro, y éstos dijeron que Amarar no lograría romper el cerco si no los propiciaba con el sacrificio de uno de sus hijos; y Amarar sacó a la plaza uno de dos años y lo quemó en la pira. Los soldados que danzaban en derredor, hombres y mujeres, se lanzaron, enloquecidos, contra el sitiador, rompieron la alambrada y mataron la mitad de los soldados de Shiakar, que estaban desprevenidos. Shiakar se retiró, y en el estuario todos vieron cercano el triunfo de Amarar. Inmediatamente, Pedro puso proa al sur y se presentó a Cha-Cha.

Da Souza, dijimos, tenía el propósito de morir pobre. En su feudo se derrochaba más lujo y vicios que en ningún pequeño reino de Europa. Pero Elvira no había encontrado aún un príncipe digno de ella. Cha-Cha dijo que la fortuna que quería heredar el rey del Dahomey pasaría a los maridos de sus hijas en vida del padre. A Pedro le prometió la mayor parte. Con Elvira le ofreció el cincuenta por ciento de lo que produjese su factoría mientras él viviese. Pedro mismo pondría allí un administrador y un supervisor de su confianza. El trato quedó cerrado. Pedro necesitaba casarse con alguien para no tener que casarse con la hija de Amarar, si éste ganaba, y Elvira seguía siendo la mujer torneada en caoba, con sus brazos de culebra y sus muslos redondos, y sus dientes de mula. En Ajuda no se vería nunca una fiesta así. Durante seis días después de la llegada de Pedro recorrieron todas las factorías vecinas, tocando flautas y tambores, seguidas de un cuerpo de bailarinas y otro de soldados. Al llegar ante una casa, los músicos se paraban y las bailarinas comenzaban a danzar, guardadas por los soldados, que presentaban armas. Al final callaba la música y se destacaba un pregonero para anunciar la boda de Elvira, la princesa de Cha-Cha, con el Mago-Espejo-Sol de Gallinas. Al fin todos daban un aturuxo y la marcha seguía.

Para la boda, Cha-Cha se vistió con el uniforme de almirante brasileño –atavismo de cuando era marinero–. Sus doscientas amazonas, desnudas, se enrollaron bandas rojas a las cinturas; las mujeres de su harén se envolvieron batas de seda blanca y se pusieron velos; sus bufones –lo único que Pedro no podía tolerar en su Estado– vistieron trajes estrambóticos, todos diferentes, con gorros de pico y la cara pintada de yeso; sus hechiceros se pusieron hábitos de hierbas y aparecieron con hachas en la mano; toda la gente de su factoría, blancos y negros, se disfrazó con trapos y cintajos tomados de su almacén. Desde por la mañana las amazonas danzaron en la plaza, armadas de fusiles, y disparaban al aire. Los músicos rompían los tambores con los puños. Los sacrificadores guiaban rebaños de guineas, pollos, cerdos, cabras y otros animales, que decapitaban en un cepo, y tiraban al aire las cabezas. Las amazonas disparaban a aquellas cabezas por el aire.

Elvira estaba en su habitación rodeada de todas las mujeres del harén, y Pedro en otra, rodeado de todos los oficiales de la factoría. Cha-Cha había mandado construir un palacio nupcial y aguardaba en el suyo. Entonces surgieron de algún lado dos grupos de marineros de Pedro. Uno llevaba un cañón y lo emplazó a la puerta del palacio de Cha-Cha; el otro, un enorme espejo alemán, y lo colocó a la puerta de Elvira. Del primer grupo se destacó un marinero uniformado y fue a pedir a Cha-Cha la mano de su hija, en nombre de Pedro. Una blanca del harén hizo lo mismo con la guardiana de Elvira. Ambos, Cha-Cha y la dueña, cedieron de mala gana. Al fin, Cha-Cha asomó a la puerta y disparó el cañón, y los novios salieron a encontrarse en el centro de la plaza, alfombrada de pieles. Cha-Cha se puso al lado de Pedro y la dueña al lado de Elvira. Entonces surgió un sacerdote negro con bonete y sotana y ejecutó unas ceremonias con las manos y habló en el idioma del país. Al mismo tiempo, todos los cañones y fusiles de la factoría dispararon a la vez. Inmediatamente resonaron los tambores y demás instrumentos y los novios marcharon por una avenida alfombrada hacia el palacio nupcial, seguidos de dos carpinteros, que clavetearon por fuera la puerta única. Esta puerta no se abriría hasta pasados dos días, durante los cuales estarían encerrados a champán. Durante esos dos días las mujeres danzaron y los tambores resonaron en torno al palacio nupcial –una mera barraca–, ahogando con sus aullidos todo grito posible en el interior. Al fin se rompió la puerta y los novios marcharon por una senda de pieles hacia el muelle y pasaron a la goleta. Cha-Cha en persona acompañó a su hija hasta Gallinas. En Ajuda los despidieron los cañones y en Gallinas los recibieron los cañones. Desde que Cha-Cha vio la organización de su yerno, en su interior se colocó a sí mismo en la categoría de segundo príncipe de África. Pero con la boda del Mago-Espejo-Sol y la princesa de Cha-Cha-Ajuda emparentaban las dos dinastías de negreros más poderosas de la Historia.

El palacio de Pedro –antes *bungalow*– se levantó en una plataforma frente al harén. Por de pronto, Elvira habitó en él con una corte de damas. Lo que más extrañaba era la falta de los bufones de su padre, entre los que había dos blancos.

Los reyes beligerantes se hallaban entonces en una tregua, y Pedro extrañó que no le mandaran embajadores a felicitarlo. Pero la noticia de que había emparentado con el poderoso Cha-Cha debía de infundirles miedo.

Era a mediados de la estación seca de 1829. Al día siguiente de llegar con su mujer a Gallinas, Pedro dejó a Elvira encerrada en su jaula y volvió a las actividades de la factoría. La primera noticia que recibió fue la de uno de sus lugares, que había seguido a una escuadrilla de cruceros hasta Fernando Poo, donde fondearon. Los españoles habían muerto o abandonado la isla y los ingleses se apoderaban de ella, fundando en Clarence Town una estación para la represión de la trata. La noticia era mala, pero iba más bien contra las factorías portuguesas al sur del Ecuador –dentro de un año sería ilícita la trata en ellas–. Pedro despachó al administrador y supervisor a Cha-Cha para el cobro del cincuenta por ciento, y de paso le transmitió la noticia. Cha-Cha recibió a los embajadores con extremada cortesía y puso en sus manos la contabilidad. Eran un español y un portugués, que habían sido contramaestre y sobrecargo de un negrero.

Cha-Cha y otros factores tenían ya barcos de convoy que acompañaban a los negreros y, cuando asomaba un crucero, se repartían los negros y los hacían pasar como tripulantes. Una vez lejos de la costa –desde luego, cuando el negrero iba al norte de la línea–, el convoy regresaba a África. Lo primero que hizo Pedro ahora fue revisar los cuerpos de vigilancia y establecer en un islote aparte una oficina general para informar a todos los factores de Gallinas del movimiento de la costa. De esta oficina, a cargo de un antiguo capitán de cabotaje, dependió desde entonces el cuerpo de señales y vigilancia. Todos los días se registraba allí, en una gran pizarra, los negreros que se hallaban a la espera, el movimiento de los cruceros, el estado del tiempo, los buques apresados y toda clase de noticias relativas a la trata, tales como cotizaciones, demandas y ofertas. Cha-Cha copió imperfectamente el adelanto. En Gallinas entraron nuevos cañones y a cada lado de la embocadura del río se levantó un fortín.

La guerra continuaba en la selva. Shiakar había vuelto a

la ofensiva, y al través de la lluvia y todo llegaron caravanas de prisioneros. En el islote largo hubo que doblar los barracones y se aumentaron los empleados y las flotillas de krumen. Antes de que asomara la primera vela negrera, solamente en los quince barracones que Pedro tenía ahora en Gallinas, sin contar las sucursales, había cinco mil cautivos.

La estación, por su parte, trajo a África bandadas de negreros con las alas abiertas. A medida que se acentuaba la represión, sin embargo, bajaba en África el precio de los esclavos –lo contrario de lo que ocurría en América–. Pedro prefería el pago en moneda, para facilitar la rapidez. En ocasiones, los negreros cargaban dejando sólo un pagaré de los armadores, a quienes escribía luego Pedro pidiendo muebles, alimentos finos, ropas y prendas. La estación de 1829 fue la que marcó su apogeo. Los cinco mil cautivos y algunos más estuvieron rumbo a América en dos o tres meses, y otros ocuparon su lugar en los barracones, para pasar también en los negreros tardíos. El señor Carlo, resarcido de sus pérdidas, le mandó expedición tras expedición.

Pero en uno de aquellos negreros tardíos que cargaban con las primeras lluvias le llegó otra noticia: Clara, su madre, había muerto, y Rosa quedaba sola. Martínez, que era el único en Gallinas que conocía algo de su vida, lo vio inclinado sobre la carta, con aquellos ojos secos que nunca decían nada de lo que andaba por dentro. «No sé qué voy a hacer sola en el mundo», le decía Rosa. Pedro se sentía ya cargado de riqueza, y fue esta estación en la que terminó una fase de su vida, para comenzar otra.

Cargado el último barco, se retiró a su palacio, y durante algunas semanas jugó tontamente con Elvira. La princesa era resabiosa y amenazaba con entregarse a otros. A veces lloraba horas sin que se supiera por qué y otras abofeteaba a sus doncellas. Una vez le arrancó los ojos a una y otra clavó un cuchillo en el vientre de otra. Pero a su tiempo justo dio a luz un cuarterón, que bautizaron Pedro, pues en Gallinas vivía un cura jesuita, que había ido en una de las misiones de la compañía y habían naufragado cerca de isla Sherbro. Pedro se cansó de contemplar a Elvira y la puso al cuidado de dos dueñas severas.

Ahora montaba en un bote y se iba a la oficina, donde se reunían los marineros que merodeaban por allí, la mayoría procedente de negreros apresados. Mientras fuera llovía, estos marineros, entre los que había capitanes, contaban sus aventuras. Sólo los relatos heroicos calmaban a Pedro. El palacio, con su lujo, lo deprimía. En el harén entraba una vez al día, pero, por otro lado, mandaba estrechar su vigilancia.

Los relatos de los marineros eran siempre los mismos; unos describían un combate con los cruceros: dos barcos combaten hasta hundirse mutuamente, las tripulaciones se apoderan de los botes cuchillo en mano y siguen combatiendo hasta que sólo quedan dos o tres botes, que se dirigen a la costa; todos los demás, incluso los esclavos, se han ido al fondo. Otros, una calma chicha: sobre la línea del Ecuador, ochocientos negros en el entrepuente, el agua comienza a corromperse, las vituallas a agotarse, se pone a ración a los negros, éstos tratan de sublevarse, se matan algunos para alimentar a los demás, se ordeña a las negras para los oficiales, se mezcla el agua salada con ron y sangre, se agotan los comestibles, se cierran las escotillas y los marineros abandonan el buque en botes, se sortea a quién le toca morir, los que quedan comen al sacrificado, al fin los recoge un barco. Otro, una tormenta: el viento se lleva los palos y las velas, que van por el aire como un ave en zancos; el capitán amarra al timonel al gobernalle, el timón se rompe, las olas barren la cubierta, el barco comienza a hundirse, los marineros se disputan los botes a cuchillo y unos cuantos logran salvarse. Otros, una sublevación: los negros brotan, bramando, por las escotillas; los marineros arrojan agua hirviente y hierepiés, los primeros negros caen aullando, los otros pasan por encima, se acaba el agua, se descargan todas las armas, caen más negros, se los recibe a cuchillo, pero su número domina, y sólo tres o cuatro marineros logran huir en botes; los negros quedan dueños del barco, pero no saben gobernarlo... Otros, un incendio: se inicia en la bodega, estallan los barriles de ron, los negros rugen, se cierran las escotillas, la gente se arroja a los botes y huye, los negros rompen las escotillas y aparecen sobre cubierta, pero el barco está rodeado de tiburones, y los negros prefieren arder a arrojarse al agua, estalla la santabárbara. Otros, el encuentro con un pirata: un barco se acerca bajo tal o cual pabellón a pedir cualquier cosa, el barco larga el pabellón negro, zafarrancho de combate, sobre el puente aparece una tripulación de demonios, abordaje, entran a cuchillo, algunos marineros huyen en botes, brotan los negros y pelean con los piratas. Otros, una rebelión del equipaje: se forman dos bandos, uno al lado de los oficiales; se acuchillan hasta que sólo quedan dos o tres, que ya no pueden dominar la negrada y sucumben a ella; otra vez los negros en un barco que no saben gobernar.

Tal era el romance negrero, que los marineros parias relataban a Pedro durante las lluvias. Pedro había comisionado a un negrero de Cádiz para que fuera a Málaga a buscar a Rosa y la llevase a Gallinas.

Esta estación de lluvias fue una de las más crudas. Nubes de marineros se refugiaron en Gallinas, procedentes de negreros apresados. Los armadores, por indicación de Pedro, solían mandar los barcos con poca tripulación, para completarla en Gallinas. En el islote de los barracones Pedro mandó construir otro para aquellos marineros. Cuando éstos abandonaban el estuario, llevaban en sus lenguas la fama del señor de Gallinas y la desparramaban por donde iban, y cuando volvían –muchos volvían, a veces, vía Sierra Leona– traían las noticias de los grandes hechos del mundo. La represión, respaldada por las ideas que corrían por las cabezas, se mostraba más cercana. Portugal, la última nación en hacerlo, había abolido la trata también al sur. Los ingleses llevaban redada tras redada a Sierra Leona, Cape Colony y Fernando Poo. Mil cañones, sentía Pedro, apuntaban a Gallinas. Las gotas caían como balas de plomo arrojadas desde el pasado, y los enjambres de marineros parias se arrastraban por los islotes como soldados vencidos que surgieran de un fangal. Un presagio de derrota, un abatimiento fatal, envolvía al más audaz y batallador de los negreros. Elvira, nuevamente encinta, seguía con sus arrebatos, y el pequeño Pedro estaba al cuidado de una nodriza. Pedro se quedaba horas en su palacio, mirando al cuarterón en brazos del ama. El río parecía estancado. Sólo la vuelta del sol y las velas negreras le devolverían el ánimo.

De golpe, se levantó la calema, la mar sorda, y montañas de agua remontaban la barra y azotaban los fortines. Tras la calema vino una calma, y tras la calma se levantaron los vientos del noreste. Algunos barcos de cabotaje habían entrado huyendo de las borrascas y en la playa se habían despedazado dos barcas. Las olas escupían cadáveres por encima de la barra —cadáveres medio despedazados por los tiburones, venidos quién sabe de dónde ni con qué nombre—. Se habían volcado varias canoas y ahogádose varios krumen, que se juntaban con los venidos de afuera, blancos y negros. Cuando esto ocurría, y ocurría casi todos los años, en Gallinas se preparaban botes para recoger a los náufragos. Un portugués encargado de este servicio recorría los islotes e iba al depósito de marineros, gritando: «¡Voluntarios para salvamento!». Pedro tenía detrás del despacho dos casas para alojar a los oficiales, como en un hotel, donde conversaba con ellos. Eran casi siempre oficiales negreros o de cabotaje. Este año, sin embargo, fueron de otra clase.

Una flotilla de cruceros ingleses que venía de Fernando Poo aprovechó el pretexto del temporal para recalar en

Gallinas. Pedro recibió a los oficiales en su hotel, los rodeó de atenciones, los llevó a su palacio y les dio con qué reparar las averías. El teniente que mandaba la flotilla recorrió la factoría y preguntó en qué comerciaba.

Pedro dijo:

—En esclavos.

Era vano decir que en aceite y otro producto del país; cada factoría tenía sus barracones bien marcados, y aquel nutrido ejército de blancos, negros y mulatos armados que Pedro tenía en el islote largo era el cuerpo mejor organizado de la costa.

—¿Piensa usted conquistar la selva, Mister Blanco? —preguntó el teniente.

Los marineros ingleses se habían metido por las chozas a fornicar las negras, y uno había muerto en lucha con su marido.

Pedro había colocado una gruesa guardia en torno al harén.

—Usted es un hombre admirable, Mister Blanco; su cabeza es dura. Usted es un *real stock man*, Mister Blanco; *by jove*, usted merecía ser inglés —dijo el teniente—. ¿Y esos fortines, Mister Blanco? ¿Y esos cañones en la orilla? ¿Y esos aparatos heliográficos? Su flotilla de vigilancia es admirable, con bandera de un nuevo país y todo; me la he encontrado varias veces en el mar. A propósito, ¿qué opina usted de nuestros cruceros? Los negreros también llevan cañones, y en ellos van gentes fieras. Por mi gusto se les dejaría navegar en paz. Los negros están mejor en América que en África. Van a inyectar hierro a los blancos. ¿No cree usted que los blancos se están volviendo tísicos? Nuestro buen duque de Clarence, Guillermo IV, es un hombre de buen seso. ¿No cree usted? *Well*, Mister Blanco, que prospere usted muchos años. La tormenta se ha retirado. Creo que ya es hora de soltar las amarras. Le doy las gracias por su hospitalidad. Déme usted la cuenta.

Pedro no cobró su hospitalidad. La flotilla largó velas al

norte, y a los pocos días la estación seca mandó, como preludio, el sol. Todos los factores de Gallinas se habían pasado dos semanas temblando. Luego vinieron a ver a Pedro en comisión para saber lo que debían hacer. La impresión era que los ingleses pensaban destruir las factorías. Pedro los calmó asegurándoles que el teniente era amigo suyo.

Según el tratado con Cha-Cha, la liquidación la harían anualmente. El primer barco que llegó del sur con sol en las velas traía al supervisor con los números pelados. Pedro había mandado su goleta a Ajuda a recoger la prometida dote anual. La goleta iba mandada por un viejo marino portugués llamado Diogo, y Cha-Cha lo recibió en su palacio, junto con otros capitanes negreros. Durante una noche jugaron a las cartas y tomaron champán. Frente a ellos danzaban bayaderas —bailadeiras— mulatas y Cha-Cha reía a carcajadas. Con él tenía cómplices para hacer trampa, y los capitanes se iban retirando sin monedas y sin humor. A cada uno que se retiraba, Cha-Cha estrellaba una botella contra la pared y daba una carcajada. Luego se quedaba serio. Lo sentía mucho, pero ¡era el juego!

—¿No cree usted, señor emisario del Mago-Espejo-Sol, que todo en la vida es juego?

Cuando se hubieron retirado los demás huéspedes, se encaró con Diogo.

—¿Conque viene usted a buscar el cincuenta por ciento de mis ganancias? ¡Ja, ja! Juego puro. No hay ganancias. Estoy arruinado. Dígaselo así a Pedro. Dígale que sus agentes se han portado muy bien. Son magníficos llevacuentas. Yo no sé de dónde mi yerno saca gentes tan capacitadas. Pero él tiene bastante en Gallinas. Un día u otro todo irá a parar a manos de los ingleses. Yo prefiero que mi capital vaya a manos del rey de Dahomey. En fin, puede usted marcharse.

Pedro recibió la noticia con calma. Las caravanas comenzaban a llegar y los barracones a llenarse. No había tiempo de ponerse a pensar. Pedro dijo: «¡Está bien!», y se fue a revisar la factoría. Luego mandó que la traición de Cha-Cha quedara en secreto, pues, si se sabía, le restaría prestigio en Gallinas, donde negros y blancos lo creían en poderosa alianza con su suegro. Elvira no se enteró tampoco. Al mismo Cha-Cha le envió Pedro una carta, pidiéndole que, al menos, lo ayudara a sostener su crédito. Cha-Cha lo prometió. Elvira escribía a su padre diciendo que Pedro era un tirano, que la tenía enjaulada y la trataba peor que a las mujeres del harén. Pero aquellas cartas se rompían, y un escribiente hacía otras diciendo lo contrario y copiando la letra –porque, aunque Cha-Cha no sabía leer, sus secretarios sabían y conocían la letra de Elvira–. Gallinas estaba de nuevo en movimiento. Los botes subían río arriba y los krumen reparaban sus canoas. Un cuerpo de esclavos limpiaba el estuario y llevaba los cadáveres a enterrarlos en la selva. Los espejos comenzaban a pestañear y la flotilla de vigilancia llegaba con noticias. Los guardias de los fortines examinaban los cañones, y el «ejército» aceitaba los fusiles. Estos días primeros de la estación seca eran peligrosos. Los piratas solían merodear por la costa, saquear las factorías y matar a los factores. En Gallinas no había ocurrido nunca, y las guardias, prevenidas al principio, lo iban olvidando. Después de una estación cargada de reveses, Pedro aparecía con una nueva furia en sí, y echaba mano de los soldados para otros trabajos. Por la noche los centinelas dormían en sus garitas. Así ocurrió aquello.

Una noche, poco después de recibir Pedro la noticia de Cha-Cha, comenzó a redoblar el tambor de guerra colocado en uno de los fortines, y la gente de todas las factorías se echó afuera. Dos bergantines piratas acababan de remontar la barra. El estuario estaba a oscuras y la navegación era peligrosa. Pero los piratas parecían prácticos. Entraron en el despacho de Pedro, mataron a los guardias y le prendieron fuego. La llama del edificio iluminó los islotes circundantes, y los piratas se lanzaron en botes contra el segundo islote, donde estaba el almacén y las casas de los oficiales.

Iban directamente contra la factoría de Pedro, pues habían desdeñado otras más próximas a la barra. El almacén, sin embargo, estaba bien custodiado. Pedro salió de su palacio al frente de su guardia y se lanzó contra el pirata. Chocó con uno de sus botes y lo echó a pique, matando a la gente, pero le metieron una hoja en un costado. Pedro se la arrancó y siguió avanzando. La hoguera permitía distinguir a los piratas en la confusión. En todas partes sonaron tambores y de todas surgieron negros con chuzos y escudos. Para que los naturales pudieran reconocer a los piratas, Pedro había mandado colgar de una verga mucho antes un espantajo con la facha que presentaban, generalmente, los piratas, y aquello había quedado grabado en sus ojos. Los asaltantes tenían, por lo regular, aquella figura, y avanzaban al son de un grito de guerra, cuya música Pedro había mandado cantar en Gallinas. Los piratas se vieron contenidos por la guardia del almacén, pero ella sola no hubiera podido resistirlos. Los piratas eran numerosos y fieros. Pedro, con su guardia, los atacó por un flanco, restañando la sangre con una mano y avanzando al frente. Pero en diez minutos cientos de negros cayeron en derredor. Al oír el tambor, los cautivos rompieron los barracones, mataron a los guardianes y recorrieron el islote enloquecidos, sin atreverse a echarse al agua; pero parece que algunos boteros pertenecientes a otra factoría los transportaron a la orilla y huyeron a la selva. En medio del tumulto Pedro vio dos figuras que acaudillaban a los piratas tirarse a tierra, y avanzó hacia ellas. Los demás, atacados por la espalda, trataron de ganar los botes para volver a sus barcos. Algunos lo lograron; pero los guardias de los fortines les cortaron la salida a cañonazos. La batalla duró poco más de dos horas, y los cabecillas fueron llevados a la enfermería. Pedro ni siquiera pudo fijarse en su rostro. Otro de los principales cayó herido frente a la habitación de Martínez. Los heridos graves fueron rematados por los soldados. Con el día todo estaba en calma.

Elvira había pasado la batalla en su cámara, mirándose al espejo. Los tiros la habían despertado, y cuando entró una de sus guardianas, le preguntó si habían matado a Pedro, sin dejar de mirarse al espejo. Luego dijo que le llevaran al capitán pirata para verlo. Las mujeres del harén, al oír los tambores de guerra, habían atropellado a los eunucos que guardaban sus puertas y puéstose a bailar en el patio. Los piratas cogidos vivos estaban en uno de los bergantines, custodiados por los marineros de Pedro. Todos los factores acudieron a ver a los cabecillas.

Éstos estaban amarrados codo a codo ante Pedro. Uno era un hombre alto, de barbilla saliente, nariz ganchuda y ojillos azules; el otro era de mediana estatura, ojos negros y rostro de niño. Este último llevaba un gran sombrero de fieltro calado hasta las cejas y una blusa holgada hinchada sobre el pecho. Sólo Pedro podía reconocer aquellas dos figuras.

—¡Has vencido! —le dijo el más bajo—. Has acabado con mis barcos y mi familia; ahora me tienes a mí.

¡Era María Cruz Gómez!

El otro miraba a Pedro con una risita dura al través de sus ojillos de culebra.

—¡Me has dado la primera puñalada de mi vida; ahora te falta darme la última!

Era Ricardo Salaverry. María y Salaverry se habían encontrado en Lisboa y jurado destruir la factoría de Pedro. Cada uno mandaba un bergantín, y uno de sus segundos era José Poza, que acababa de morir en la enfermería.

Pedro calló el secreto. Llevó los piratas a su palacio y los tuvo bajo custodia. Pero no podía perder tiempo. Los cautivos habían huido, y las velas negreras asomarían pronto. El primer islote, con su edificio de la administración, estaba en cenizas, y todos los negros y blancos del estuario esperaban ver a los piratas colgados de las vergas. Pedro no quería hacer aquello, y, para satisfacer a su pueblo, ideó un ardid. Puso a todos los piratas a bordo de uno de los bergantines al anochecer y lo sacó al mar, escoltado por uno de sus cúters. Al cerrar la noche los echó, todos en botes, mar afuera, y prendió fuego al bergantín. Luego les mandó el otro bergantín a recogerlos para que huyeran en él. Salaverry por capitán. María Cruz quedó secretamente encerrada en su palacio. Los negros de Gallinas creyeron que todos los piratas habían muerto abrasados –para colgarlos de las vergas, les dijo, eran muchos, y por otro lado, las llamas rojas aplacaban su ira–. Mientras ardía el barco los negros danzaban en la playa. Desde aquel día Pedro se llamó Fuego-Barco.

¡Extraña mujer aquella María Cruz! Su último milréis lo había gastado en aquellos bergantines y en pagar a Salaverry para vengarse de Pedro. Y ahora, hela ahí, prisionera de su enemigo. Era unos diez años mayor que él, y entonces la única blanca en Gallinas. Pedro la retuvo un mes, mientras le habilitaba una goleta comprada en Sierra Leona y se la cargaba de mercancías. Entonces le dio tripulación y la montó sobre el puente. La goleta se llamaba la *María Grande*. En 1826 habían apresado los cruceros la *María Pequeña*, y algunos de sus marineros habían ido a parar a Gallinas. María se despidió de Pedro en su cámara de capitana, y dijo que pensaba retirarse a Lisboa y abandonar la trata.

–¡No es cosa de mujeres! –dijo.

En esta estación la factoría de Pedro apenas funcionó. La reconstrucción de los edificios, la fuga de María, la cura de la gente, ocuparon las principales actividades. Pedro repartió ron y tabaco entre los negros vecinos en celebración de la victoria, y la fiesta duró semanas. Entretanto, las velas negreras cargaban en las otras factorías. Luego, la gente quedó desmoralizada por el triunfo. Los negros, y hasta los blancos, veían el trabajo como cosa innecesaria, puesto que a juego de vida se podía obtener riqueza. Fue preciso que pasaran meses para recobrar la normalidad. Gracias a los esclavos que mandaron las sucursales pudo cargar tardíamente dos barcos para La Habana y uno para Carolina del Sur.

Pero él no intervino siquiera en esto. Después de dirigir las obras de reconstrucción, llevó los carpinteros a aquel islote solitario y desierto donde hacía dos años flameaba su bandera, y levantó allí su nueva residencia. En este islote había entonces media docena de chozas de negros. Pedro hizo de sus habitantes los guardianes de su nuevo palacio, con la consigna de no dejar entrar a nadie que no fuera con él. Todos los factores vieron aquel acto extraño con interrogación. Pedro no dio explicaciones.

Hacía algunos meses que se le veía actuar misteriosamente. A veces se encerraba semanas en su casa y no hablaba ni con Martínez. Su médico, que lo había sido de un barco mercante, mandaba pedir medicinas a Europa y le hacía docenas de advertencias. Pedro se pasaba la mano por la frente, se quedaba pensando, y de golpe se levantaba, como despertando sobresaltado. El barajo de la estación seca lo aliviaba. Se negaba a tomar medicinas y decía que su mal no era del cuerpo. Pero este mal era pasajero. Lo había embargado tres veces en once años. La última era ésta, después del asalto de los piratas.

Poco después Elvira le dio una niña, que bautizó con el nombre de Rosa. A los pocos meses la entregó a un ama de cría y metió a Elvira, con las demás, en el harén. Era un propósito que le rondaba la cabeza desde la traición de Cha-Cha —éste siguió recibiendo cartas de su hija diciendo que Pedro era muy bueno con ella–. Pero siempre mandó tratarla con preferencia. Al principio, Elvira se negó a comer, gritó, pateó; al fin se fue calmando. Se vengaba diciendo que le era infiel con todos los negros de Gallinas, y que todas las demás hacían lo mismo, y que su padre vendría de Ajuda con un ejército a arrasar la factoría. Ella misma se lo pedía en cartas, que no leían sino Pedro y un secretario.

La victoria sobre los piratas afianzó más su prestigio, y la rigurosa disciplina de su Estado se había reafirmado. Los mismos Salaverry y María Cruz contribuyeron a propagar la especie de que los negreros tenían seguridad en la costa de

África. Llegó a decirse que Pedro, gracias a la fabulosa riqueza, estaba en connivencia con los cruceros y las autoridades de Sierra Leona. El fracaso de la estación de 1830 se atribuyó enteramente a la piratería de Salaverry y María Cruz. Pero había otras causas.

Por un lado, la traición de Cha-Cha lo desconcertó temporalmente —y sin él, a pesar de su gente escogida, la factoría se adormilaba en los vapores de la costa—. Y por otro, la llegada de Rosa. A fines de la estación el negrero de Cádiz remontó la barra con ella. Pedro la tuvo a bordo hasta el cierre de la noche y luego la condujo en una lancha al través del laberinto hacia el cayo solitario donde se levantaba su nueva residencia. Rosa venía pálida. Sus ojos apagados no se encendían sino con el lloro. Durante la mayor parte de su vida había caminado con la vista baja, encorvada, y así se fue moldeando al crecer. Sólo su piel lisa, su cabello vivo y ondulado y su voz clara y fina decían que era ella. Todo lo demás era viejo. Pero, cuando quería hablar, la voz se le cortaba y hablaban en silencio las lágrimas. Al ver a Pedro a bordo se abrazó a él con timidez; no estaba segura de que fuera él. Sólo al otro día comenzó a hacerle preguntas. ¡En qué espantoso lugar se encontraba! ¡Y qué dureza y crueldad había cobrado su rostro!

—¿Has padecido mucho? ¿Has sido bueno con las gentes? —Rosa, en su larga vida de desechada, se había refugiado en libros piadosos—. ¿Y aquí no hay iglesia, hermano?

Pedro rodeó a Rosa de todas las comodidades que el dinero podía comprar en Gallinas. Le puso criadas negras y mulatas y le dio una casa, amueblada según el gusto de una casa de París, a la que había escrito pidiendo lo mejor, no importaba el precio. A sus órdenes puso una cocinera que había sido esclava en América, importada de Liberia, con carta blanca en el almacén. Los pisos estaban alfombrados, las paredes tapizadas, había hasta una biblioteca con obras de náutica, de geografía y de historia. Pero las ventanas daban al río manso y pestilente o a la selva cerrada y salvaje. Los cantos eran cantos lúbricos o de guerra, y la música, música de cueros. Pedro se pasaba al principio largas horas con ella, hablando de América, adonde, le dijo, se retirarían pronto. Era asunto de aguardar dos o tres años. Pero al principio de la nueva estación lluviosa nuevas ocupaciones lo reclamaron fuera, y Rosa quedó sola en el islote perdido, rodeada de sirvientas que caminaban con dificultad bajo las batas de percal. Sólo la intérprete hablaba malamente español. La lluvia comenzaba a caer pesada y monótona y el vapor del río formaba una espesa cortina pizarrosa, que cercaba completamente el islote. La voz se apagaba allí a dos centímetros de los labios y la peste cortaba el aliento.

La guerra entre Amarar y Shiakar tomaba un nuevo giro. A principios de la estación, Amarar avanzaba hacia el norte, y llegó a una de las más poderosas aldeas partidarias de Shiakar. La población estaba fortificada y dentro había un gran ejército. Amarar vaciló antes de lanzar a su gente contra el enemigo, y se retiró a consultar al brujo que antes le había dado la victoria. Otra vez el brujo consultó a los espíritus, y éstos dijeron que Amarar no triunfaría sin antes cometer un horrible incesto. Aquello ocurrió, y al amanecer avanzó con su gente contra Shiakar, pero fue rechazado y muerta y capturada la mitad de su gente. Amarar huyó a refugiarse a su campamento y decapitó al brujo. Mana, el general de Shiakar, lo persiguió hasta su aldea y le hizo lo mismo a él. La guerra terminó con el incendio de la población de Amarar.

A Gallinas llegó el último botín de guerra con la noticia. Muchos de los partidarios de Amarar que no habían sido apresados por el enemigo huyeron a la selva, pero al verse al fin sin tierras ni casas, se abrieron paso individualmente hacia el río y llegaron, hambrientos, a venderse a las factorías. Muchos venían enfermos y los factores los rechazaron. Pedro recogió una gran partida de ellos y les fue curando el hambre poco a poco. Otros venían ya muriendo, y durante meses vagaron por la playa, donde todos los días aparecía alguno muerto. Se llenaron los barracones y los barcos varados junto a los islotes. La peste ahogaba. El servicio de limpieza no daba abasto sacando cadáveres, ni los enterradores cavando fosas en la selva. Rosa oyó hablar de aquella guerra y rogó a Dios que devolviera la paz. Pedro apenas tenía tiempo de hacerle compañía. Un nuevo problema lo reclamaba.

En esta estación, que coincidió con la llegada de la noticia del gran levantamiento de negros en el condado de South Hampton, Virginia, bajo la dirección de Nat Turner, los cruceros no interrumpieron apenas los embarques. Pedro organizó su factoría de modo que pudieran valerse sin él. Martínez ingresó en su sociedad y controló toda la parte comercial. José, que traspasó a otro la sucursal, se hizo cargo del transporte, y así en orden, escalas abajo. Pedro reorganizó su ejército de blancos y negros y preparó material de guerra. En Gallinas había surgido al fin un jefe poderoso, con atribuciones de rey: Shiakar había avanzado hacia el sur, sometiendo numerosas tribus; en su cuartel levantó una casa de tablas, a imitación de las de los factores, e impuso tributos a sus vasallos. Esto era peligroso para la factoría si Shiakar no se sometía a Pedro –y el peligro estaba en que Shiakar tenía hijas solteras y en el estuario había factores solteros–. El nuevo rey, una vez victorioso, dejó que las caravanas pasaran por sus dominios, cobrando peaje o alcabalas; pero cuando Pedro le envió un saludo con regalos, permaneció callado. Entonces fue cuando Pedro se situó en un islote con su gente armada y le pasó un aviso para que se presentara ante él, a fin de celebrar un tratado comercial. La región del Vey, salvo algunas tribus independientes que se habían comprometido a surtir a Pedro de esclavos, quedaba ahora bajo el dominio de Shiakar. Éste estaba aún encendido por la guerra ganada y tampoco contestó a la conminación. Pedro le mandó otro embajador amenazándolo, y entonces

Shiakar conmina a su vez a Pedro a que abandone Gallinas. Entre los factores, Vicuña estaba soltero y su factoría era una de las primeras. A Pedro llegó la noticia de que Shiakar estaba en combinación con él. Pedro mandó entonces encerrar secretamente a Vicuña en uno de los barcos y avanzó con toda su gente armada, cañones y culebrinas, hacia la aldea de Shiakar. A dos millas de distancia acampó y mandó el ultimátum a Shiakar. Los mensajeros eran negros del país y contaron a Shiakar cómo iba armado el Mago-Espejo-Sol. Al fin, Shiakar se presentó en el campamento con dos hijos; pero Mana, el jefe de su ejército, no iba con él. Mana había avanzado por la selva, con el propósito de usar contra Pedro su propio sistema de reconcentración. Pero la forma sumisa con que se presentó Shiakar pareció sospechosa. El rey pedía perdón y se comprometía a surtir a Pedro de cuantos esclavos necesitase durante toda su vida a precios muy bajos. Era de noche y conferenciaban junto a la hoguera. Los cañones y los soldados estaban medio ocultos en la sombra. Pedro hizo una señal, y todo en derredor, reveladas por la llama, asomaron las bocas de los fusiles. Por cuatro lados aparecieron cuatro cañones. Los sitiadores los habían cercado ya y aguardaban a que el rey se retirara para copar al enemigo. Pero el rey fue hecho prisionero y los soldados de Pedro volvieron los cañones hacia afuera. Al amanecer sonaron los primeros disparos, que contestaron los tambores de guerra; pero cuando redoblaron los cañones, todo el ejército de Shiakar huyó y Mana fue capturado a la puerta del palacio del rey. Pedro entró entonces en la corte y restituyó al rey a su trono, aceptando el contrato que le había ofrecido antes. Los cañones exhibidos ante Shiakar y su gente bastaban para garantizar su cumplimiento. Shiakar surtiría a Pedro de todos los esclavos que le pidiera. Cumplido este compromiso, podía servir también a otros factores.

Con el sometimiento de Shiakar y el silencio de Vicuña, la influencia de Pedro doblaba una vez la de Cha-Cha y dos la de Ormond en sus últimos años.

Pero la factoría de Gallinas, ni ninguna factoría negrera, ya no podía ir a más. Podía sostenerse algún tiempo, y los factores ganar dinero, pero no aumentar el promedio de embarques. Era seguro que la selva, en paz, produciría menos esclavos, y el mar, en guerra, menos barcos. Y ahora venía la hora de sostenerse a toda costa. La factoría había creado una burocracia, un ejército y una masa de obreros y esclavos que dependía de ella, y viceversa. Pedro seguía animando a sus armadores. Pero presentía su menguante. El marino, el pirata, el errabundo, se había estancado en el estuario, creando años e intereses que le impedían moverse con soltura. Había nacido el mongo, el dictador. Cuando éste cayera, no podría volver a la aventura. Aquellas reservas en manos de los armadores en varios países eran una previsión que, a la vez, sostenía su crédito. Ahora asume un papel de general y director; todo lo demás marcha a cargo de su estado mayor. Visitaba a los factores vecinos y jugaba a las cartas con ellos. Alguna vez participaba de sus fiestas, recibía visitas de Shiakar o sus embajadores, recorría la costa en su goleta, visitaba las sucursales, se metía en Sierra Leona a hablar con los capitanes y marineros apresados, los recibía en su oficina, indagaba los movimientos políticos en Europa y América, entraba en el harén a revistar a sus mujeres, fumaba las cajas de vegueros que los armadores y su primo Marchena le enviaban de Cuba. Sobre todo, seguía velando por su autoridad y prestigio. Entre cada avalancha de marineros buscaba siempre alguno para ocupar una plaza vacante en su factoría. Los blancos morían allí de fiebres —la fiebre amarilla, decía el médico, era la venganza de los negros contra sus traficantes—. La enfermería, a cargo de otros médicos y practicantes, tenía siempre de cien a doscientos enfermos. Era un servicio benéfico costeado por Pedro. En el islote, en los barracones, en un raso cercado por un malecón de tierra, estaba el cementerio, donde se enterraban juntos a los blancos y a los negros de la factoría. Cuando se moría algún marinero se registraba su nombre o mote y datos en un libro de la oficina, se le envolvía en una sábana y se le depositaba en la fosa común. La hierba los cubría enseguida. ¡Quién sabe quiénes eran ni de dónde venían! No había ritos ni rezos, pero entre los demás que quedaban en la factoría había alguno que se santiguaba.

Pedro iba también a la enfermería a hablar con los enfermos. Cuando alguno se sentía morir, lo mandaba llamar, como si fuera a un confesor. Pedro no tenía ninguna frase sentimental para el moribundo. Su lucha contra el espíritu, que lo salvaba de morir náufrago en sí, se lo impedía. Había que mirar a la vida con los ojos de este mundo. Había que poner el espíritu al temple de la materia. Su médico, llamado Prats, lo precavía contra los contagios. La fiebre hacía horrores. Cuando atacaba a un marinero, su lengua se tornaba negra, sus ojos rojos y sus huesos se abrían. Sólo la cabeza flotaba en el aire, y por ella pasaban, envueltas en niebla y empujadas por el huracán, las fechas de su vida. Pedro se sentaba ante la tarima del enfermo y escuchaba sus delirios. Después de los reveses enumerados, cuando su poder estuvo consolidado y sólo se dedicó a sostenerlo, iba con frecuencia a la enfermería. A veces se sentaba sucesivamente ante varios enfermos, los miraba a los ojos y salía sin decir palabra. Prats no se lo explicaba.

—Va usted a pescar un trancazo, y le estará bien —le decía.

Entre los empleados más antiguos tenía uno, triste y callado, que guardaba el almacén. Andaba con la vista baja y permanecía siempre solo. Pero el clima y las aguas lo fueron minando, y al fin lo atrapó la fiebre amarilla. Cuando se sintió morir llamó a Pedro y se puso a hablar. Pedro estaba ante él, de noche. El recinto tenía algunas luces de aceite, y los lamentos de los enfermos vagaban por el techo como almas en pena. Los enfermos dormitaban en una sala que había a la entrada. El moribundo extendió las manos para alcanzar la de Pedro.

—¿Usted es el jefe? —le dijo—. Sí, usted es. Escuche. Yo me muero. Esto tenía que ser algún día, y no importa. Pero antes quiero que sepa usted algo que no he dicho a nadie. Ayer vino a verme el diablo. Me ha contado todo lo que pasará en el mundo desde ahora y cómo se llevará al fin a todo el mundo. Usted y yo tenemos que ser amigos del diablo. El cura quiso arrancármelo una vez del cuerpo con el arpón de una cruz y no lo consiguió. Me agarraron diez hombres, y yo di un salto y me desprendí. Fue el salto del diablo. Después de aquél di muchos otros, mundo adelante, y así salté de barco en barco, hasta llegar aquí. El sacristán me echaba incienso, y una vieja agua bendita, y el incienso no daba humo y el agua bendita se secaba antes de llegar a mí. Las gentes dijeron que yo estaba enmeigado, y puede que fuese así. Yo tenía mi mujer en la mariña y siete hijas, y salía a pescar, y no pescaba casi nunca nada. La sardina no venía a mi red. Mi mujer y mis hijas salían a pescar ellas mismas, y traían la lancha llena. Era el diablo. Ellas mismas, mis hijas, las había hecho el diablo. Yo tengo que confesar esto a usted. Yo sabía que mis hijas eran del diablo porque yo no las había sentido prender en su madre. Esto es difícil, y por eso salí por el mundo adelante y me metí a negrero. Mi mujer era como el agua bendita, que se secaba antes de llegar a mí. Por eso huí, y así son todas, yo creo. Yo tenía que contar a usted esto. El diablo estaba en mí, y ahora salió a abrir la puerta, y vuelve por mí. Debe de estar al llegar. Yo me voy y otros se quedan, pero algún día irán también. Bueno, jefe, ha llegado la hora. Adiós.

Casi todos los días iba Pedro a escuchar cuentos así. Otros se despedían llorando, otros rezando, muy pocos con valor. Todos aquellos parias parecían hombres sentimentales y tímidos, valientes sólo en la lucha.

Pero donde Pedro pasaba ahora más tiempo era en aquel islote sagrado, «donde jamás entraba otro blanco que él y su hermana». Rosa había querido volver a mirar recto, pero la costumbre pesaba más que su voluntad. Seguía leyendo libros piadosos, que Pedro le mandó comprar. Era, decía, lo único que la aliviaba. La vida de reina animó un poco sus nervios al principio; pero la soledad, la peste y el clima la volvieron a aplastar. Luego la invadió la nostalgia. Se había acostumbrado a lo largo de los años a una soledad en medio de gente. Ésta del islote era distinta. En las lluvias, la selva se cerraba a la vista, y los cayos de las factorías parecían *cuerpos muertos* a punto de sumergirse. Rosa sólo veía los arbustos de su islote en derredor y el agua sucia y mansa del río, y la lancha de Pedro que pasaba frente a la ventana e iba a fondear al flanco, a la boca de un pasaje techado que guiaba a la entrada. Los dos hermanos se pasaban horas uno frente al otro, en un diván forrado de terciopelo rojo –Pedro había adquirido de los negros su amor a lo rojo–, en silencio. Tras una hora de mirar aquellos ojos extraños de Pedro, donde no encontraba nada familiar, ni aun humano, Rosa rompía a llorar, también en silencio. El hermano no tenía qué hacerle. Cuando esto ocurría, se levantaba y la dejaba sola. Pedro había cobrado al través de los años un miedo pánico a lo que en él pudiera haber de ternura. Con los capitanes negreros, y aun con sus empleados, hablaba con soltura; a veces jugaba con los marineros, pulseaba, hacía simulacros de combate de cuchillo, tiraba al blanco –se dijo que una vez había tumbado por gusto con una bala de fusil a uno de los vigías encaramados en los puestos de vigilancia, pero resultó que aquel vigía era un espía de los cruceros–. Pero, cuando llegaba junto a su hermana o un marinero moribundo, todo en él se paralizaba, sus nervios se contraían y el rostro se le llenaba de frunces. Sus ojos se cuajaban y el aliento le salía frío y cortante.

En 1834 llegó a Gallinas una mala noticia: los ingleses habían abolido la esclavitud –que tendría efecto cuatro años después–. Por otro lado, Liberia progresaba. Los cruceros ingleses combatían cada vez más duramente a los negreros, al sur y al norte, fueran de la nación que fuesen –excepto yanquis, contra los cuales no tenían derecho de visitación; pero, a la vez, había ya cruceros yanquis para perseguir a los suyos–. A veces los cruceros se pasaban meses en Gallinas, mientras las bandadas de negreros revoloteaban por la vuelta de afuera. Dentro, en los barracones, bramaban miles de cautivos, que los ingleses oían desde las cofas.

Pero esta lucha de la estación seca levantaba el ánimo de Pedro. Espantaba de él las ideas errabundas que tocaban a la puerta secreta de su cabeza, como fantasmas, y los propios fantasmas de los cuentos de los marineros con fiebre. Pero en Gallinas no había verdaderos militares que lo ayudaran. Todos los demás factores seguían como confederados a él; pero ninguno hubiera sido capaz de cruzar la barra con un lugre armado entre dos cruceros.

Pedro lo hizo una vez. Dos cruceros habían venido a colocarse ante la barra, bien provistos de víveres y cañones, al comienzo de la estación propicia. Shiakar, reconociendo el señorío de Pedro, le había mandado largas ristras de cautivos, robados a las tribus vecinas. Los demás factores tenían a su vez grandes cargazones, y los vigías habían visto asomar al horizonte muchas velas negreras. Pedro llamó al consejo a los principales factores y propuso franquear la barra en un barco ligero bien armado, a fin de cebar a los cruceros y atraerlos hacia otro lado. Ninguno se atrevió a mandarlo. Pedro pidió entonces voluntarios entre sus marineros y aguardó a que el viento soplara favorable. Entonces largó las velas y se deslizó como una flecha entre el enemigo. Los cruceros creyeron que llevaba negros, y le dieron caza dos días hacia el norte. Entretanto, los espejos comenzaron a pestañear, y los negreros entraron a cargar. Pero el barco de Pedro era más ligero aún que los cruceros, y le imprimía giros desconcertantes, ganando ventaja. Las balas llegaban a él perdidas y sin fuerza, no lograron más que acribillarle las velas. Al fin lo perdieron de vista.

Pero cuando quiso regresar, la barra estaba nuevamente bloqueada. Los espejos le dijeron que Martínez había embarcado todos los esclavos, pero que ahora, en vez de dos, había allí tres cruceros. Parece que los espías de éstos les habían informado que era Pedro quien había salido. Pedro puso entonces proa al sur y recaló en Cabo Mount, donde tenía una sucursal. Pero también allí habían estado los cruceros.

El factor dijo que había tenido que embarcar un cargamento por su cuenta, por no poder enviar los negros a Gallinas, aprovechando la salida de un crucero –el que había ido a unirse a los de Gallinas–. El negrero portugués se los había comprado.

Esto le reveló a Pedro el hecho de que sus sucursales negociaban por cuenta propia con su nombre y sus intereses. En ellas estaba la bandera de Gallinas, y los naturales la conocían. Casi todos los que manejaban las sucursales habían sido capitanes negreros. Y lo peor no era que le robaran, sino que no podían mantenérselos organizados. Preferían ganar cien negros vendidos directamente que doscientos en una comisión producto de un proceso de operaciones que se esfumaba a la vista. Sólo imponiéndose como dictador, rebosante de fuerza y riqueza, había podido mantener unidos a aquellos mercaderes egoístas y tímidos, y Pedro comprendió que cuando su fuerza comenzase a aparecer porosa a los ojos de los otros todo se vendría abajo.

Aquel viaje, que le obligó a permanecer dos meses fuera de Gallinas, vagando por la costa, visitando las sucursales, le valió algún tiempo más de poder. En Sherbro, isla al norte de Gallinas, aguardó el aviso de que estaba libre la entrada. Allí tenía dos factorías, administradas por dos hermanos vascos, y advirtió las mismas irregularidades. Lo peor era que a aquellos marineros, al establecerse en tierra, se les apagaba la imaginación, se hacían exclusivistas y se les pudría el valor —como a algunos se les pudría la carne en vida—. Todos tenían un harén incipiente y aspiraban a ser lo que era Pedro sin arriesgarse. En casos así a Pedro le daban arrebatos. Dos o tres veces le había ocurrido ya aquello. En Sherboro recorrió a pie el país cercano a sus factorías y se detuvo en algunas chozas de negros. Entre ellas había dos o tres blancos, marineros solitarios, tal vez náufragos, que habían retrogradado a la vida salvaje. Cultivaban algo en torno a sus chozas y cazaban algún negro, que luego vendían en las factorías. Estos hombres extraños estaban desfigurados por las fiebres y el clima y nadie sabía de dónde eran. Hablaban mal varios idiomas y se movían como lobos picados, siempre con la mano en el cuchillo. Pedro creyó que su nombre sería conocido en aquella región y que su llegada a Sherboro cundiría por todas las chozas, como ocurría en las factorías grandes. Pero a aquellos seres solitarios nada llegaba. Su anarquía absoluta rompía con todo sentido de Estado, y en ellos vio Pedro, más que en ninguna otra manifestación, el derrumbe de un imperio. Así ocurrió lo que cuenta Canot. Pedro fue a una de aquellas chozas, y el señor de ella se cuadró en la puerta con la mano en el cuchillo. Pedro dio un salto atrás y le metió una bala en el cuerpo. Después se quedó mirándolo con los ojos espantados. Lo hizo llevar a la sucursal y averiguar quién era y si tenía familia. Pero nadie le conocía. Era una de aquellas ideas vagabundas que nadaban en su cerebro.

De vuelta a Gallinas se encontró con un montón de cartas de distintos armadores. Marchena le escribía diciéndole que en su hacienda molía ya un pequeño ingenio a agua. Los armadores ingleses iban a menos. Pero los brasileños y cubanos seguían anunciando nuevas expediciones. Carlo le escribía una larga carta diciendo que se retiraba; pero todos los armadores de La Habana quedaban pendientes de los factores de Gallinas. De paso, Carlo le hablaba del capitán

Teodoro Canot, un italiano de origen francés que había salido de Matanzas con una vela consignada a Cha-Cha. Carlo se lo recomendaba a Pedro como el más valiente y experto de los capitanes negreros, decía, después de él. La historia de Canot corría ya por las bocas de los marineros y había llegado a Pedro. La trata no dio figuras más salientes que aquellos cuatro hombres, los cuales se encontraron alguna vez en sus vidas. Pedro y Canot no se habían encontrado aún. Al volver a Gallinas, Pedro aprovechó un *brick* portugués que iba a Ajuda para mandar aviso a Canot; pero éste se hallaba a la sazón en el interior, asistiendo a las solemnidades del Dahomey, y el *brick* sólo demoró unos días. Pedro necesitaba apuntalar la factoría con hombres semejantes a él, y al final de esta estación consagró dos meses a reorganizarla. Retiró algunos factores de las sucursales y puso otros. Recorrió los islotes y volvió a emplear aquel sistema personal y directo de revistar a su gente, uno a uno, llevándoles la mirada, sometiéndolos a alguna prueba difícil y resolviendo ante ellos la dificultad. Era el único modo de dominar aquellos blancos: haciéndoles sentir su superioridad, y luego, como amparándolos. A los negros los dominaba el gran aparato de la factoría, con sus riquezas y cañones, y la superstición del hombre blanco. Pedro advirtió que la máquina le obedecía aún, y que él podía ser el capitán que había sido. Pero esto era al final de la estación activa, en caliente, después de haber burlado a los cruceros. Cuando volvía a acomodarse en tierra, la tierra lo llamaba, como a los factores de sus sucursales. La imaginación se le apagaba, sin ella no era nada.

Pero cada vez que la imaginación volvía a ser movilizada, tras la estación lluviosa, se mostraba más gorda y lenta, y sólo una gran sacudida o un gran peligro la hacían hervir. Algo andaba por Pedro que le hacía preferir los relatos afiebrados de los moribundos o las largas horas agonizantes frente a su hermana a las historias heroicas de los marineros. La enfermedad que llevaba en sí le hacía sentir el placer de sentirla. La presencia de Rosa lo anulaba. No sabía qué hacer con aquella mística, medio loca. Pedro temía que Rosa se muriera allí, y en 1836 comenzó a hacer los preparativos para retirarse con ella a América. Pero no había hombres a quienes confiar los intereses y había que esperar.

Aquellas lluvias las pasó Pedro entre la enfermería, la sala de Rosa, el departamento donde vivían los niños y el harén. Los niños crecían fuertes. El palacio tenía un ala con cuartos para las amas, alcobas, patio y jardín. A veces se los llevaba consigo en una lancha a pasear por el río. Los niños eran casi iguales y casi blancos. Aprendían el idioma local con las crianderas, y Pedro les puso unos marineros para darles clases de español, francés e inglés. Pedro no los llevó nunca ante Rosa ni le dijo que estaba casado. Elvira, en el harén, seguía siendo su favorita. Seguían dándole arrebatos, y había tratado varias veces de entrar en el islote sagrado. Por Gallinas se sabía ya que Pedro tenía allí una hermana, que ninguno había visto, y los factores se juntaban a comentarlo. Los negreros lo divulgaron por América, y la noticia llegó hasta Marchena. Éste calló, sin embargo. Seguía escribiendo a Pedro y preguntándole cuándo pensaba retirarse. Pedro decía que pronto. Martínez –que también tenía su harén pequeño– pensaba hacer lo mismo. ¿Quién iba a quedar allí? Y era entonces cuando, a medida que se acentuaba la represión de la trata y las colonias de Liberia y Sierra Leona progresaban, se requerían hombres más capaces. El peligro constante de los cruceros y las noticias de docenas de negreros apresados, cuyas tripulaciones bajaban en rebaños a Gallinas, era lo que sostenía la factoría; sólo por eso los ojos de Gallinas permanecían abiertos en un lugar donde todo parecía tender a apagarse, a empantanarse.

En esta fecha –1836– se encontraron Pedro Blanco y Teodoro Canot. Este capitán, después de dar cien vueltas por el mar y la tierra, apareció un día como piloto de un *brick* de cabotaje que bajaba de Sierra Leona. El *brick* amarró junto a la factoría de José Ramón y le vendió unos cuantos barriles de pólvora. Pedro no lo vio con buenos ojos. Él creía que Canot iría recomendado a él, y se negó a comprarle nada. Canot le escribió entonces una carta contándole sus aventuras y desventuras, y Pedro lo mandó llamar. Lo recibió en el despacho de la factoría, y luego lo llevó a bordo de un lugre. Los dos capitanes comieron allí y hablaron. Canot tenía un rosario de experiencias, y Pedro las escuchó y calló. Todo lo que Canot supo de él lo supo por los empleados de Gallinas. El encuentro fue oportuno. Canot se había topado con reveses y cobraba una comisión de intérprete y un sueldo de piloto en el *brick*. Pedro andaba en busca de hombres de su temple, pero antes de darle entrada en su estado mayor, necesitaba probarlo, y comenzó por mandarlo a Liberia y otros puntos de la costa a hacer compras y hablar con los jefes de las sucursales. Sin embargo, Canot no podía seguir de subalterno, y Pedro le dio mercancías para establecer una sucursal en Nueva Sestros, al sur de Gallinas. Los dos capitanes comenzaron a conocerse así. Canot enviaba negros a Gallinas y cobraba comisión. En poco tiempo su factoría era la primera sucursal de Pedro. Canot estableció otra en Digby, en un principio independiente, y fomentó guerras. La vida de Canot la cuenta él. Es una vida en pena sobre el mar y contra la tierra.

Por otro lado, Pedro fue sustituyendo a sus empleados cansados o enfermos y en un año toda la organización parecía remozada. La gente inservible quedaba errante por la costa, donde se dedicaba a robar negros a la selva –y moría al fin a manos de ellos–, o embarcaba en algún negrero, o quedaba para trabajos menores, o iba a morir a la enfermería. Pedro no la dejaba desamparada. Algunos habían ganado con qué retirarse, otros lo habían gastado. Los sustitutos, como siempre, venían de los negreros apresados, y eran hombres ambiciosos al principio. Pedro logró así sostenerse sin que menguase su prestigio. El día que esto ocurriese estaría perdido. El ejemplo de Ormond lo mantenía en guardia. Todavía en 1837 colgó de una verga a un negro que violó su harén y dos mujeres desaparecieron misteriosamente. Cha-Cha había logrado saber que Pedro tenía a su hija en el harén y le mandó un desafío; pero nada podía hacer. Cuando aquello se supo en Gallinas, y que el poderoso Cha-Cha no intentaría nada contra su yerno, el prestigio de éste aumentó. Todo su afán en estos últimos años lo consagró a preparar hombres para continuar los negocios —pues él creía que podrían continuarse, contando con hombres del temple de Canot—. Pero aquellos hombres se iban haciendo escasos. Al frente de cada sucursal puso un capitán negrero y en Gallinas hizo un arreglo con Burón. Éste había venido a ser el segundo factor y uno de los que mejor resistían el clima. A su servicio tenía hombres competentes, y los largos años de adhesión a Pedro le hacían merecedor de su confianza.

Burón no pensaba salir de África. En su harén tenía hermosas mulatas criadas en la costa, y en su palacio celebraba francachelas con los marinos. Pedro arregló con él la dirección y administración de su factoría, a base de comisión, y se preparó a partir. En la estación seca de 1837 los negreros le trajeron la liquidación en papeles de sus cuentas con los factores. El importe, junto con el cálculo de sus intereses en África y Cuba, sumaba un millón de libras. De Estados Unidos le llegó también una goleta nueva, que permaneció un año ante el pasaje techado que llevaba a su palacio en el islote sagrado. Por entonces nadie más que Martínez y Burón —Martínez se preparaba a partir con él— conocían sus propósitos. El siguiente paso fue escribir a Marchena anunciándole su viaje y dar la noticia a Rosa.

Rosa había cambiado de golpe. La fiebre no la había atacado de frente, pero la muerte asomaba a sus huesos. Ya no lloraba ni leía libros religiosos. A veces paseaba canturreando por la sala, con las manos en la cintura y el busto levantado, como no lo había hecho nunca. Se ponía dos o tres trajes al día y se miraba al espejo como las del harén. No se sabe por qué conducto llegó a enterarse de que Pedro tenía una nidada de mujeres en otro islote y quería verlas. Y con todo, no estaba loca. Algo comprimido en ella durante años se había ablandado en aquella humedad solitaria y se soltaba, y a su memoria acudían cosas inconexas, pero su juicio seguía normal. Prats, el médico, dijo que Rosa curaría curando su corazón.

Cuando Rosa supo que la sacarían de allí dio en llorar de alegría y en hacer planes. Llamaba a Pedro a una ventana que miraba río arriba y le preguntaba cómo eran los países que visitarían juntos donde nadie los conociera. Pedro le pintaba La Habana y una gran quinta en las afueras de Matanzas, aquella región tan bella. En una última carta recibida de Carlo le anunciaba éste su retirada a Génova, donde, decía la carta, esperaba verlo. Irían a Cuba y luego a Génova, y pasarían ante Málaga sin tocar allí. Pedro creyó conveniente contar a Rosa su casamiento con Elvira y le llevó los niños. La hermana se quedó pensando. Luego atrajo los niños hacia sí y dio en besarlos llorando. Desde entonces no fue posible separarla de ellos. Los niños eran para ella, acostumbrada a ver tantas pieles oscuras y pelos rizosos, completamente blancos. Hablaban un español vivo y sincopado, y sus labios, un tanto gruesos, pedían siempre besos. Rosa se los daba a miles. Eran amables e hipócritas como gatos. Rosa se metía en la cocina, les preparaba la comida, los sentaba a la mesa, uno a cada lado, y paseaba con ellos por todas las dependencias de la casa. De noche los acostaba consigo, despertaba varias veces y prendía el quinqué para verlos dormir con aquella respiración suave de los climas templados. Ella misma —lo que explica que Pedro resistiera mejor que las gentes del norte— era de un clima semejante. Los niños habían oído decir que su mamá había muerto, y Rosa aguardó a que Pedro saliera a arreglar ciertos asuntos finales para decirles que era ella, que había vuelto. Rosita y Pedrín dieron en llamarla mamá. Rosa lloraba de gozo.

Aquellos asuntos finales eran la revistación de las sucursales, la flotilla de vigilancia, el cuerpo de señales y el estado de la costa. A ninguno de sus factores dijo que pensaba retirarse, sino solamente hacer un viaje. Por última vez habló directamente con toda su gente. Quería cerciorarse de que su autoridad no había mermado, que aún era capaz de dominar a su tripulación y arrastrarla a un abordaje. Sobre todo, tocó en Digby y habló con Canot. Canot era el hombre más hábil, valiente y experimentado, y con él y Burón su factoría podía tener aún larga vida. Canot había dominado al príncipe Freeman de Nueva Sestros y a otros dos príncipes de Digby. Pero en Nueva Sestros se enteró Pedro por un *brick* portugués de que los ingleses habían comenzado por fijar en Fernando Poo una estación para la represión de la trata, estaban colonizando la isla y trataban de fomentar allí una nueva Sierra Leona. Para cerciorarse, Pedro gobernó al sur y fondeó en Clarence Town, bajo pretexto de averías, de incógnito, como barco de cabotaje. En el puerto había un enjambre de cruceros, y durante el viaje tuvo que aguardar varias visitaciones. Se contaba de uno que había apresado seis negreros en un solo día.

Según los tratados, de los cuales Pedro estaba al tanto, Fernando Poo era española, y Pedro pasó un aviso firmado al Ministerio de Ultramar, denunciando la intrusión. Si los ingleses tenían que abandonar la isla, el peligro de Gallinas y sus sucursales sería menor. Un negrero de Cádiz que logró cargar a principios de estación llevó el pliego sellado por el señor de Gallinas, la única estratagema internacional que había empleado. Sus espejos, vigías y lugares no bastaban ya en la lucha contra la represión. Cuando él abandonara Gallinas, toda la estrategia sería insuficiente. Burón quedó encargado, al mismo tiempo, de insistir en la denuncia, subrayando en nuevas cartas al ministro de Ultramar el servicio que Pedro había querido prestar a la patria y lo que Fernando Poo podía significar, por su posición estratégica, para España. Eso, caso de que ésta mandara pronto algún acorazado a ocupar la isla. Rico, con la satisfacción de haber logrado su riqueza en el oficio más peligroso y heroico que había tenido la época, después de haber dominado a reyes negros, factores blancos, hundido barcos, abordado otros, dictado leyes, ejecutado sentencias, burlado cruceros y creado una patria, en Pedro se despertó, como accidentalmente, una refinada ambición. Su carrera de marino había sido frustrada por unos sentimientos morales, contra los cuales se había desarrollado su vida. *¡Qué interesante, si ahora lograba un alto honor de la Armada con el mismo tiro que partía un ala al enemigo que se oponía a la continuación de aquella vida!* Pero ¿cómo pudo pensar así? Por de pronto, sólo Martínez conoció aquel doble propósito, y por Martínez se divulgó más tarde, cuando, después de haberse concedido a Pedro los honores de intendente de la Armada, en 1843, se le retiraron, «en virtud de informes secretos», a fines del mismo año.

Era a mediados de la estación seca, 1839. A Pedro sólo le faltaba por disponer el harén. Todo lo demás estaba bajo el mando de jefes, que continuaban la marcha. Los espejos pestañeaban constantemente y los lugres remontaban la barra como flechas para dar la noticia del movimiento de los cruceros, y las canoas pasaban como delfines, cargadas de cautivos, bajo la luna. Pero en el harén todo seguía igual. Las huríes negras y mulatas dormitaban desnudas en lechos muelles, mientras los eunucos les echaban fresco. Era una escena que Pedro solía ir a ver a veces secretamente, después de haber pasado por la factoría. Después entraba en su palacio y entraba en el cuarto de Rosa. Ésta estaba casi siempre despierta, entre los niños, con los ojos perdidos en la noche, de donde salían los bramidos de los barracones, que entraban por las ventanas como balas rebozadas en olor a pólvora, ron, sudor, carne y detritus. Pedro contemplaba a su hermana y se retiraba con un «hasta mañana» ahogado.

Ahora entró con Burón en el harén y se lo encomendó, con el encargo de ir disolviéndolo poco a poco. Pero era preciso no disgustar a las hijas de los jefes que mandaban aún fuerzas en la región y mantener la especie de que el harén seguía siendo de Pedro, que regresaría pronto. Elvira pasaría otra vez al palacio para que cuidase al niño. La niña pensaba llevarla consigo. La voluntad de Pedro era que Burón administrase la factoría y velase por el niño hasta que éste tuviese dieciocho años. Entonces el hijo debía heredar cuanto el padre tenía en la factoría. Elvira, a quien Prats venía mezclando calmantes en el champán, estaba ya mansa, y sus crisis se resolvían en lloros plácidos. Cuando supo que volvería al palacio bailó de alegría y se abrazó a Pedro y le habló en portugués. Esto se proyectaba para dentro de un mes, cuando Pedro se haría a la vela rumbo a Cuba. Burón era el único en Gallinas capaz de mantener una autoridad semejante, aunque inferior, a la de Pedro, y las mujeres del harén la necesitaban más aún que los empleados. La desmoralización de un harén era siempre el signo de muerte de un factor. Cuando las mujeres se echaban fuera a acusar a su señor y a alabar a otros, el señor estaba perdido. Entonces, todos los empleados, negros y blancos, entraban en el harén, violaban y robaban. Burón quedó encargado de continuar la dictadura.

Lo que vino inmediatamente era la consecuencia de un doble mal. Aquella alegría que Rosa había recobrado de golpe anunciaba su muerte. El choque final lo recibió cuando los niños dieron en llamarla mamá. Durante semanas permaneció con ellos, envuelta en ellos, mandándoles repetir la palabra. Rosa lloraba oyéndoles, y los llamaba calladamente sus hijos, y sus ojos no cesaban de llorar. Pero de pronto cayó en un marasmo. Pedro entró en su casa de vuelta del harén, después de haberlo entregado a Burón, y la encontró así. Estaba acostada, blanca, con los ojos despejados y serenos, como si despertara de un sueño. Su alma no tenía nada que hacer. Era como si su cuerpo, encorvado durante tantos años, aguardara a que el alma se satisficiera para rendirse. Los niños estaban ante ella, y la menor jugaba con sus dedos largos, tendidos fuera del lecho. Había ocurrido aquello en doce horas. La voz de Rosa salía ahora plácida y clara, pero su sangre apenas circulaba ya. Cada vez respiraba más débilmente. Al ver a Pedro quiso tenderle los brazos, pero no pudo. Comenzó a hablarle. Rosa se iba. Que cuidara a los niños y no se preocupara por ella, que iba al cielo. Aquella noche había venido a volar sobre la cama un ángel blanco. Cada vez hablaba más bajo. Pedro estaba solo con ella. Los niños dormían en una pequeña cama que había junto a la suya. Rosa dijo:

—No los despiertes.

Y murió.

Pedro siguió allí sin moverse, casi sin respirar, como helado. Todos los planes se habían venido abajo. ¿A qué irse ahora de Gallinas? Pero permanecer allí, tampoco. Ya estaba decidido el viaje. Además, algo le mandaba moverse, huir. Al amanecer despertó de aquel abatimiento y se apresuró a llevar a los niños a su antiguo cuarto. Los niños querían dar a mamá los buenos días. Pero Pedro, que la había cubierto con una sábana, dijo que no la despertaran. Durante todo el día permaneció allí encerrado, mirando al rostro de la muerta, pensando, pensando, con los ojos extraviados. ¿Qué haría con el cuerpo? No podía dejarlo en Gallinas, enterrarlo en uno de aquellos cementerios de parias. Rosa parecía dormida. Su rostro, ya sin contracciones, había recobrado los rasgos familiares. Pedro no dijo a nadie que su hermana había muerto. Los demás factores sabían que la llevaría consigo, y Elvira sólo aguardaba su partida para trasladarse al palacio.

Los negros de Gallinas no sabían embalsamar; pero entre los marineros había un guanche canario que había aprendido el arte por una tradición de familia. Los guanches embalsamaban a estilo egipcio. Pedro lo llamó secretamente y puso en sus manos una buena suma para que embalsamara el cuerpo de Rosa y guardara el secreto. Pedro y el médico Prats presenciaron la operación. El guanche mandó llevar alcohol, hierbas aromáticas, aceite de cedro, vino de palma y natrón, y durante sesenta días el cuerpo sin vísceras permaneció inmerso en aquella solución. Entretanto, un carpintero fabricó una caja en forma de nave, donde, se dijo, guardaría Pedro su fortuna. La tapa de la caja, después de forzar una clavija a martillo, no se notaría y la nave parecería de una sola pieza. Pedro metió la clavija. Dentro iba el cuerpo reducido, que pasó a la cámara del capitán en la goleta. Y la goleta montó la barra, al fin, en medio de las lluvias. Pedro prohibió que se le hiciera despedida. En el barco llevaba ocho marineros, un piloto y un contramaestre. La factoría quedaba cubierta de un vapor espeso. La noche antes Pedro había ido a ver a los enfermos, que se incorporaron para verlo salir. No entró en el harén ni dijo a nadie la hora en que pensaba partir. Aguardó a que la brisa fuera favorable, y al amanecer la costa era una cinta de niebla negra. La goleta, con las velas mojadas, avanzaba con trabajo. Sobre el puente, los marineros se movían lentamente, y Pedro miraba cómo se iba borrando la tierra. Martínez se quedaba hasta la próxima estación. Pedro halló un pretexto para no llevarlo consigo. Sólo le acompañaba la niña y la momia Rosa.

Un largo viaje sobre el mar. Cerca de Puerto Rico los azotó un temporal. El viento silbaba en las cuerdas y se llevó dos veces las velas y los mastelerillos. Los pocos marineros que iban trabajaban constantemente. Pedro no daba ya órdenes. En su cámara, con la niña a un lado y la momia al otro, escuchaba el bramido del viento, el azote de las olas, los gritos del contramaestre. ¡Que se hundiera el barco! Aquel hombre iba momificado él mismo.

En Matanzas sacó a tierra su equipaje, su momia y su niña y mandó la goleta y los marineros a La Habana, desde donde volvieron a África. Pero su primo había desaparecido de Matanzas. Y Pedro fue a un hotel. Marchena se había retirado del servicio y no había dejado rastro ni pista. Con él se había ido la hacienda que Pedro suponía tener allí. Los armadores nada sabían del rumbo del capitán. Carlo se había embarcado para Génova. Casi toda la gente que Pedro había conocido se había retirado o muerto. Los armadores actuales sólo le conocían por cartas. Pedro se trasladó a La Habana y fijó su residencia en la Cortina Valdés. No podía vivir sin ver el mar. Allí alquiló una casa, compró un coche, puso servidumbre de libertos y aguardó la llegada de Martínez. Era evidente que Marchena se había fugado con su capital, y Pedro nada podía reclamar, porque nada estaba a su nombre y porque tenía cuentas pendientes con la justicia y no convenía revolver las cosas. Buscó a Magda, que suponía casada con el hijo de un hacendado, pero también Magda había desaparecido. No le quedaban sino sus letras de los armadores y su factoría. Mientras esperaba la llegada de Martínez, paseaba en coche con su hija y se pasaba horas en el balcón mirando entrar y salir los veleros. No leía papeles ni libros. Apenas hablaba sino con la niña, a la cual enseñaba a pronunciar bien el español.

Pero a los tres meses de llegar Martínez llegó también una carta de Burón, fechada en Monrovia, adonde había escapado, junto con otros factores, el hijo de Pedro, Elvira y algunos marineros. Era a fines de 1840. Poco después de la partida de Pedro, alguien —los espías de los ingleses, tal vez— dijo a los naturales que el Mago-Espejo-Sol había sido cazado por un crucero. Aquello bastaba. Ningún sustituto tenía ascendencia suficiente para contener a las gentes de Shiakar, que quería hacer la trata él mismo, directamente, desde el estuario. Burón adivinó la maniobra y puso su gente en armas, pero ya era tarde. Los fusiles que Pedro había sembrado por la selva se volvían contra él. Los negros se habían acostumbrado a manejarlos y su número arrolló a toda la gente de Gallinas. En pocas horas saquearon las factorías y mataron a todos los blancos que hallaron al paso. Los krumen se unieron al saqueo. Al día siguiente, franca la entrada, entró el teniente Hill con tres cúters y quemó todas las factorías. Burón decía que los enfermos habían perecido en las llamas. ¡Sólo quedaban las sucursales!

No se sabe cuánto tiempo permaneció Pedro en Cuba. Algunos años después se encontró con Canot en La Habana, y todavía reprobó al italiano su propósito de retirarse de la trata. A Burón le cedió las sucursales, que heredaría su hijo. Luego se separó de Martínez. Éste embarcó para España con el encargo de hacer a los ingleses una reclamación inútil. Pedro va a Génova. En 1843 lo nombran intendente de la Armada Española, y aquel mismo año le retiran los honores. Cuando ocurre esto, Pedro se halla ya en Barcelona, establecido en una hermosa torre –chalet– en el barrio de San Gervasio de Casolas, con su hija Rosa. En 1854 muere en un pabellón del jardín con una camisa de fuerza puesta. Frente a él, en la mesa, tiene la caja de la momia. No hay nadie en derredor.

Los síntomas se habían manifestado años antes, pero la locura se declaró en el penúltimo de su muerte. Durante dos años estuvo bajo la custodia de dos enfermeros, que sólo permitían, para calmarlo, tener la caja misteriosa delante, que ellos suponían llena de dinero. Rosa conocía ya su contenido. Pedro se lo había confesado antes de caer en plena locura. Rosa tenía en su poder el dinero cobrado a los armadores, y sólo iba a verlo de vez en cuando. Había alquilado otra torre en el extremo opuesto del barrio y pagaba a aquellos loqueros para que lo cuidaran. La locura de Pedro era una constante borrasca. El jardín tenía una alta tapia. Los loqueros lo soltaban allí y lo dejaban. Pedro paseaba de un lado a otro como en el puente de un buque y daba órdenes. Salvo durante breves horas de sueño, su locura era una constante sucesión de accidentes marinos –ciclones, abordajes, sublevaciones...–. A veces se abalanzaba furiosamente contra los árboles y se hería. Pero nadie ponía interés en que no se hiriera. El médico iba una vez a la semana, y Pedro lo llamaba Prats –Prats, que había muerto cuando el saqueo de los indígenas–. A los loqueros los llamaba Martínez y Burón y clamaba por ver a Elvira. Pero ni aun durante su locura descubrió a nadie, más que a su hija, el misterio de la caja en forma de nave. Su hija dijo a los loqueros que contenía las reliquias de un naufragio (ropas de compañeros ahogados tal vez). Los loqueros no lo creyeron. Aguardaron el momento de que muriera para abrirla y robarle el tesoro. Acaso, pensaban, la propia Rosa no sabría lo que contenía la caja, el loco la habría engañado. Pedro dormía abrazado a ella, y despierto, sus ojos la velaban siempre. Un día, uno de los loqueros trató de quitársela. Se habían cansado de esperar su muerte. Además, aquel loquero tenía el propósito de llevarse él solo el tesoro. Pedro rompió su camisa de fuerza y estuvo a punto de matar al loquero. Tuvieron que ir los vecinos, y sólo diez hombres lograron ponerle otra camisa. Desde entonces nadie se atrevió a tocarla. Aun en su locura, el capitán pirata se imponía a su gente. Le servían la comida y lo sujetaban sin poder mirarlo. Muchos vecinos se acercaban a la tapia por la parte de fuera a escuchar sus voces de mando. Los chicos le tiraban pelotas de barro por encima. El caso cundió por Barcelona, y cada vez que fondeaba un barco la marinería iba junto al muro a escuchar. Ningún marinero, ni aun borracho, lo insultó jamás. Cuando le gritaban «¡Capitán Blanco!», Pedro contestaba: «¡Ea! ¡Muchachos! ¡Juaneteros, al pie de la jarcia! ¡Braza a barlovento! ¡Arría y carga! ¡Juaneteros, arriba! ¡Rompe guía, iza y embica! ¡Listos a cargar los juanetes! ¡Abajo!».

Su voz se debilitaba. Sólo tenía ya piel y huesos. Hasta el último instante veló por la caja sagrada.

Pero cuando Rosa llegó al pabellón del jardín donde Pedro estaba muerto, los loqueros habían desaparecido de la casa y la caja estaba rota sobre la mesa, la momia medio fuera, fajada de sedas, los ojos abiertos. Pedro se había quedado en una convulsión, los ojos también abiertos. Las dos momias parecían mirarse.

Madrid, 22 de noviembre de 1932

Apéndices

Fechas importantes en la historia de la trata de negros

1442
Antón Gonsalves introduce en Portugal diez negros, obtenidos en el Río de Oro a cambio de prisioneros moros.

1446
Las naos portuguesas de Enrique El Navegante llegan a Senegal.

1450
Los portugueses llevan doscientos negros de Arguin a Portugal hacia 1450.

1460
Diego Gómes descubre y bautiza Sierra Leona.

1471-1480
Los exploradores portugueses descubren la Costa de Oro, el delta del Níger, Fernando Poo y Gabón.

1482-1485
El río Congo, descubierto por portugueses.

1498
Vasco de Gama, dando la vuelta al Cabo de Buena Esperanza, descubre Natal en 1497 y llega a Sofala y Malindi en 1498

1502
Nicolás de Ovando obtiene un permiso para transportar negros del sur de España a La Española.

1505
Aquilón introduce la caña de azúcar en América.

1517
Bartolomé de Las Casas apela al emperador, pidiendo que se envíen negros a América para sustituir a los indios en el trabajo de las minas.

1518
El emperador Carlos V concede licencia a Lorenzo de Garrevod para pasar 4.000 negros esclavos a América.

1528
Enrique Eynger y Jerónimo Sayller obtienen licencia para utilizar las de Garrevod.

1531
Los portugueses comienzan a colonizar Brasil.

1553
Salen de Londres los primeros barcos mercantes rumbo a África.

1562
John Hawkins transporta a las Antillas el primer cargamento de esclavos africanos bajo bandera inglesa.

1564-1567
John Hawkins hace dos expediciones a África y lleva esclavos pirateados a las Antillas.

1580
Los holandeses visitan la costa de la Guyana.

1595
Pedro Gómez de Reynel obtiene del Gobierno español un asiento para transportar 38.000 negros a América (periodo portugués).

1595
Los holandeses hacen la primera expedición a la costa de Guinea.

1612
Se establecen los ingleses en las Bermudas.

1616
Los holandeses comienzan a colonizar la Guyana.

1618
Se establecen en el río Gambia los ingleses.

1619
Los ingleses introducen los primeros esclavos en Virginia.

1625
Se apoderan los franceses de Haití.

1637
Unos comerciantes franceses de Dieppe construyen el fuerte de San Luis del Senegal.

1637
Los holandeses reemplazan a los portugueses en Arguin, Gorea y Elmina.

1640
Los suecos inician la trata.

1642-1645
Los franceses introducen esclavos africanos en la Martinica.

1645
Suecia construye el fuerte de Christianborg, en la Costa de Oro.

1651
Inglaterra promulga la primera ley de navegación.

1651
La Compañía Británica de las Indias Orientales arrebata Santa Elena a los holandeses.

1652
Los holandeses toman el Cabo de Buena Esperanza.

1655
Inglaterra se apodera de Jamaica.

1657
Los daneses se apoderan del castillo de Christianborg, en la Costa de Oro.

1663
Los italianos Grillo y Lomelin obtienen un asiento del Gobierno español para transportar 24.000 esclavos africanos a América.

1685
Baltasar Coyman contrata un asiento con el Gobierno español para pasar 10.000 esclavos africanos a América (periodo holandés).

1695
La Compañía de Cachu contrata con el Gobierno español un asiento para pasar 4.000 esclavos anuales a América por determinado número de años (periodo francoportugués).

1711
La Compañía Francesa de las Indias obtiene un asiento para transportar negros a la América española por un número indeterminado de años (periodo francés).

1713
Inglaterra obtiene de España, por la paz de Utrecht, el monopolio de introducir esclavos africanos en las colonias españolas de América (periodo inglés).

1715
Ricardo O'Farril establece en La Habana la primera factoría para la entrada y venta de esclavos.

1720-1730
Los portugueses transportan grandes cargamentos de negros a Minas Gerais.

1773
El marqués de Casa Erile obtiene el privilegio de introducir esclavos negros en Cuba.

1777
España adquiere Fernando Poo con el fin de establecer allí una factoría negrera.

1786
La casa Baker y Dawson reemplaza a Erile hasta 1789.

1787
Se forma en Inglaterra el primer Comité abolicionista, bajo la presidencia de Granville Sharp.

1787
Sierra Leona, ocupada por los ingleses para la repartición de negros leales.

1789
Cédula Real autorizando a españoles y extranjeros la libre introducción de esclavos africanos en la América española.

1791
Se autoriza a los españoles para comprar esclavos en cualquier parte.

1792
Dinamarca suprime la trata de negros.

1795
Inglaterra toma el Cabo de Buena Esperanza.

1801
En Santo Domingo cesa la esclavitud, al hacerse Louverture dueño de la isla.

1807
Se prohíbe la habilitación de buques negreros en los dominios británicos.

1808
Se prohíbe la entrada de esclavos en los dominios británicos.

1808
Se prohíbe la introducción de esclavos en Estados Unidos.

1811
Se establecen en Sierra Leona los tribunales contra la trata, poco después de 1811.

1814
Holanda suprime la trata de negros.

1815
Portugal suprime la trata de negros al norte del Ecuador.

1815
Suecia suprime la trata de negros.

1817
España suprime la trata de negros al norte del Ecuador.

1819
Francia suprime la trata de negros.

1820
España suprime la trata también al sur del Ecuador.

1821
Se constituye en Inglaterra la Sociedad Antiesclavista, presidida por Wilberforce.

1821
La American Colonization Society desembarca en la Costa de los Granos el primer cargamento de negros libres, que dio origen a Liberia.

1824
Guatemala suprime la esclavitud.

1825
La esclavitud se halla abolida en Argentina, Perú, Chile, Bolivia y Paraguay hacia 1825.

1826
Brasil suprime la trata de negros al norte del Ecuador.

1827
Las autoridades navales británicas ocupan Fernando Poo.

1829
México suprime la esclavitud.

1830
Portugal suprime la trata de negros también al sur del Ecuador.

1830
Brasil suprime la trata de negros también al sur del Ecuador.

1831
Inglaterra y Francia celebran un tratado para la supresión de la trata de negros.

1838
Cesa la esclavitud en los dominios británicos.

1840-1845
Cesa la esclavitud en Colombia, Venezuela y Ecuador.

1847
Todas las factorías negreras españolas de la costa de Sierra Leona y Liberia, destruidas hacia 1847.

1848
Los franceses fundan la colonia de negros libres de Libreville.

1849
La esclavitud abolida en Francia.

1863
Holanda suprime la esclavitud.

1865
En Estados Unidos cesa totalmente la esclavitud.

1873
Se suprime la esclavitud en Puerto Rico.

1873
El sultán de Zanzíbar firma un tratado con Inglaterra para llevar a cabo la abolición de la trata de negros.

1878
Abolida la esclavitud en el África portuguesa.

1886
Abolida la esclavitud en Cuba.

1888
Abolida la esclavitud en Brasil.

Bibliografía
Obras especialmente útiles para el estudio de la trata y la esclavitud de los negros

Aimes, H.S, *A History of Slavery in Cuba*, Nueva York, 1907.

Alcalá y Henke, Agustín, *La esclavitud de los negros en la América española*, Madrid, 1919.

An Inquiry into the Right and Duty of Compelling Spain to Relinquish her Slave Trade in Northern Africa, Londres, 1816.

Andrews, E.A., *Slavery and the Domestic Slave Trade in the United States*, Boston, 1836.

Ballagh, *A History of Slavery in Virginia*, Baltimore, 1902.

Beecher Stowe, Harriet, *Uncle Tom's Cabin*, Boston, 1881.

Beneset, Anthony, *A Caution and Warning to Great Britain and Her Colonies on the Calamitous of the Enslaved Negros in the British Dominions*, Londres, 1762.

—, *Some Historical Account of Guinea*, Philadelphia, 1771.

Blake, W.O., *The History of Slavery and the Slave Trade Ancient and Modern*, Columbia, 1860.

Brown, Robert, *The Story of Africa*, Londres, 1894.

Bowdich Mission from Cape Coast Castle to Ashantee, The, Londres, 1819.

Buston, T. Fowell, *African Slave Trade*, 1838.

—, *The Remedy, a Sequel* 1840.

Buxton, Charles, *Memories of Sir T.B. Buxton*, Londres, 1877.

Cairnes, John E., *The Slave Power, its Character, Career, and Probable Desings*, 1863.

Canot, Theodore, *Adventures of an African Slave Trader*, Nueva York, 1928.

Captain Canot: Or Twenty Years of an Africa Slaver, Nueva York, 1856.

Cendrars, Blaise, *African Saga*, Nueva York, 1927.

Clarckson, Thomas, *History of the Rise, Progress and Accomplishment of the Abolition of the African Slave Trade by the British Parliament*, 1808.

—, *The History of the Abolition of the Slave Trade*, Londres.

Cleveland, Aaron, *Slavery Letters from.*

Cochin, Agustin, *L'Abolition de L'Esclavage*, París, 1861.

Crooks, J.J., *The History of Sierra Leone*, 1903.

D'Aauberteuil, Hilliard, *Considerations sur la Colonie de Saint-Domingue*, 1776.

De Labra, Rafael María, *Códigos negros*, Madrid, 1879.

—, *La abolición de la esclavitud en las Antillas españolas*, Madrid, 1870.

Donnan, Elizabeth (editor), *Documents Illustrative of the History of the Slave Trade to America*, Carnegie Inst. Pub. N° 409.

Douglass, Frederick, *Narrative of the Life of Frederick Douglass*, Boston, 1854.

Dow, Georges Francis, *Slave Ships and Slaving*, Salem, 1927.

Du Bois, W.E.B., *The Suppression of the African Slave Trade to the United States*, Nueva York, 1896.

Edwards, Bryan, *Historical Survey of Saint Domingo.*

Étude sur la Traite des Noirs avant 1790, Nantes, 1901.

Falconbridge. *The Slave Trade*, Londres, 1903.

Fletcher y Kidder, *Brasil and the Brasilians*, 1879.

Foote, A.H., *Africa and the American Flag*, Nueva York, 1854.

Freeman, *Travel and Life in Ashanti and Jaman*, 1898.

Greeley, H., *The American Conflict*, 1865.

Hayford, *Gold Coast Native Institutions*, 1903.

Hutchinson, *The Slave Trade of East-Africa*, 1874.

Johnston, Harry (Sir), *The History of a Slave*, 1889.

—, *Liberia*, Londres, 1906.

—, *The Negro in the New World*, Londres, 1910.

—, *A History of the Colonization of Africa by Alien Races*, Cambridge, 1913.

—, *Story of my Life.*

Journal of an African Slaver, 1789-1792, con introducción de George A. Plimpton, 1930.

Keane, A.H., *Africa*, Londres, 1907.

Kemps, *Nine years in the Gold Coast*, 1898.

Koelle, S.W. (rev.), *Poliglotta Africana*, Londres, 1854.
Law, William, *Great Britain and the Slave Trade, 1839-1865*, Mathieson, 1929.
Life, Trial and Execution of Captain John Brown, The, Nueva York, 1859.
Lopes de Lima, José Joaquín, *Historia de África Oriental Portuguesa*, Lisboa, 1862.
Mackensie, J. (rev.), *Ten Years North of the Orange River*, Londres, 1871.
Maistre, C., *A travers L'Afrique Centrale: Du Congo au Niger*, París, 1895.
Martin, Gaston, *L'Ère des Négriers*, París, 1932.
McDonald, G., *The Gold Coast Past and Present*.
Munford, B.B., *Virginia's Attitude toward Slavery*, Londres, 1909.
Narrative of the Life and Adventures of Charles Ball, The, Nueva York, 1837.
Negro and the Nation, The, Merriam, Nueva York, 1896.
Nehemiah, Adams, *A Southside View of Slavery*, Boston, 1854.
Nevinson, H.W., *A Modern Slavery*, Nueva York, 1906.
Nieboer, H.J., *Slavery as an Industrial System*, La Haya, 1900.
Olmsted, F.L., *Cotton Kingdom*, Nueva York, 1861.
–, *Seaboard Slaves Tales*, Nueva York.
Ortiz, Fernando, serie *Hampa afrocubana: Los negros esclavos*, La Habana, 1916.
–, *Los negros brujos* (apuntes para un estudio de etnografía criminal), prólogo de Lombroso, Madrid, 1906.
–, *Los negros horros*.
–, *Los negros curros*.
–, *Los negros ñáñigos*.
–, *Los cabildos afrocubanos*, La Habana, 1923.
Owen, Nicholas, *Journal of a Slaved Dealer*.
Peytrand, *L'Esclavage aux Antilles Françaises avant 1798*.
Raindorf, *History of the Gold Coast and Ashanti*, 1895.
Ramsay, James (rev.), *An Essay on the Treatment and Conversion of the Africa Slaves in the British Sugar Colonies*.
Randolph, J. Thorton, *The Cabin and the Parlor or Slaves and Masters*, 1864.

Read, Hollis (rev.), *The Negro Problem Solved*, Nueva York, 1864.
Reade, Winwood, *Martyrdom of Man*, 1910.
Saco, José Antonio, *Historia de la esclavitud de la raza africana en el Nuevo Mundo*, La Habana, 1938.
—, *Supresión del tráfico de esclavos en la isla de Cuba*, París, 1845.
Scelle, George, *La traite négrière aux Indes de Castille*, París, 1903.
Schneider, H.G., *Die Busch-Neger Surinames*, 1893.
Sharp, Granville, *A Representation of the Injustice and Dangerous Tendency of Tolerating Slavery in England*, Londres, 1769.
Simon (Lady), *Slavery*, Londres.
Smith, W.H., *Political History of Slavery*, Londres, 1903.
Spears, John B., *The American Slave Trade*, Nueva York, 1901.
Stanley, Henry M., *In Darkest Africa*, Nueva York, 1890.
Stedman, J.G. (capitán), *Narrative of a Five Year Expedition Against the Revolted Negros of Surinam in Guiana on the Wild Coast of South-America*, Londres, 1813.
Stroud, G.M., *Laws Relating to Slavery in America*, 1856.
Suárez y Romero, Anselmo, *Francisco* (novela de la esclavitud en Cuba), La Habana.
Swann, Alfred J., *Fighting the Slave Hunters in Central Africa*, 1910.
Taussig, Charles Williams, *Rum, Romance and Rebellion*, 1928.
Tooker, Frank, *The Middle Passage*, Nueva York.
Tournmagne, A., *Histoire de L'Esclavage Ancien et Moderne*, 1880.
Turnbull, David, *Travels in the West-Cuba; with Notions of Porto Rico and the Slave Trade*, Londres, 1894.
Van Capelle, H., *Bij de Indianen en Bosch-Negers van Suriname*
—, *Die Binnenlanden van het District Nickerie (Suriname)*.
Walsh, R. (rev.), *Notices of Brasil in 1828 and 1829*, Londres, 1830.
Waller, Horace, *Livingstone's Last Journals*, Nueva York, 1875.
Wallis, C. Braithwaite (capitán), *The Rise of our West African Empire (Sierra Leone)*, Londres, 1903.
Wilson, H., *History of the Rise and Fall of the Slave Power in America*, Boston, 1872.
—, *History of the Antislavery Mesures of the 27th and 38th Congresses 1861-1864*, Boston, 1864.